태양을 ── 훔친
여자

설
송
아

태양을 —— 훔친 ——
여자

장
편
소
설

자음과모음

차
례

봄순, 1998년으로 돌아오다

'봄순아, 추운 날에 태어나서 고생했지만 너는 꼭 봄처럼 따스한 삶을 살거라.'

꿈결인 듯 외할머니의 목소리가 귓가에 울렸다. 봄순은 자신의 얼굴에 닿는 따스한 햇살과 싱그러운 꽃향기를 맡으며 눈을 떴다.

'죽은 뒤에 가는 저세상은 봄인가보다.'

저세상은 마치 현실 같구나. 주위를 둘러보니 순천의 옛날 집, 안방이었다. 신혼 때 살았던 집. 모든 물건이 그때 그대로였다. 십수 년 전으로 돌아간 것처럼 생생한 풍경이었다.

봄순은 집에서 나와 대문 앞에 섰다. 길거리에 늘어선 버드나무마다 연녹색 잎들이 드리워져 있었다.

누군가 멀리서 자전거를 타고 다가왔다. 허름한 군복을 입은 남자였다. 햇빛 밑에서 고생하며 일했는지 얼굴이 탄, 쌍꺼풀이 진 눈과 우뚝 선 코, 웃으면 드러나는 가지런한 이가 아름다운 사람. 봄순의 첫사랑 우진이었다.

봄순은 자신의 눈을 믿을 수가 없었다.

'아, 여기가 저세상이 맞구나.'

봄순은 생각했다. 우진은 이미 오래전에 죽은 사람이기 때문이었다.

"봄순아!"

자전거에서 내린 우진이 반갑게 다가왔다.

"……오빠?"

봄순은 겨우 이렇게 한마디 물었다.

"결혼했다며……? 축하한다. 나는 어제 제대해서 집에 돌아왔어."

우진이 웃으며 말했다. 저세상에서도 결혼이란 걸 하나? 봄순은 의아했다. 그리고 왠지 뒤통수가 간지러워 뒤돌아보았다. 아주머니 두 명이 우진과 봄순을 흘낏거리며 천천히 지나가고 있었다. 결혼한 여자가 대낮에 외간 남자와 같이 있다니 남사스럽다는 표정이었다.

우진과 눈이 마주치자 아주머니들은 급히 고개를 돌려 봄순과 우진을 짐짓 모른척하며 대화를 시작했다.

"남조선에서 정주영이 소 떼를 몰고 왔다며?"

한 아주머니가 말했다.

"그걸 이제야 알았어? 내 남편이 일하는 기계공장도 정주영이 가져온 황소를 세 마리 받았다니까. 공장 자재를 운반하라고 말이야. 남편에게 점심 벤도(도시락) 주려고 공장에 갔다가 남조선 황소를 봤는데, 얼마나 잘 먹었는지 간부처럼 살찐 게 진짜 멋있더라니까."

"네 남편보다 잘생겼던?"

아주머니가 킬킬거리며 익살스런 농담을 던졌다.

"말해 뭐하니? 네 남편보다 열 배는 잘생겼어."

두 아주머니 사이에서 폭소가 터졌다.

"그런데 정주영 회장이 어떤 사람이길래 소를 천 마리나 가져왔을까. 비싸겠는데 말이야."

"천 마리가 아니고 천 한 마리지. 해방 전에 정주영이 강원도 통천에서 살 때 말이야, 집에서 가출하며 소 한 마리를 가지고 남조선으로 가서는 남쪽에서 대단한 재벌이 되었다나 봐. 그래서 자기 고향에 소를 보내준 거래."

두 아주머니가 걸어가며 주고받는 말소리가 봄순의 귀를 때리는 것 같았다. 정주영이라고? 그가 소 떼를 몰고 방북한 것은 1998년이다. 이게 어떻게 된 거지? 봄순은 주위를 둘러보았다. 그러고 보니 꿈이라기에는 주변이 너무 생생했다.

'봄순아, 추운 날에 태어나서 고생했지만 너는 꼭 봄처럼 따스한 삶을 살거라.'

외할머니의 유언을 되새겨주곤 하던 아버지의 목소리가 떠올랐다. 설마, 죽은 아버지가 나를 불쌍히 여겨서 다시 과거로 보내준 걸까? 아니면 그 긴 세월이 다 악몽일 뿐이었을까? 봄순은 어지러웠다.

"오빠, 올해가 1998년이에요?"

"그래, 벌써 그렇게 됐지. 오랜만에 보니까 좀 낯설지? 어제 제대했어."

1998년이라면 우진이 죽은 해이기도 했다. 제대하고 아픈 어머니와 식량 배급이 끊긴 여동생을 건사하느라, 자신이 먹을 것도 양보하며 공장에서 일하다가 영양실조로 죽었다고 들었다. 만약 봄순이 알았다면 토끼곰이든, 닭곰이든 보양식이라도 해줬을 텐데, 전혀 몰랐다.

"미안해요."

봄순이 중얼거리듯 말했다.

"뭐가 미안하다는 거야? 결혼한 게?"

우진의 눈동자가 흔들렸다.

'그러고 보니 1998년이면 내가 결혼한 해지.'

"……결혼? 아, 그것도 그렇고요."

그녀가 생각에 잠겨 멍하니 대답하자 우진의 얼굴이 확 붉어졌다.

'지금 설마 내가 아니라 다른 사람과 결혼한 게 미안하다고 대답한 거야? 봄순이가 이런 말을 할 정도로 커버렸나?'

군대에 갈 때만 해도 봄순은 자신과 눈도 잘 못 마주치는 소녀였다. 이런 당돌한 이미지는 없었다. 우진은 놀라면서도 한편으로는 반가웠다. 그래도 나를 완전히 잊어버린 것은 아니구나, 하고.

봄순은 눈으로 기억이라도 해두려는 듯 우진을 찬찬히 바라보았다. 사십 살의 나이로 우진을 보니 새삼 느낌이 달랐다. 지금까지 봄순의 기억 속에서 우진은 자신보다 나이가 많고 성숙한, 손에 닿지 않는 사람이었다. 하지만 지금 눈앞에 있는 우진은 풋풋한 청년일 뿐이었다. 자기보다 겨우 두 살 어린 봄순 앞에서 항상 의젓한 척하는 자존심 강한 청년.

봄순이 자신을 너무 뚫어지게 쳐다보자 우진은 그녀의 시선을 피했다.

"그럼, 또 보자."

우진은 웃으며 자전거에 올라탔다. 멀어지는 우진의 뒷모습을 보며 봄순은 다짐했다. 우진을 죽게 내버려두지는 않을 거라고.

봄순은 자신이 죽은 때를 기억해냈다. 앞으로 십칠 년 후, 2015년이었다.

2015년, 평양행 기차 앞

"제정신이야?"

철욱이 봄순의 팔을 거칠게 낚아챘다. 뼈밖에 안 남은 그녀의 몸이 휘청거렸다. 하마터면 넘어질 뻔했다. 봄순은 황급히 포대기로 감싼 아이 쪽으로 고개를 돌려 숨소리를 확인했다. 신음 같은 울음소리가 아이의 입에서 간간이 새어나왔다.

겨울옷을 꼼꼼하게 갖춰 입은 승객들이 부산히 기차에 오르고 있었다.

"금방 갔다 올게요."

봄순은 업은 아이가 깰까 봐 제자리걸음을 하며 애원하는 눈빛을 했다.

"걱정돼서 그러지. 평양이 옆 동네도 아니고, 도대체 무슨 생각인 거야?"

"그럼 아이가 죽는 걸 가만히 두고 봐요? 평양에 있는 적십 자병원에선 아이를 살릴 수 있을 거예요."

꼬박 밤을 새우며 열차를 기다린 지 열흘이 지났다. 드디어 들어온 평양행 열차였다. 추위에 너무 오랫동안 떨어서인지 새파랗게 질린 봄순의 입에서 하얀 김이 새어나왔다. 철욱은 입맛만 다셨다. 봄순은 평소에는 얌전했지만 고집을 부리면 아무도 말리지 못하는 아내였다.

"아버지랑 사이가 좋았던 제약총국 간부가 도와준다고 했어요. 적십자병원에는 약이 있다고요. 남조선에서 보내준 약도, 국제구호단체에서 지원해준 약도 그곳으로 들어갔대요."

"장인이 돌아가신 게 벌써 언젠데. 그 친구라는 사람이 기억이나 하겠어?"

"아버지가 항생소연구소에 있을 때 오랫동안 함께하신, 막역하신 분이에요. 승급해서 평양제약총국으로 올라간 지 십 년이 넘었지만……."

"휴, 마음대로 해."

남편이 잡은 손을 놓자 봄순은 곧바로 기차에 뛰어올랐다. 자리를 찾아 앉고 아이를 앞으로 돌려 안았다. 아이는 숨은 쉬고 있었지만 마치 죽은 듯 조용했다. 이 아이마저 잃을 수는 없었다. 첫째를 유산한 지 칠 년 만에 가진 아이였다. 앞뒤

가릴 새가 없었다.

제일 빠른 기차를 타기 위해 겨우 차비를 마련해서 탄 평양 행 좌석에는 형편이 좋은 사람들이 앉아 있었다. 봄순처럼 허름한 옷을 입은 사람은 없었다.

멀리서 이 광경을 보고 있던 한 중년 남자가 다가왔다. 그녀가 결혼 전 일했던 화학공장의 당 비서, 승재였다.

"평양에는 무슨 일인가?"

봄순은 딸 미애가 양잿물을 잘못 들이켜서 아프다고 설명했지만 승재는 듣는 둥 마는 둥이었다.

"내려오면 연락하게. 옛날 추억도 되새기고."

승재는 음흉한 눈빛으로 봄순을 아래위로 훑으며 말했다. 봄순은 그의 시선을 피해서 몸을 웅크릴 힘도 없었다.

평양에 도착한 지도 벌써 사흘이 지났다. 봄순은 그동안 아무 소득이 없었다는 것을 믿을 수가 없었다. 평양 적십자병원에 입원시킨 아이의 얼굴은 날이 갈수록 파랗게 질려갔다. 간호사 말로는 양잿물에 녹아 붙은 식도를 자르고 창자의 굵은 밸을 식도로 붙이는 대수술을 해야 한다고 했다. 그러나 수술 순서가 있다고 했다. 뇌물을 달라는 말이었다. 아이의 식도가 협착되어 맹물도 못 삼키고 숨도 겨우 쉬는데 어떻게 기다리느냐고 애원을 했지만, 소용없었다.

어쩔 수 없었다. 봄순은 약 창고를 털기로 결심했다. 혹 들킨다 하더라도 아이를 구하는 게 먼저였다. 미애가 죽는다면 자신도 살 희망이 없었다. 해골처럼 변해버린 미애의 눈빛이 봄순만 보고 있으니 말이다.

며칠 동안 봄순은 적십자병원 약국 약사들이 약을 어디서 가져오는지, 어느 창고를 왔다 갔다 하는지 지켜보았다. 병원 아래층에 약품 창고가 있다는 것을 봄순은 알았다. 낮에는 그곳에 약사들이 거의 들르지 않는다는 것도, 밤에는 이중으로 자물쇠를 잠그지만 점심시간에는 흔한 자물쇠 하나만 간단하게 걸어두는 것도 알고 있었다. 그녀는 곧바로 자신의 생각을 실행에 옮겼다. 입원실에서 아이를 둘러업은 봄순은 송곳을 집어 들고 약품 창고로 향했다. 이거 하나면 자물쇠를 열 수 있었다.

약만 훔쳐서 곧바로 아이와 함께 달아날 생각이었다. 심장 소리가 귀를 울릴 지경이었다. 숨을 몰아쉬며 봄순은 약품 창고 자물쇠를 열었다. 그리고 밤 고양이처럼 살금살금 창고 안으로 들어갔다. 미국, 독일, 남조선 등 각국의 약들이 가득 쌓여 있었다. 순간, 봄순은 숨을 들이마셨다.

"거기 누구요?"

누군가 다가오는 소리가 들렸다. 봄순은 알 수 없는 이름의 약통 몇 개를 들고 그대로 창고를 뛰쳐나갔다. 뛰면서도 생각했다. 이 약들을 팔고, 어떻게든 돈을 더 마련해서 아이의 수술을 해야 한다고.

밖은 함박눈이 펄펄 내려 시야가 흐렸다. 봄순은 손으로 눈을 막으며 차가 지나다니는 길을 건너려고 잠시 멈춰섰다. 그때였다. 누가 독수리 병아리 덮치듯 봄순의 손에서 약통을 빼앗아 들고 냅다 달아났다. 순식간에 벌어진 일이었다. 봄순은 큰 소리를 지르며 그를 쫓았다. 어떻게 훔친 약인데, 그것을 팔아야 내 아이를 살릴 수 있는데. 차라리 벼룩의 간을 빼가라!

봄순은 새 다리처럼 마른 두 다리로 뛰고 또 뛰다가 넘어지고 말았다. 다행히도 아이를 떨어뜨리지는 않았다. 큰일 날 뻔했다. 한숨을 쉬며 아이가 괜찮은가 싶어서 고개를 뒤로 하는 순간, 봄순은 커다란 승합차가 경적을 울리며 눈앞으로 다가오는 것을 보았다.

주저앉은 채라서 곧바로 일어날 수도 없었다. 봄순은 옆으로 기어서라도 도망가려고 모질음을 썼다. 하지만 함박눈이 속눈썹 안으로 거세게 들어와서 시야를 막았다.

빵빵!

경적 소리가 귀청을 후비는가 싶더니 봄순의 몸이 높이 날았다. 몸이 공중에 떴다가 떨어지는 순간이 아주 길게 느껴졌다. 온 세상이 눈으로 하얬다.

눈을 뜨니 하얀 눈 위에 빨간 피 웅덩이가 보였다. 봄순의 아이, 미애는 길 위에 누워 있었다. 사람이 아니라 인형 같았다. 몸을 질질 끌며 아이에게 다가간 봄순의 입에서 비명이 터져나왔다. 아이는 숨을 쉬지 않았다. 미애는 꽃피는 봄에 태어나서 함박눈이 내리는 겨울에 죽었다. 짧은 삶이었다.

아이가 죽었다는 것을 깨닫자마자 봄순은 그 옆에 쓰러지고 말았다. 온몸을 찌르는 듯한 고통이 느껴지더니 곧 거짓말같이 아무런 고통도 느껴지지 않고 잠이 왔다. 죽음에 가까워지는 것이 이런 느낌이구나. 봄순은 마지막 의식을 부여잡았다.

'걱정 마, 미애야. 엄마도 같이 갈게.'

지난 삶이 순식간에 봄순의 머릿속을 스쳐 지나갔다. 그리고 왜 갑자기 그 생각이 났는지 모르겠지만, 내일은 봄순의 생일이었다.

봄순이 태어난 날은 엄동설한이었다고 했다. 눈이 허리까지 차올라서 외할머니 외에는 아무도 산모를 도와주러 오지 못했다. 아버지는 손수 눈을 녹여 아궁이에 데웠다. 열 시간의 산통을 겪으며 산모도 아이도 목숨이 위험해졌지만, 결국 둘은 무사했다. 외할머니는 방 한구석에 물을 떠 올리고 하늘에 감사드리며 이렇게 빌었다고 했다.

'봄순아, 추운 날에 태어나서 고생했지만 너는 꼭 봄처럼 따스한 삶을 살거라.'

외할머니는 추운 날에 먼 곳에서 오느라 폐렴에 걸려 곧 돌아가셨다. 봄순의 삶과 맞바꾼 삶이었다. 그런 외할머니가 봄순에게 바란 단 하나의 소망을, 봄순은 끝내 지키지 못했다.

봄순의 삶이 따스했던 적은 없었다. 항상 추웠다. 부모와 두 자식을 다 잃었고, 남편에게는 없는 사람 취급을 받았다. 당에 충성하며 화학공장 설계실을 매일 다녔지만 결국 아이의 약 하나 못 구하는 형편이었다. 지금도 자신의 머리에서 흘러나오는 뜨거운 핏물이 눈앞을 가렸지만 아스팔트 바닥의 차가움이 더 살벌하게 느껴졌다.

봄순은 그렇게 생을 마감했다. 분명 그랬다.

결혼의 굴레

봄순은 뛰다시피 걸어서 친정을 찾아갔다. 집에는 아무도 없었다. 하지만 아직도 따스한 아궁이며 마당의 텃밭이 잘 가꾸어진 것으로 보아 가족들이 살아 있는 게 확실했다. 두 눈이 뜨거워졌다. 그러면, 혹시 그러면⋯⋯. 봄순은 자신의 배를 쓰다듬었다. 나중에 아기도 다시 태어나는 걸까? 하늘이 내게 두 번째 기회를 주는 걸까? 이런저런 생각을 하며 저녁을 차리고 남편을 기다리다가 선잠이 들었는데, 늦은 시간, 대문에서 인기척이 들렸다.

철욱은 만취한 상태였다. 주량이 약한 남편이 이처럼 술에 취하는 것은 드문 일이었다. 봄순은 비틀거리며 들어오는 남편을 얼른 부축했다.

"이거 놔······. 놓으라니까······."

"어디서 이렇게 많이 취했어요······."

봄순은 남편을 부축해서 집 안으로 들어갔다. 그런 아내를 뿌리치며 철욱이 말했다.

"내가 알아서 걸어간다고 했잖아. 왜? 너도 내가 우습게 보여?"

봄순은 아무 말도 안 했다. 그저 비틀거리는 남편의 몸을 곁부축해 끌다시피 방으로 들어갔다. 펄썩 주저앉은 남편의 상의를 천천히 벗기며 봄순은 말했다.

"얼른 쉬세요."

봄순은 이부자리를 펴고서 철욱을 끌어다 눕혔다. 그리고 후, 하고 바람을 불어 등잔불을 꺼버렸다. 조금 지났을까. 갈지자로 누워 있던 남편이 갑자기 죽은 자기의 아버지를 구슬프게 찾으며 울기 시작했다. 캄캄한 방에서 정적을 깨뜨리는 그 울음소리가 무서웠던 봄순은 얼른 성냥을 그어 낡은 등잔 심지에 다시 불을 붙였다. 희미한 등잔불이 시꺼먼 연기를 말아 올리며 너울거렸다. 봄순은 남편에게 다가가 그의 손을 두 손으로 감싸주었다. 피씩 눈을 뜨고 아내를 보던 그가 또다시 심술궂은 막말을 쏟아냈다.

"내가, 내가 말이야······ 아내만 잘 만났어도 이런 무시는 당하지 않을 건데······. 그 당 비서 놈이 소개하길래 난 보지도 않고 결혼했는데……. 야, 너, 왜 아버지가 교화출소자라는 걸 말 안 했어? 어라, 그렇지? 날 엿 먹이려고 결혼한 거지?"

봄순은 오한이 든 듯 가슴이 떨렸다. 취중의 말이지만 실언이 아니었다. 남편의 고민을 모르는 건 아니지만, 그의 말은 도를 넘고 있었다.

"날 엿 먹이려고 결혼한 거지?"

철욱은 계속해서 했던 말을 반복했다.

"그만해요."

"뭐? 뭐? 그만하라고?"

봄순은 등잔불을 얼른 꺼버리고 부엌으로 나갔다. 그녀가 부뚜막에 쪼그리고 앉자 고양이가 따라 나와 그녀 옆에 앉았다. 잠 못 드는 밤이 소리 없이 깊어갔다.

철욱의 주정은 그토록 자랑하는 자기의 성분(신분)에서 오는 것이었다. 철욱에게 성분은 황금 같은 자산이자 가보였다. 자기와 비교하면 아내의 성분은 별 볼 일 없었다. 그러니 아내는 마땅히 자신에게 순종해야 했다.

신혼 초의 순진한 봄순은 몰랐지만, 죽었다 살아난 지금의 봄순은 생각이 달랐다. 이 사회가 만들어낸 출신성분이라는 건 길거리서 춤을 추다 관심을 받게 된 어릿광대의 족보와 다를 바 없었다. 짬만 나면 자랑하는 남편의 성분, 그 내력을 생각하면 그런 생각이 한층 더 굳어졌다.

1961년 12월 어느 날, 남포에 있는 대안기계공장에 김일성이 찾아왔다. 공장 경영 방식을 고민하던 김일성은 공장 행정이 당적 지도를 받아야 한다며 현장에서 간부들과 토의하고 있었다. 경영을 책임지는 공장 지배인이 당 비서의 통제를 받는다니. 그것은 행정 예속이 아닌가.

무거운 분위기가 감돌고 있을 때 낯가림을 하지 않는 세 살배기 아이가 아장아장 걸어나왔다. 손가락을 입에 물고 간부들 틈 사이에서 걸음을 멈춘 그 아이가 김일성을 빤히 바라보았다. 김일성은 아이를 손짓으로 불러들여 안아 무릎에 앉혔다. 아이는 해방 전 지주의 머슴이었던 기계공장 노동자의 아들이었다.

결국 중앙이 모든 것을 장악하고 통제하는 사회주의 계획경제 체계가 대안기계공장에서 탄생했고, 그 현장에서 김일성이 안았던 아이에게는 '접견자'라는 명예가 붙었다. 일반계층에서 핵심계층으로 성분이 한순간에 도약한 것이다. 그 아이가 바로 철욱의 할아버지였다. 그러니까 김일성이 한 번 안아준 것으로 성분이 바뀐 것이다.

"이만한 남자를 만난 것에 감지덕지해야지."

철욱은 늘 그렇게 말했다. 하지만 세상은 변했다. 그가 그토록 믿었던 출신성분이 가족을 죽였다.

'그래, 내가 다시 과거로 온 이유가 있는 거야. 우진 오빠도 살리고 부모님이랑 아이들도 살리겠어.'

과거의 봄순은 몰랐다. 몇 년 뒤 부모가 죽고, 아이가 죽고, 가난에 내몰려서 집도 팔게 된다는걸. 하지만 지금 봄순은 지난 생애를 모두 기억하고 있다. 해가 갈수록 자신의 삶이 얼마나 추워졌는지, 아주 세세히.

그런 삶을 다시 반복하지 않으려면 무엇이든 해야 했다. 그녀는 결심을 굳혔다. 낮에 지나가던 아주머니들이 한 말이 기억났다.

"정성옥이도 금메달을 땄더니 아버지를 감옥에서 빼줬다잖아. 출신성분으로 따지면야 정성옥이는 절대 마라손(마라톤) 선수가 못 되지. 이제는 출신성분보다 돈이 있거나, 능력이 있거나 하면 되는 거야."

장마당에서 장사를 하는 아주머니가 누구든 들으라는 듯 말했었다. 출신성분이 좋지 않아서 무시를 당한 시절에 대한 설움이 있어서 그런 것 같았다. 봄순의 아버지도 봄순이 그런 무시를 받지 않고 살도록 성분이 좋은 철욱과 결혼시켰다. 그러나 성분이 그렇게 좋다는 철욱도 자기의 자식을 구하지는 못했다.

봄순은 기억하고 있었다. 2000년부터는 성분보다 더 중요한 게 생긴다는 것을. 만약 이 세상이 예전의 삶과 비슷하게 흘러간다면, 그 정보들은 봄순을 빼면 아무도 모를 것이었다. 앞으로 얼마나 황당할 정도로 많은 것이 변해갈지 말이다.

장마당이 생긴 후, 2003년에는 합법적으로 종합시장이 생겼다. 종합시장이 생긴 후에는 화폐개혁이 일어났고, 또 다른 변화들이 생겼다. 많은 이를 죽이고 살렸다가 다시 망하게 하는 그런 변화들. 그런 무시무시한 변화들을 봄순만이 알고 있다는 것은 하늘이 준 기회였다.

봄순은 한숨도 못 자고 생각했다. 아이를 살릴 수 있을 정도의 돈을 만들려면 장마당에서 채소를 파는 정도로는 절대 불가능했다. 유통으로 시작해서 나중에는 기술이 필요한 일을 해야 한다는 생각이 들었다.

"그러자면 종잣돈이 있어야지."

지난 십수 년 동안 남들이 부자 되는 것을 옆에서 구경만 하던 봄순이었다. 집안일 열심히 하고, 남편을 보살피고, 당에 충성하기만 하면 된다고 생각하던 삶은 이제 끝났다. 그렇게 살면 삶의 끝은 또다시 너무나 살벌할 것이다.

종잣돈을 어떻게 마련하지? 목표를 겨냥한 저격수처럼 그녀의 집념은 종잣돈을 만들 방도에 멎어섰다. 밤이 깊어갔다.

다음 날 아침, 봄순은 옷장 깊숙이 모셔놓은 훈장을 꺼내 들었다. 화학공장 설계실에서 일할 때 받은 국기훈장 2급이었다. 장마당 골목에 '국기훈장 삽니다'라고 쓰인 종이 팻말을 들고 있던 장사꾼이 떠올랐다. 훈장을 헝겊 조각에 둘둘 만 그녀는 결심한 듯이 벌떡 일어나 혼잣말을 했다.

"이것을 팔면 얼마만 한 돈이라도 생길 거야. 이제 이런 건 쇳덩어리일 뿐야. 이런 것을 보관해서 뭐해."

예전의 봄순이라면 상상도 하지 못했을 일이었다. 하지만 이젠 못할 일이 없었다.

그래도 혹시 누가 보면 안 되지 않을까? 봄순은 수건을 머리에 푹 눌러써 얼굴을 가렸다. 그러다 다시 와락 수건을 벗어버렸다. 앞으로는 이보다 더한 일이 있어도 무시해야 했다. 주변을 신경 쓰면 발목 잡힐 일이 너무나 많을 것이다. 고개를 곧추 들고 봄순은 걸음을 옮겼다.

장마당에 접어들자 다닥다닥 앉아 있던 상인들이 저마다 소리를 질렀다.

"쌀 사라요."

"까까오(아이스크림) 사라요."

"인조고기밥(콩고기 밥) 사라요."

그릇을 땜질하고 신발을 수리하는 움막 주변에도 음식 장사꾼들이 벌떼처럼 몰려 있었다. 장마당 광경을 지켜보느라 봄순은 골목길을 지나쳤다.

'아차.'

다시 돌아선 그녀의 발길이 골목길로 들어섰다. 저만치에 젊은 여인들이 종이 팻말을 손에 들고 서성거리고 있었다. 팻말에는 '파동 삽니다' '국기훈장 삽니다' '밧데리 삽니다' 등 글줄이 적혀 있었다.

봄순은 그 앞으로 다가갔다. 팻말을 들고 있던 여인들이 우르르 봄순 주변에 다가섰다.

"물건 있어요?"

"물건이요?"

호리한 여인이 눈을 깜빡이며 웃음을 던졌다.

"훈장이에요."

"쉿……."

여인이 자기의 입으로 손가락을 가져가며 눈치를 주었다. '훈장'이라는 단어는 쓰면 안 된다는 것이다. 여인은 봄순에게 눈짓하며 오른손을 엉치에 살짝 붙이고, 따라오라며 손바닥을 나비처럼 나풀거렸다.

'아하, 훈장을 물건이라 하누나.'

봄순은 그 여인을 따라갔다.

도착한 곳은 판자로 지어진 단층집 창고였다. 그 안에서 또 다른 여인이 뚱기적거리며 걸어 나오더니 봄순에게 물었다.

"국기훈장 몇 급이에요?"

"2급이요."

"언제 받은 거예요?"

"1992년이요."

그러자 그 여인이 머리를 끄덕였다. 훈장 발급 연도에 따라 금 함량이 다르다고 했다. 이렇게 사들인 김일성훈장부터 국기훈장까지 각종 훈장들은 국경을 통해 중국으로 넘어갔다.

뚱뚱한 여인이 훈장을 앞뒤로 찬찬히 살펴보았다. 그러더니 봄순을 데리고 온 호리한 여인에게 말했다.

"물건이 맞네. 돈을 줘."

봄순은 김일성 초상화가 박힌 고액 화폐 열 장을 받았다. 이 돈이면 공장노동자 월급의 스무 배였다. 장마당에서 야매 가격으로 쌀을 산다 해도 이십오 킬로그램은 충분히 살 수 있었다.

봄순은 전쟁에서 공을 세운 영웅이 된 것처럼 부풀어 오르는 가슴을 억누르며 거리로 나왔다. 구름이 드리운 하늘 저 멀리서 시원한 바람이 불어오기 시작했다. 그녀는 앞을 가리고 있던 장막이 서서히 걷히는 듯한 느낌을 받았다. 주머니 속 현금을 쥐고 있는 손에서부터 수혈을 받듯이 따뜻한 온기가 온몸으로 퍼졌다.

봄순은 떡 장사를 시작했다. 훈장을 팔아 마련한 종잣돈 절반으로 떡 장사 밑천을 잡고, 나머지는 비상금으로 남편이 찾을 수 없는 곳에 깊숙이 보관했다.

그녀의 하루는 바빴다. 제분한 쌀가루를 반죽해 시루에 올려 익히는 모든 일을 오로지 혼자 해야 했다. 새벽부터 움직여야 점심시간부터 떡을 팔 수 있었다.

"떡 사라요, 떡 사라요."

밤늦게 집에 오면 녹초가 되었다. 하루 종일 떡을 사라고 외치느라 부어오른 편도가 가장 아팠다. 하지만 봄순에게 있어 편도염은 병도 아니었다. 봄순은 소금물로 함수를 하고 매일 새벽부터 떡을 만들었다.

떡이 담긴 함지를 머리에 이고 거리에 나서면 사람들이 봄순을 흘끔흘끔 보았다.

"떡 사라요. 금방 한 거예요."

봄순의 인사는 이렇게 달라졌다. '안녕하세요, 어떻게 지냈어요?' 하는 가식적인 인사는 시간 낭비일 뿐이었다. 봄순의 인사는 오직 떡을 판매하는 것이 목적이었다.

처음에는 하루 떡 판매량이 십 킬로그램에 그쳤으나 조금씩 늘어나기 시작했다. 하지만 어떤 날은 절반도 못 팔 때가 있었다. 그러면 봄순은 친정집에 들렀다. 팔다리를 잘 쓰지 못하는 동생에게 떡을 주고 싶었다.

"남순아, 언니가 만든 떡이야. 어서 먹어."

남순은 언니를 잘 따르는 착한 동생이었다. 돈을 많이 벌면 봄순은 가장 먼저 동생에게 예쁜 옷을 사주리라 마음먹었다.

"엄마랑 아버지도 좀 잡수세요."

봄순의 아버지는 기를 쓰고 딸에게 떡값을 주었다.

"농사꾼은 죽어도 종자는 베고 잔다. 본전은 잃지 말아라."

떡 장사를 시작한 지 한 달이 지났다. 떡 함지를 이고서 장마당을 오가는 시간만 줄인다면 떡을 더 많이 팔 수 있겠다는 생각이 들었다. 그러나 돈이 없는 봄순에게 방법은 없었다.

'그 시간만 절약해도 좋을 텐데, 나에게는 11호차(두 다리)밖에 없으니…….'

그날은 11일, 전통 장날이었다. 장날은 농민들의 쉬는 날이어서 가축을 팔려는 농민들도, 가축을 사려는 도시 주민들도 무리로 나오는 날이기도 했다.

봄순은 새벽 두 시부터 떡시루에 쌀가루를 올려 잘 익힌 반죽을 비닐 위에 펴놓고 아버지가 만들어준 참나무 떡메를 휘둘렀다. 찬물에 살짝 담갔다 뺀 떡메로 말랑한 반죽을 치고 비비고 돌려 절편과 송편, 꼬리떡을 빚었다. 마지막으로 손바닥에 콩기름을 살짝 묻혀 손에서 손으로 떡을 빠르게 넘기는 동시에 기름을 바른 다음, 함지에 담았다. 장날 특수를 놓치면 안 된다.

동이 트기 시작했다. 봄순은 떡 함지를 이고 집을 나섰다. 여느 날보다 두 배나 무거운 떡 함지를 받치고 있는 목대가

뻐근했다. 그녀는 한 손 한 손 번갈아 함지를 쥐면서 다리를
종종 움직여 걸었다.

　장마당 입구에는 벌써 음식 장사꾼들이 길게 늘어앉아 있
었다. 차들이 지나가며 먼지가 회오리쳐 그들의 얼굴을 덮어
도 그들은 눈만 껌뻑일 뿐, 그 자리에 그대로 있었다. 손님을
끌려고 화장한 얼굴들이 먼지와 땀으로 얼룩져 있었다.

　"온반 따끈해요. 잡숫고 가라요."

　"두부밥 사라요. 양념 많이 줄게요."

　"평펑이떡(옥수수떡) 사라요."

　장마당은 말 그대로 전쟁판이었다. 돌도 안 된 아기를 대충
안고서 배추나 무 같은 채소를 팔고 있는 앳된 색시들이 여기
저기 보였다. 그들은 아기에게 물렸던 허연 젖가슴이 옷 밖으
로 늘어져도 의식하지 못했다. 눈물겹게 불쌍했다. 무언가를
이고 지고 어디론가 달음박질하듯 걸어가는 여자들도 보였다.

　인조고기밥 매대를 조금 지나니 막대기로 천막을 드리운
매대가 나타났다. 그 안에 아기 업은 여자가 있었다. 그 옆이
봄순의 자리였다.

　"여기 앉지 말아요. 저기 좀 떨어져 앉아요."

　아기 엄마가 투덜거렸다.

　"길바닥 자리를 돈 주고 사기라도 했어요?"

　"저기도 자리 있잖아요?"

여인은 원수를 본 듯 봄순에게 덤벼들었다. 그녀의 등에 업힌 핏기 없는 아기가 흐릿한 눈길로 봄순을 멀거니 올려다보았다.

마음이 약해진 봄순은 살림집 담장이 보이는 곳으로 조금 더 걸어갔다. 평평한 자리가 눈에 띄었다. 두 손을 올려 떡 함지를 내리려고 안간힘을 쓰는 찰나, 갑자기 앞이 새까매지면서 빈혈이 일었다. 전날 밤 한잠도 자지 못해 무리가 온 것이었다. 봄순은 이를 악물고 넘어지지 않으려고 안간힘을 썼으나 두 발이 휘청거렸다. 두 손은 아직도 떡 함지를 힘껏 붙잡고 있었던 탓에, 떡 함지는 끝내 그녀의 몸과 함께 엎어지고 말았다.

그러자 어디서 나타났는지 때가 꼬질꼬질하고 젓가락처럼 말라빠진, 열 살쯤 되어보이는 꽃제비 무리가 엎어진 떡 함지를 도둑 떼마냥 우르르 덮쳤다. 그물을 덮지 않은 음식 장사 매대가 어디에 있는지 매의 눈이 되어 살펴보던 그들에게 있어 길가에 엎어진 떡 함지는 말 그대로 호박이 넝쿨째 굴러들어온 것이나 다름없었다.

"이 자식들! 이 자식들!"

봄순은 그들을 쫓아내느라 정신이 없었다. 꽃제비들은 땅바닥에 쏟아진 송편이며 절편을 입에다 급히 쓸어 넣고 씹으며 옷 안에도 필사적으로 마구 집어넣었다. 그것도 성에 차지 않았는지 윗도리를 벗어 바닥에 대고는 두 손으로 떡을 긁어 담아 와락 움켜쥐고 달아나버리는 녀석도 있었다.

결국 함지에 가려졌던 떡만 바닥에 덩그라니 남았다. 그마저도 절반은 흙 범벅이 되어서 팔 수 없었다. 봄순은 기가 막혀 길가에 앉은 채로 멍하니 있다가 울기 시작했다. 꽃제비들도 불쌍했지만, 자기의 처지는 그보다 더했다.

무거운 떡 함지를 이고 먼 길을 걸어오던 일, 밤새 시루에서 떡 반죽을 익혀내고 손등을 데어가며 떡을 만들던 기억들이 지나갔다. 이런 식으로 했다가는 또다시 가족들을 다 잃을 것이었다. 과연 모두를 살릴 수 있을까? 내게 그런 힘이 있기나 할까? 이번 삶도 망한 거 아닐까?

한번 울기 시작하니 설움이 목 끝까지 차올라와 저절로 소리가 났다.

"흑…… 흐억…… 흐억……."

사람들이 보는 데서 바보처럼 소리 내어 울어보는 것은 난생처음이었다. 해거름이 지고, 봄순은 너무 울어서 두 눈이 퉁퉁 부은 채로 집으로 돌아와야 했다.

그녀는 장롱을 열었다. 훈장을 판 돈의 절반이 그곳에 감춰져 있었다. 옷소매에 똘똘 말아둔 백 원 지폐들이 보였다. 그 돈을 꺼내 들고 그녀는 다시 장마당에 나갔다. 내일도 떡 장사를 해야 했다. 그러자면 쌀을 사야 했다. 차가운 아스팔트 바닥에서 죽어가던 아기, 그리고 무기력한 자신을 생각하고 있노라면 너무나 괴로웠다. 이럴 때는 아무 생각 없이 장사만 해야 했다. 봄순은 장사를 멈추면 죽는 것이라고 자신을 계속 흔들었다.

다시 쌀을 사고, 그것을 제분해 떡 장사를 준비했다. 봄순은 그 이후 넘어져도 다시는 떡 함지가 쏟아지지 않도록 자그마한 수레를 끌고 다녔으며, 함지에도 촘촘한 그물을 두 겹이나 씌웠다.

석 달이 지나자 떡 장사는 꽤 돈벌이가 됐다. 어느새 봄순의 떡 만드는 솜씨가 제법 늘고, 요령도 생겼다. 절편보다는 송편을 만드는 것이 이득이었다.

당콩(강낭콩)을 삶아 절구에 찧고 거기에 사카린을 넣으면 달콤해졌다. 그것을 한 숟갈씩 넣어 송편을 만들면 절편보다 떡 개수가 두 배는 더 나왔다. 당콩 가격도 쌀보다 두 배나 저렴했다. 떡 반죽을 술병으로 얇게 밀어낸 다음 물컵으로 둥그렇게 찍어내 그 안에 크게 빚은 당콩 속을 넣고 오므리면, 쌀은 절약되고 사 먹는 사람들도 맛있다고 좋아했다.

싱그러운 바람이 불어오던 9월 어느 날, 봄순은 떡을 모두 팔고 다음 날 써야 할 쌀을 사기 위해 쌀 매대로 갔다. 이십 킬로그램짜리 쌀자루를 수레에 싣고 철교를 지나 도로에 나섰을 무렵이었다. 도로 양옆에 펼쳐진 버드나무 밑에 낯익은 남자가 서 있었다. 새까맣게 타버린 그녀의 얼굴을 멀리서 바라보던 그 남자가 마주 걸어왔다.

"아, 오빠!"

우진이었다.

쌀자루며 함지며, 부식물 등이 가득 들어 있는 수레를 끌고 있는 그녀를 보면서 우진은 말했다.

"황소도 아니고……."

짧은 말이었지만 그의 어조는 누군가를 겨냥해 욕을 하는 것처럼 날카로웠다.

"여기서 저를 기다린 거예요?"

"한 시간째 기다리고 있었어."

사실 우진은 봄순이 떡 장사를 시작한 후 매일 떡 함지를 이고서 장으로 나가고, 늦은 저녁에 제분소에 맡길 쌀자루를 이고 돌아오는 것을 지켜보고 있었다. 우진이 집에 없을 때 봄순이 떡을 한가득 놓고 갔다는 얘기도 어머니에게 종종 들어서 알았다. 우진은 봄순의 쌀자루를 자전거 짐틀(짐받이)에 올려놓았다.

"가자. 제분소에 가는 거잖아."

봄순은 스적스적 그의 뒤를 따랐다. 우진도 터벅터벅 걷기만 했다. 제분소에 도착하자 우진은 자전거 짐틀에서 짐바를 풀고 쌀 마대를 어깨에 둘러멘 후 제분소로 들어갔다.

제분소 주인이 눈을 껌적거리며 봄순을 바라봤다. 이 남자는 누구냐는 눈치였다. 봄순은 시치미를 뚝 떼고 물었다.

"몇 시에 올까요?"

"오늘은 제분할 게 좀 많아서…… 밤 열한 시 좀 넘어 와요."

제분할 쌀자루가 길게 놓여 있었고, 마지막에 이름표를 붙인 봄순의 쌀자루가 놓였다.

"조금 걸을까?"

우진이 말했다.

"……."

설렘과 동시에 두려움이 다가왔다. 초가을의 낮은 길었다. 일곱 시가 넘어도 해는 아직 서산마루 전이다. 우진과 함께했던 봄날의 추억이 그녀의 머릿속을 맴돌았다. 향나무와 소나무로 둘러싸인 잔디밭에 우진은 멈춰섰다. 태양상이 있어 공원처럼 아름답게 꾸며진 곳이었다.

잔디밭 둘레에 자전거를 세우고 우진은 봄순 쪽으로 돌아섰다. 몹시 진지한 표정이었다.

"잠깐 앉았다 가."

봄순은 수줍은 모양으로 고개를 끄덕였다.

"풋강냉이(옥수수)야. 배고프지? 먹어 봐. 우리 집 텃밭에서 따다 삶은 거야."

자전거 손잡이에 걸어둔 가방에서 우진은 강냉이를 꺼내
들었다. 구수한 냄새가 봄순의 허기를 자극했다.

따끈한 강냉이를 손에 든 봄순은 옛날의 추억이 떠올랐다.
우진이 중학교 시절에 축구를 하다가 발목을 삐어 학교에 못
나왔던 날, 그녀는 삶은 강냉이를 책가방에 넣고 우진을 찾아
간 적이 있었다.

"오빠, 풋강냉이야."

그날 봄순은 따끈한 강냉이를 우진에게 주면서 웃었었다.
둘은 그날의 추억을 동시에 떠올리다 눈길이 마주치자 웃음
을 터트렸다.

봄순은 우진이 제대하고 처음으로 얼굴을 제대로 보았다.
이름이 봄순이라고 봄꽃을 꺾어주던, 상냥하던 그 오빠가 그
때의 눈빛으로 자기를 보고 있었다. 지금도 들꽃을 꺾어 그녀
의 가르마 한쪽에 꽂아주고 싶어 하는, 그런 눈빛이었다.

우진은 내성적이고 고지식해, 목표가 보이면 돌진해버리는
봄순의 성격과 사뭇 달랐다. 하지만 사춘기 시절부터 봄순은
우진을 무척 따랐다. 시를 잘 쓰고 노래도 잘하는 우진은 글
짓기 경연이나 노래 모임에서 항상 빛났다. 우진의 감성적인
면은 봄순으로 하여금 우진을 이상적인 남자로 보게 만들었
고, 사랑하게 만들었다.

"봄순아, 이거 새것은 아니지만……."

우진은 자전거 손잡이에 봄순의 손을 잡아 올려놓았다.

"너 주려고 가져왔어. 이젠 자전거를 타고 다녀. 무거운 떡 함지를 매일 이고 다니면 병이 생길지도 몰라."

"오빠, 이 자전거를 나한테 준다고요?"

"응, 이제부터 이거 타고 다녀."

너무나 갖고 싶던 자전거였다. 떡 함지를 머리에 이고 다니는 것이 무겁기도 했지만 무엇보다 장마당까지 오가는 거리가 너무 멀어 자전거가 간절했는데, 그 자전거를 우진에게 선물로 받게 되다니!

우진은 닳고 닳은 편리화를 신고 힘들게 걷는 초라한 봄순의 모습에 마음이 아팠다. 그래서 언제부턴가 생각한 것이 일본제 중고 자전거였다.

"아무 생각 말고 타고 다녀. 그래야 내 마음이 편해."

그의 목소리에서 알지 못할 슬픔이 느껴졌다.

봄순은 우진의 얼굴을 찬찬히 바라봤다. 애써 감추려는 그 슬픔이 무엇인지 알고 싶었다. 우진의 눈동자가 흔들렸다. 순간, 사랑이 그 눈빛에 가득 실려 있는 것을 봄순은 보았다. 과거의 사랑이 떠오르면서 봄순의 심장도 뛰기 시작했다.

그대 가슴에 얼굴을 묻고 오늘은 울고 싶어라

세월의 강 넘어 우리 사랑은 눈물 속에 흔들리는데

얼마큼 나 더 살아야 그대를 잊을 수 있나

한마디 말이 모자라서 다가설 수 없는 사람아

그대 앞에만 서면 나는 왜 작아지는가

이 노래를 봄순이 통기타를 치며 부르던 그때 그 시절 풋풋한 사랑을 떠올리며, 이들은 자석처럼 서로에게 다가서고 말았다. 그리고 둘은 뜨겁게 포옹했다. 그 순간만큼은 세상을 잊은 채.

일주일 후, 우진은 결혼했다. 그날 밤, 봄순은 뜬눈으로 날을 샜다. 예리한 칼로 심장을 베어내는 듯한 아픔 때문에 베갯잇을 눈물로 적시고 말았다.

봄순의 장사로 많은 것이 달라졌다. 먼저 철욱이 그녀에게 막말을 퍼붓는 일이 사라졌다. 습관처럼 막말을 던졌다가도 아내의 눈치를 봤다. 놀라운 변화였다. 또 세대주가 공장에서 받은 배급 쌀은 신발장 옆에 자루 채로 쌓였다가 쌀 장사꾼에게 통째로 넘겨졌다.

봄순 덕분에 먹고사는 수준이 높아졌으며, 철욱의 주머니에 용돈도 생겼다. 하지만 철욱은 여자답지 못하게 자전거를 타고서 세상을 활보하는 아내의 모습이 싫었다. 이제 아내는 자신을 위해 존재하는 여자가 아니라 장마당을 위해 존재하는 여자 같았다. 아내를 볼 때마다 온화하고 순수하게 남자를 섬기는 전형적인 여자의 모습이 뒤집어지고 있음을 그는 체감했다.

매달 아내가 해주던 토끼곰 보양식도 사라져버렸다. 철욱이 이에 대해 시비하지 않는 것은 정말 놀라운 일이었다. 하지만 딱 거기까지가 철욱이 참을 수 있는 한계였다.

한편, 봄순은 영원히 떡 장사를 할 생각은 없었다. 다음 계획을 실행하기로 했다. 떡 장사를 하는 동안 계속해서 유통 사업 품목들을 살폈다. 마침내 무엇을 유통할지 선택한 봄순은 남편을 열정적으로 설득했다.

"연료 장사 어때요? 하는 거 보니까 떡 장사하고는 차원이 달라요. 단가가 다르니까 하루 버는 돈도 많을 거 아니에요. 연료 장사하는 집들 봐요. 벌써 색 텔레비 놓고 녹화기 놓고……. 아이고, 간부보다 더 잘 살아요. 앞으로는 무엇보다 돈이 최고가 돼요."

"말도 안 되는 소리 하지 마. 여기가 남조선이야? 무슨 돈이 최고야? 그리고 여자가 웬 연료 장사야?"

그녀의 말을 가로막으며 철욱이 단도직입적으로 말했다. 요새 들어 말끝마다 돈을 얘기하는 아내가 점점 거슬리던 참이었다. 돈으로 성분을 살 수 있나? 돈이 많으면 나와 동급이 될 수 있다고 생각하는 거야? 철욱은 내심 불편했다.

"여자가 해야 할 장사가 어디 10대 원칙에 있나요? 연료 장사꾼들 사는 집에 한번 가 봐요. 옛날 지주 집보다 더 크게 집을 짓고 산다니까요"

"지주 집이 그렇게 부러워? 그런 게 부러워서 갈보들이나 하는 장사를 해?"

"갈보라고요?!"

"운전사들한테 휘발유나 디젤유를 파는 건데, 운전사들이 다 남자 아니고 뭐야?"

"아니, 왜 그 사람들을 남자라고 생각해요? 고객이라고 생각해야죠."

"고객은 무슨 말라빠진 고객이야…… 남자야, 남자지!"

철욱은 요즘 들어 우려했던 것들이 현실로 다가와 충격을 받고 있었다. 집구석에 박혀 있던 아내가 장사를 하더니 사고하는 스케일이 산짐승을 잡으려고 수단을 가리지 않는 포수보다 더 커졌다.

'굴레를 찢어내고 날뛰는 망아지와 뭐가 다른가.'

식량난이 여자들을 장사로 몰았어도, 대부분의 여성들은 조용하게 장사했다. 장사를 크게 하는 여자들도 있었으나 그들은 어디까지나 여성의 품성을 흐트리지 않으면서 돈벌이를 했다. 그런데 연료 장사는 매일 매시간 차 운전사들을 상대해야 한다. 그들은 전부 남자가 아닌가. 하필 자기의 아내가 그 장사에 몸을 담그느냐는 것이 철욱의 생각이었다.

그러나 봄순은 남편과 생각이 달랐다. 지난 삶에서는 철욱의 뜻대로 살았다. 종잣돈이 없어서 장마당에서 텃밭에서 기른 채소나 좀 내다 파는 정도였다. 하지만 이제는 그 정도에서 안주할 수 없었다. 더 많은 돈을 벌어야 했다.

봄순은 지난 삶에서 공장 직업에 등급이 있듯이 시장 직업에도 등급이 있는 것을 보았다. 장마당이 생기고 나서 여러 가지 돈벌이 방법이 생겨났지만, 그것도 큰 돈주(부자)가 되는 장사와 입에 풀칠만 겨우 할 수 있는 장사로 나누어졌다.

그리고 공장 직업은 나라에서 정하지만 시장 직업은 자기의 능력으로 선택할 수 있었다. 공장 직업은 나라에서 시키는 일만 하면서 나라가 정해준 월급만 받는다. 그 월급으로는 쌀 일 킬로그램도 사지 못하니, 그것에만 충성하면 굶어 죽기 딱 좋았다. 반면 시장 직업은 자기의 능력을 발휘해 돈벌이 범위를 언제든지 넓힐 수 있는 기회였다. 봄순은 이 기회를 놓칠 수 없었다.

봄순이 돈을 벌면서 철욱과 봄순이 가진 인식의 차이점이 점점 드러나기 시작했다. 이를테면 김일성 초상화가 새겨진 지폐를 남편 철욱은 아내가 발로 밟지 못하도록 통제하려 했다. 김일성 수령님을 어떻게 발로 밟느냐며 아내에게 짜증 내면, 봄순은 어이가 없어 퉁명스럽게 말을 던졌다.

"그게 돈이지 무슨 초상화예요?"

봄순에게는 장사가 끝나고 돈다발을 묶을 때면 돈다발이
부풀지 않도록 발로 밟는 습관이 있었는데, 이건 봄순이 지폐
를 그냥 돈이라고 생각하기 때문이었다. 그러니 봄순의 말에
도 일리가 있었다.

"저 꽉 막힌 인간. 지금도 말하는 걸 봐."

봄순은 중얼거렸다.

지난 삶에서는 남편이 이렇게 답답한 사람이라는 것을 잘
몰랐다. 동네 아주머니들이 봄순을 부러워했기 때문이었다.

"남편 잘생겼네요."

"접견자 가족이라면서요?"

"아지미 진짜 남편 복 있어요."

"거기 금테 둘렀나 봐……."

여인네들 사이에서 폭소가 터졌다. 그러면 봄순은 씁쓰레
웃으며 대답했다.

"남편 복이요? 네, 네, 맞아요."

이렇게 대답하는 횟수가 늘어날수록, 봄순의 가슴에는 허
무함이 깊어졌다.

철욱은 가끔가다가 성질을 내며 욱하긴 했으나, 대접을 받
으면 다른 집 남편들처럼 기분이 좋아져서 대하기가 그리 어

렵지는 않았다. 하지만 집안일이라곤 전혀 할 줄 모르는 건 이웃집 남편들과 분명하게 달랐다.

신혼살림을 차린 단층집 마당의 펌프 수도가 고장이 나도 남편이 수리한 적은 없다. 땅속에 박혀 있는 인발관과 펌프를 연결하고 있는 고무 바킹(패킹)이 닳으면 물을 끌어 올리는 압력이 약해져 펌프가 지하수를 제대로 퍼 올리지 못한다. 고무판을 잘라 바킹을 다시 교체하면 되는 단순한 원리를 몰라서인지, 아니면 성분 좋은 집 아들로 자라서인지 철욱은 애당초 손을 대지 않았다. 봄순은 할 수 없이 펌프를 고치는 등 집안 수리를 도맡았다.

"차라리 옷 장사를 해."

철욱이 고집을 부렸다. 새로운 장사를 시작하려면 의류를 넘겨받아 시장에서 파는 장사를 하라는 것이었다. 그런 장사는 천성에 맞지 않는다고 봄순이 누누이 말했으나 마이동풍이었다. 그리고 그런 장사는 잘 벌어도 쌀 일 킬로그램, 못 벌면 겨우 두부 한 모 값밖에 나오지 않았다. 지금 같은 혼란기에 조금만 눈 굴리면 돈벌이할 것이 가득한데 말이다.

'답답한 인간. 말할 사람하고 말을 해야지.'

연료 장사를 해 보자는 봄순의 제의에 그냥 수긍만 해주어도 이렇게까지 화가 나지는 않을 것 같았다.

떡 장사나 옷 장사는 아이의 약을 살 만한 돈을 모으기에는 제대로 벌이가 되지 않았다. 봄순은 절대 과거처럼 배고프고 비참한 삶을 살지는 않을 거였다. 그래서 눈앞에 보이는 돈을 못 보는 철욱이 볼수록 얄미워졌다.

봄순의 속도 모르고 철욱의 손이 가슴을 더듬어오기 시작했다. 봄순은 신경질적으로 그 손을 쳐버렸다. 그리고 휙 돌아 누웠다. 자존심이 상한 철욱이 갑자기 상반신을 벌떡 일으켜 앉았다. 그러더니 봄순의 바지를 토끼 가죽 벗기듯 완력으로 벗기고 그녀의 몸을 눌렀다. 봄순은 몸 위에서 들썩이는 남편을 쳐다보지도 않았다. 황소의 울음소리 비슷한 소리가 울리는 순간까지 그녀의 머릿속에는 연료 장사 생각, 오직 그뿐이었다. 연료 장사는 앞으로 몇 년간 큰 호황을 누릴 것이라는 것을 알기 때문이었다. 어떤 일이 있더라도 그 장사를 시작해야 했다.

봄순은 떡 장사로 모아둔 현금을 세어보았다. 연료 장사를 시작하기에는 적은 돈이었다. 하지만 그 돈은 그녀의 피땀으로 모아들인 소중한 돈이었다. 이 돈을 벌기 위해 고생했던 일들이 새삼스레 떠올랐다. 몇 푼의 돈을 위해 어깨가 시큰거리도록 밤을 새워 떡을 하고 종아리가 뻐근하도록 땀 흘리며 걸어야 했다. 한 푼도 없었던 지난날에 비하면 얼마나 큰돈인가. 금덩이가 쌓인들 이 돈보다 큰돈일까. 돈을 손으로 움켜쥐고 바라보며 그녀는 결심했다.

'이 돈을 굴려야 한다. 무엇이든 시작해야 하는 거야. 여자답게 하는 장사가 어디 있다고…… 사람들이 뭐라 해도 능력이 허락하는 한 어떤 장사도 가리지 않고 시장에서 토대를 넓혀가야 한다.'

그녀는 연료 장사 준비에 서둘렀다. 주변에 있는 연료 장사꾼은 많아야 세 명이었다. 분명히 빈틈이 있을 것이었다.

우선 어디서 어떤 방식으로 연료가 유통되고 판매되는지 알아야 했다. 하지만 장사꾼들에게 물어봐도 알 수가 없었다. 연료를 사는 척 연료 장사를 하는 땅딸보 여자에게 은근슬쩍 물어봤지만 '이게 어디서 온 미친년이야' 하는 눈빛만 돌아왔다. 알아도 그들은 함구하고 있었다.

어찌어찌해 도로와 연결된 양수장 옆에 있는 단층집에서 연료를 도매하는 사십 대 여자와 연줄이 닿았다. 그러나 도매가가 소매가와 비슷했다. 다른 곳을 더 찾아야 했다. 봄순은 어디로 가야 할지 골똘히 고민했으나 모두 신통치 않았다. 그러던 중, 연료를 생산하는 공장에 가보는 게 좋겠다는 생각이 퍼뜩 들었다.

그녀는 연료 생산지인 백마로 떠났다. 이틀 동안 자전거를 타고 이백 킬로미터를 달려서야 백마화학공장이 보였다. 이곳이 원유를 가공해 연료를 공급하는 최초의 지역이었다. 공장 주변에 유조차들이 뱀처럼 구불구불 길게 늘어서 있었다.

연료를 공급받을 차량들이었다. 그리고 공장에서 연료를 공급받은 군부대와 연료 공급소 유조차들이 사 킬로미터도 못가서 사람들에게 연료를 팔고 있었다. 유조차 뚜껑을 열고 그곳에 관을 댄 후 장사꾼들에게 넘기는 모습이 한눈에 보였다. 여기서 연료가 1차 도매되어 순천까지 유통되면, 2차로 도매한 도매상인들이 연료 장사꾼들에게 중간 도매를 해 최종적으로 운전사들에게 판매되는 식이었던 것이다.

공장에서 조금 떨어진 곳에 연료 탱크가 보였다. 총을 든 군인이 보초를 서고 있는 것으로 보아 군부 연료 창고였다. 연줄만 있으면 저기서도 연료를 사는 것은 문제가 아니었다. 자금이 많으면 군부 간부에게 뇌물을 주고 판을 크게 잡을 수도 있다. 그러나 군부 물자는 위험하다. 그리고 지금 가진 돈으로는 어림도 없었다. 작은 새 한 마리가 연료 창고 위에서 하늘로 날았다.

봄순은 자전거를 타고 다시 이백 킬로미터를 달려 나흘만에 집으로 돌아왔다. 자전거로 왕복 사백 킬로미터를 달린 건 처음이었다. 맞바람을 맞으며 자전거 페달을 돌렸더니 종아리에 알이 배겨 걸을 수가 없었다. 무엇보다 자궁이 너무 쓰려 앉아 있는 것도 고통스러웠다. 봄순은 밥을 대충 먹고 웅크리고 누웠다가 까무러치듯 잠들어버렸다.

너무 힘들어서 다음 날 장사는 도저히 나갈 수 없었다. 하지만 연료 장사에 대한 미련을 이렇게 포기할 수는 없었다. 봄순은 모든 가족을 잃고 살 의미가 없어지는 그런 삶을 다시는 살고 싶지 않았다.

'방법이 있을 거야.'

봄순은 방 안에서 계속 머리를 굴리다가 안 되겠다 싶어서 자리에서 일어났다. 좀 더 적극적으로 움직여봐야겠다는 생각이 들었다.

그녀는 송편이 가득 담긴 떡 함지를 이고서 연료 장사꾼들의 집을 돌았다. 가까운 동네의 연료 장사꾼들은 그녀와 거리를 두었기 때문에 일부러 먼 동네까지 갔다. 어떻게 해서든 그들에게 접근해야 했다. 장마당에서 팔 때보다 송편 가격을 대폭 내려 팔면서 그들의 관심을 끌었다. 연료 장사꾼들이 단골손님이 되어야 떡을 계속 팔면서 연료 장사 방법을 터득할 수 있었기 때문이다.

어느덧 그녀는 연료 장사꾼들과 친하게 지내게 되었다. 그들은 점심시간이나 주말이면 봄순의 송편을 기다렸다.

근 한 달여를 노력한 끝에 봄순은 연료 공급소 소장을 만나면 후불제로 연료를 받을 수 있다는 사실을 알아냈다.

'후불제라니!'

연료 장사꾼이 막걸리를 마시고 취한 김에 흘리듯 알려주는 정보를 듣는 순간, 봄순은 속으로 환호성을 질렀다. 물론 내색은 하지 않았다. 하지만 송편에 곁들일 물김치를 떠받쳐 주고 있는 두 손이 부들부들 떨리는 것 같았다. 밑돈이 형편 없는 그녀에게 후불제라는 말은 마치 구세주의 음성 같았다.

만약 지난 삶대로 세상이 돌아간다면, 배급체제가 무너진 고난의 행군 시대는 앞으로도 몇 년간 이어질 것이었다. 간부들마저 담배 한 갑 가격의 월급을 가지고는 살기가 힘들어서 이런저런 불법에 손을 댄다는 얘기를 소문으로 들었었다. 국가 연료를 몰래 팔기라도 해야 가족들도 이밥을 먹을 게 아닌가. 아무튼 그들이 후불제를 원하는 이유는 알 필요가 없었다. 봄순에게는 밑돈 없이도 연료 장사를 할 수 있다는 사실이 무엇보다 중요했다.

그런데 연료 판매가 불법이다 보니 후불제로 연료를 사는 것이 낙타가 바늘구멍으로 들어가기보다 더 어려웠다. 그러자면, 그러자면……. 그녀는 손깍지를 끼고서 방 안을 서성거렸다. 연줄이 필요했다. 혹시 소개해줄 사람이 없을까.

당 비서 승재가 떠올랐다. 공장은 달라도 간부들끼리는 시당 회의나 강습에서 만난다. 규모가 작은 연료 공급소 소장은 인지도가 없을지라도 1급 기업소 당 비서 정도면 인지도가 높다. 그만큼 입김도 세다는 말이다. 승재라면 연료 공급소 소장을 소개해주는 것은 일도 아닐 것이다.

이제 봄순은 무법천지인 이 나라에서는 권력을 움직이는

힘이 돈이라는 사실을 알고 있었다. 낯모르는 간부에게 자기에게도 기회를 달라고 무대포마냥 들이미는 것보다 그녀와 안면이 있는 당 간부인 승재를 만나 뇌물을 건네는 게 지름길이었다.

하지만 봄순은 망설였다. 이번 삶에서는 승재를 절대로 만나지 않겠다고 결심했기 때문이다. 승재라는 만만치 않은 호랑이굴에 스스로 들어가는 것은 아닌가 싶었다. 지난 삶에서 혁명화 노동으로 탄광에서 고생하던 아버지가 그녀의 덫이 되어, 마지못해 승재가 하자는 대로 끌려갔던 기억이 났다. 치욕스러운 기억이었다. 하지만 봄순은 예전의 봄순이 아니었다. 새로 태어났고, 달라졌다. 설계밖에 모르던, 어떻게 하면 당의 충신으로 평가를 받을지만 고민하던 봄순이 아니었다. 후불제라는 기회가 그녀의 야망을 자극했다.

승재를 처음 안 것은 봄순이 스물한 살 때였다. 건설건재전문대학을 졸업하고 화학공장 설계실에 배치되었을 때. 봄순은 키는 크지 않았으나 얼굴이 예뻤다. 설계실 사도공으로서의 실력도 높았지만, 교양 있고 똑똑해 평판이 좋았다. 비가 오는 날이면 공장 청사 앞에 있는 김일성의 입상화가 젖을까 걱정되어 새벽에도 뛰어나오는 충신 중 충신이기도 했다.

봄순이 그처럼 온 힘을 다했던 건 아버지 때문이었다. 아버지 영민은 교화출소자였다. 당시에는 탄광에서 혁명화 기간을 보내고 있었다. 수령이 알아주는 충신이 된다면 집안의 성분을 바꿀 수 있다고, 봄순은 생각했다. 그래서 주야로 일을 하며 국기훈장 2급을 받았으나 달라진 건 별로 없었다.

그녀가 일하는 설계실은 공장 청사 2층에 있었다. 당 비서 사무실은 3층이었다. 그래서 청사 복도 층계를 오르내릴 때 마주치는 사람들은 대부분 간부들이었다. 봄순이 공손하게 인사하고 지나가면 "요즘 고와지네" 하며 농담을 건네는 간부들도 있었다. 하지만 당 비서, 승재는 묵묵히 지나갔다.

11월 어느 날, 봄순은 층계를 내려가다 당 비서와 마주쳤다. 인사하고 지나가는 그녀에게 승재가 말했다.

"봄순 동무, 오늘 퇴근 전에 사무실에 잠깐 왔다 가요."

언제 보아도 승재의 인상은 무표정에 가까웠다. 몸집이 우람하고 팔자걸음을 걷는 것이, 전형적인 간부였다.

"네, 비서 동지, 알겠습니다."

봄순은 가슴이 뛰었다. 공장의 최고 권력자가 자기를 찾는다. 필경 좋은 일이 있을 것이다. 무슨 일로 나를 부를까. 그녀의 마음이 풍선처럼 부풀었다.

퇴근길에 그녀는 소녀처럼 뛰어서 승재의 사무실로 올라갔다. 문을 두드리니 응답이 바로 돌아왔다.

"어서 들어와요."

반갑게 맞이하는 승재의 얼굴이 상기되어 있었다. 두 손을 아래로 포개어 쥔 봄순은 인사하며 문 앞에 섰다. 의자를 잡아당기며 승재가 말했다.

"앉아요, 앉아. 힘들지."

그녀의 어깨를 툭툭 치더니 책상을 마주하고 승재도 앉았다. 눈길이 마주치자 승재가 사람 좋은 웃음을 지어보였다.

"열심히 일하고 수령에 대한 충성심도 높고…… 이제는 입당 준비를 해야지."

입당이라니. 잘못 들은 것이 아닌가. 봄순은 눈을 들어 승재를 보았다.

"봄순 동무는 입당할 준비가 충분해요."

"비서 동지……."

그녀의 눈동자가 커졌다. 두 볼이 점점 빨개졌다. 얼마나 바라던 입당 청원이던가. 여기서 더 분발한다면 핵심당원이 될 것이고, 그러면 분명히 김정일이 알아주는 충신은 문제없다. 성분이 개조되면 아버지의 혁명화도 끝날 것이라고 생각한 그녀는 들떴다.

"고맙습니다, 비서 동지."

나직하게 말하는 봄순의 눈가에 눈물이 차올랐다.

"울긴…… 편히 앉아, 편히."

승재가 손으로 봄순의 눈물을 닦아주었다.

"도면을 그릴 때 눈은 아프지 않아요?"

"일 없습니다."

잠깐 정적이 흘렀다.

"음, 아버님은 잘 계시고?"

"……?"

봄순의 얼굴이 창백해졌다. 그녀에게는 아버지가 아픈 손가락이었다. 아버지의 혁명화를 끝내는 재량도 승재의 권력에 달려 있음을, 봄순도 알고 있다. 그런 승재가 아버지의 안부를 물어보는 것은 무슨 의미일까. 그녀의 큰 눈이 슴벅거렸다.

"아버지는…… 탄광에…… 아직 그곳에 있습니다."

봄순은 툭 치면 넘어갈 듯 넋을 잃고 간신히 말했다. 자신의 목소리가 들리지 않았다. 아픈 그녀를 품어주려는 듯 승재가 다가왔다. 그는 능청스럽게 웃고 있었다.

"문 앞에 바람이 들어오지? 추우니까 이쪽으로 와."

승재가 친절하게 그녀를 가까이 끌어당겼다.

"어려워하지 말고…… 춥지? 몸을 좀 녹이고 가."

남자의 큰 손이 봄순의 손을 잡고 빠르게 걸어갔다. 영문도 모르고 이끌려 들어가 그녀가 선 곳은 자그마한 온돌방이었다. 야근할 때 승재가 사용하곤 하는 침실이었다.

봄순은 이상한 기분이 들었다.

"가겠습니다, 비서 동지. 저, 전, 춥지 않습니다."

돌아서는 봄순을 승재가 거의 안다시피 끌어앉혔다.

"몸 좀 녹이고 가. 손이 곱게 생겼네."

승재가 하얗고 작은 그녀의 두 손을 자기 다리 위에 올려놓더니 강아지 쓰다듬듯 쓰다듬었다. 그러고는 그녀의 어깨에 한 손을 올려놓고 몸을 밀착시켰다.

봄순의 온몸이 바르르 떨렸다. 승재의 나이는 아버지뻘이었다. 딸뻘인 그녀에게 그가 속삭였다.

"고와할 때 가만 있어……. 입당도 하고, 아버지도 생각해야지."

"아버지요……?"

"그래…… 아버지도 이제는 모자를 벗어야 되잖아."

승재의 목소리가 메아리처럼 귓가에 들려왔다. 탄광에서 일하는 아버지의 혁명화를 끝내주겠다는 말이었다. 봄순은 순간 멍해졌다.

그러는 사이 남정네의 큰 손이 봄순이 입고 있는 뜨개옷 가운데로 쑥 들어왔다. 앳된 처녀의 탄탄한 가슴이 그의 손에 잡혔다. 늙은 남자는 마치 저장해두었던 사과를 꺼내먹듯 입술을 그대로 그곳으로 가져갔다.

권력 앞에서 봄순의 반항은 형식뿐이었다. 사실 어떻게 거절해야 하는지도 몰랐다. 전쟁판의 병사가 상관에게 복종하듯, 봄순은 그렇게 겁탈당했다.

다음 날, 강연회가 진행되는 공장 회관으로 들어가던 봄순은 승재와 마주쳤다.

"강연회 끝나고 내 방에 들렀다 가요."

승재의 얼굴은 너무나 평온했다. 오히려 정복자의 만족감이 눈가에 실려 있었다. 예의 바른 침묵으로 봄순은 승재를 거절했다.

그렇게 한 달이 지났다. 봄순의 아버지는 여전히 탄광에 있었다. 초조해진 것은 봄순이었다. 죄의식이 밀려왔다. 아버지의 삶과 자기의 행위가 연결되어 있다는 게 오싹할 정도로 소름이 끼쳤다.

움직여야 했다. 무엇이든 해야 했다. 멍청하게 있으면 아버지가 위험하다. 아버지를 빌미로, 입당을 미끼로 자기 몸을 탐하는 승재란 존재는 이 나라의 권력이었다.

동지섣달인데도 비가 내렸다. 아침만 해도 눈이 내렸는데, 오후에 들어서 빗줄기로 변했다. 저녁부터는 찬바람이 불더니 진눈깨비가 허공을 날았다.

퇴근길에 봄순은 진눈깨비를 그대로 맞았다. 머리가 젖고, 그것이 버석버석 얼음이 되어도 진눈깨비 내리는 침침한 거리를 계속 걸었다.

한 시간쯤 걸었을까. 이가 딱딱 부딪힐 정도의 추위가 몰려왔다. 봄순은 뛰기 시작했다. 찬바람을 거스르며 뛰고 또 뛰는 그녀를 지나가는 사람들이 의아한 듯 바라보았다. 봄순은 그래도 뛰었다. 목구멍 아래서 겻불내가 나도록 달려 숨이 차올랐다. 정신없이 뛰던 그녀는 결국 돌부리에 걸려 넘어지고 말았다. 땅에 쓸린 손에서 피가 보였다. 엎어진 채 봄순은 소리 내어 울었다. 아무리 울어도 마음의 응어리가 풀리지 않았다. 이제 대체 어떻게 해야 하나. 마음이 썩어 들어갔다. 하지만 다른 방도가 없었다.

'이직해야 한다.'

봄순은 노동과로 찾아갔다. 이직을 하려면 이런저런 서류가 필요했다. 그러나 며칠 후, 당 비서의 승인을 받아야 한다는 대답이 돌아왔다. 그녀는 몸부림칠수록 조여드는 올가미에 걸린 것 같았다.

봄순은 미친 듯이 일만 했다. 그 누구에게도 자기의 마음을 비치지 않았다. 심경의 괴로움을 꽁꽁 묻을수록 그녀의 성격은 차갑게 변해갔다. 봄순은 승재를 신소해야겠다고 마음을 잡았다.

일주일 후, 봄순은 사람들이 모두 퇴근한 후 청사 모서리에 설치된 신소함에 다가섰다. 신소함 가운데에 편지가 들어갈 자그마한 구멍이 가로로 뚫려 있었다. 그녀는 가방을 열고 신소 편지를 손에 들었다.

"여기서 뭐 하지?"

시커먼 그림자가 그녀를 덮쳤다.

"앗, 누구예요?!"

그녀의 손에서 누군가 독수리가 병아리 덮치듯 신소 편지를 뺏었다. 소리치며 돌아보던 봄순은 자기 입을 손으로 막고 말았다. 떡하니 서 있는 풍채 좋은 남자, 당 비서 승재였다.

우연인지 악연인지, 승재는 이날 늦게 퇴근했다. 신소함 근처에서 서성거리는 여인을 보면서 지나가던 그는 불길한 예감이 들어 그쪽으로 급히 다가섰다. 틀림없이 그녀는 봄순이었다.

봄순에게서 빼앗은 신소 편지를 주머니에 구겨 넣고 승재가 말했다.

"당장 날 따라와."

희끄무레한 불빛 아래로 대리석 층계가 보였다. 승재가 그곳으로 황황히 올라갔다. 봄순은 조금이나마 공포가 사라졌다. 불안해하는 당 비서를 보았기 때문인지도 모른다. 대신 살아 있는 유령과 마주해야 한다는 새로운 공포가 그녀를 압박했다. 쿵, 쿵. 심장 뛰는 소리가 달음박질했다.

못 박힌 듯 그 자리에 서 있는데 현기증이 밀려왔다. 어지러워 비틀거리는 몸을 겨우 가누며 그녀는 정신을 가다듬었다. 호랑이굴에 들어가도 정신만 차리면 산다고 했다. 숨는다고 달라질 것은 아무것도 없었다. 도리어 무거워진 굴레가 아버지와 가족을 옥죄일 것이었다. 여태까지의 분노와 쓸쓸함이 충돌하자 봄순은 속으로 외쳤다.

'피하지 말자. 소낙비를 피하겠다고 언제까지 처마 밑에 숨어 있을 것인가. 피할 수 없으면 소낙비를 맞아라.'

자기의 살을 발라 뼈가 드러나고 그 아픔이 고스란히 자기에게 돌아와도 봄순은 현실을 직시해야 한다고 생각했다.

그녀는 마음을 다잡고 층계를 올라갔다. 온몸의 무게를 한 발, 한발에 그대로 싣고서 층층 계단을 거의 다 올랐을 때 봄순의 마음의 심지는 단단해져 있었다.

"이게 무슨 의미인지 설명해 봐."

책상 위에 신소 편지가 놓여 있었다. 봉인한 그대로였다.

"비서 동지와는 상관없는 것이에요."

자기도 모르게 거짓말이 나왔다. 승재는 신소 편지 내용을 몰라야 했다. 자칫 잘못하면 그가 아버지를 영영 탄광에서 나오지 못하게 할 수도 있었다.

"그 말을 믿어도 되겠어?"

"믿지 못하실 거면 왜 저를 부르셨습니까?"

승재가 탁자로 다가가 주전자를 들었다. 하얀 컵 안에 물을 쏟은 그가 목이 말랐는지 물컵을 들어 단번에 마셨다. 그 사이 봄순은 책상에 놓인 신소 편지를 집어 들었다. 그리고 갈가리 찢었다. 가로세로로 찢어져 조각난 종이가 그녀의 가방에 쓸어박혔다.

봄순은 이미 어두워진 삶에 자신이 아끼는 우진까지 끌어
들일 생각이 없었다. 대신 그녀는 철욱처럼 좋은 성분을 가진
사람이 자신의 가족을 지켜줄 수 있을 거라고 생각했다. 그래
서 결혼하자마자 설계실을 그만뒀고, 이후 당 비서 승재와 마
주친 적은 한 번도 없었다. 정확히는 마주치지 않기 위해 수
많은 노력을 했다. 그를 보면 자신이 얼마나 무력한 존재인지
뼛속 깊이 깨달을 수밖에 없었기 때문이었다. 하지만 지금은
달랐다. 승재 덕분에 돈을 벌 수 있다면, 그를 이용하면 되는
것이었다.

봄순은 용단을 내렸다. 모아둔 현금을 세어보았다. 소개비
로 이만한 뇌물이면 적은 돈은 아니었다. 승재가 뇌물을 좋아
한다던 남편의 말이 떠올랐다. 뇌물을 좋아하지 않더라도, 이
정도 돈이라면 누구라도 마다하지 않을 것이다. 언제, 어디서
승재를 만나는가가 관건이었다.

봄순은 일어섰다. 결심을 했으니 움직여야 했다. 어깨를
쭉 펴고 거울을 마주 보고 섰다. 언뜻 당당해 보이는 듯했으
나 두려움이 역력한 얼굴이 거울에 비쳤다. 봄순은 생기가 있
어 보이도록 도톰한 입술에 립스틱을 바르고 웃어보았다. 그
리고 동전을 손에 들고 눈썹을 그렸다. 갈매기 모양의 눈썹이

그려지자 칙칙하던 얼굴이 살아나 보였다.

　오후 두 시, 그녀는 승재의 사무실에 노크하고 들어갔다. 보통 이 시간대에 승재는 사무 처리를 하느라 바빴다. 봄순이 미리 생각해둔 타이밍이었다. 권력의 상징인 승재의 사무실에 처음 찾아갔을 때의 기분이 떠올랐다. 그날의 그녀는 소풍 가는 소녀처럼 기뻤었다. 그러나 지금은 치밀한 계획하에 그를 찾아왔다.

　"안녕하세요, 비서 동지."

　갑자기 찾아온 봄순의 담담한 인사에 그는 놀란 표정을 지었다. 담화를 하러 온 당원 몇 명이 긴 의자에 앉아 승재와의 면담을 기다리고 있었다. 이내 승재는 사무적인 태도로 봄순에게 자리를 권했다.

　"저기 앉아 기다려요."

　봄순은 두 손을 맞잡고 당원들 옆에 앉아 기다렸다. 곧 당원들이 나가고, 승재와 봄순이 마주했다. 그녀가 당당히 용건을 말하는 동안 승재는 한참 동안 봄순을 낯선 사람 보듯이 얼떨떨한 표정으로 보았다.

　승재 앞에서 항상 죄인같이 풀이 죽어 있었던 봄순은 처음으로 당당한 태도를 보였다. 빈속에 마시는 소주 한잔에 온몸이 짜릿한, 그런 기분이었다. 둘은 서로 평등한 위치에서 거래를 하기 위해 만나고 있었다. 십오 분도 안 되는 시간 동안,

둘의 대화가 신속히 이뤄졌다.

"많이 컸네. 그럼 이만 가 보게."

승재의 대답은 이 한마디였다. 거래는 성립되었다.

봄순은 사실 승재를 괴롭힐 수 있는 여러 가지 방법을 알고 있었다. 하지만 그녀는 뜨거운 복수극 따위에는 관심이 없었다. 봄순은 계산이 차가운 사업가가 되어가고 있었다. 복수에는 열정과 시간이 들어갔다. 복수를 하기에는 봄순의 삶이 너무나 바빴다. 그리고 무엇보다 승재는 봄순이 에너지를 쏟을 만큼의 가치가 없었다.

봄순의 생각은 옳았다. 승재의 영향력은 대단했다. 다음 날로 그는 봄순과 거래한 대로 연료 공급소 소장에게 전화를 걸었다.

"반가워요, 소장. 우리 식사 한번 할까요?"

"웬일로 비서 동지가 전화를 다…… 바쁘시지 않습니까?"

승재는 뒤탈을 미리 예상하고 공급소 소장을 직접 만나서 부탁했다. 공장에서 충성의 외화벌이 계획을 하느라고 자체로 벌려놓은 사업이 있는데, 차량을 운행할 연료가 필요해 그러는 것이라고 적당히 둘러 말했다.

소장도 자신의 비리를 드러낼 바보는 아니었다. 소장은 공급소의 자금을 해결할 목적으로 연료를 조금씩 팔고 있다며 승재의 제의를 받아들였다. 사실 소장은 승재가 직접 후불제 연료에 관심을 가지는 것에 쾌재를 불렀다. 장사꾼들에게 국가 연료를 몰래 넘기느니 승재가 소개하는 봄순에게 넘긴다면 비리를 캐내려는 검찰을 알아서 막아주지 않겠는가 생각했다.

식량 배급제가 무너지면서 먹고살 수가 없어지자 노동자, 당원, 간부 들은 국가 자재를 훔치거나 몰래 빼돌려 판매하는 것이 예사로운 일이 되어버렸다. 중앙정부가 독점적으로 관리하던 자재공급체계가 무너진 것이다. 하루 종일 일해도 월급도, 식량 배급도 없었다. 그래도 중앙정부는 수령과 당에 충성을 요구하며 공장 출근을 당연시했다. 그러니 당원은 당원대로, 노동자는 노동자대로 공장 자재와 원료를 암시장에 넘겨 식량과 월급을 해결하는 것이 똑똑한 처사로 받아들여졌다. 간부는 권력을 이용해 통 크게 도둑질을 해먹었다.

연료 공급소 소장도 마찬가지였다. 그는 개인에게 불법으로 넘기던 연료 전량을 봄순에게 돌렸다. 연료를 사는 데 성공한 봄순은 곧바로 떡 장사에서 연료 장사로 업종을 바꾸었다. 드디어 장사의 규모가 달라지게 된 것이다.

봄순의 주유소

　봄순은 우선 집 앞의 창고를 크게 개조했다. 연료 창고로
사용하기 위해서였다. 창고 앞에는 '연료 판매'라고 간판을
올렸다. 그러자 광고를 하지 않아도 차들이 간판을 보고서 알
아서 찾아왔다.

　꾸준히 고객이 늘어나고 판매량도 계속 늘었다. 연료 장사
를 시작한 지 오 개월 만에 봄순의 수익은 눈에 띄게 높아졌
다. 어떤 날은 돈을 미처 가려낼 시간도 없이 베개 안에 쑤셔
넣고 다음 날 장사를 시작할 정도였다.

　연료 장사 영역에 새롭게 기어든 풋내기인 봄순이 주유소
를 제법 잘 운영하자 경쟁자들이 본심을 드러냈다. 그들은 구
실을 만들어 봄순에게 시비를 걸었다. 봄순의 주유소를 눈에

든 가시처럼 여기는 이들 중에서도 나이가 젊고 키가 큰 혜숙이라는 여자가 가장 야비하게 시비를 걸어왔다.

처음에 봄순은 혜숙에게 몇 마디 대꾸만 하고 넘어가려 했다. 그러자 혜숙은 봄순을 만만하게 봤는지 봄순이 장사하는 창고 근처에서 봄순의 외모를 꼬투리 잡았다.

"생긴 거 봐라. 남자들 홀리게 생겼잖아."

직업에 따라서 사람의 성격이 변한다더니, 봄순이 딱 그랬다. 그녀는 장사만 시작하면 눈빛과 입술에 힘이 들어갔다. 자연히 말투도 사나워졌다.

두 여자는 먹이를 앞에 놓고 으르렁거리는 사자들처럼 서로에게 악담을 퍼부어댔다. 악담에서 밀린 혜숙은 봄순의 머리끄덩이를 손으로 움켜쥐고 몸싸움을 걸었다. 봄순은 처음에는 맞았다. 그러나 점점 몸싸움 요령을 깨닫고 대응하기 시작했다. 목살 부분의 끄덩이를 흔들면 머리 중심부를 흔드는 것보다 아픔이 두 배여서 혜숙은 금방 물러날 수밖에 없었다. 혜숙은 숨을 헐떡이며 봄순에게 최후통첩하듯이 위협적인 말을 뱉었다.

"이 간나, 너 내 손님 더 뺏어가면…… 알지? 창고에 불을 지르고 말 거니까."

하지만 봄순은 개의치 않았다. 오히려 간판에 더 신경을 썼다. 주유소 간판에 적힌 글자의 색깔이 햇빛에 바래면 멀리서 정확히 보이지 않으므로, 새로운 간판으로 자주 바꾸었다. 도로 옆에 있는 데다 새빨간 글씨의 간판까지 달린 봄순의 주유소를 운전사들은 쉽게 찾아왔다.

안 되겠다고 생각했는지, 혜숙은 방법을 달리했다. 도로에서 직접 연료를 사려고 차 머리를 돌리는 운전사들을 웃음으로 맞이해 자기가 운영하는 주유소로 끌고 갔다. 그런 날은 확실히 봄순의 주유소에 오는 손님이 줄었다. 그러면 봄순이 먼저 혜숙에게 덤벼들어 혜숙의 머리칼을 한 줌 뽑아놓고서야 겨우 분을 삭였다.

악바리로 변해버린 봄순에게 어느 순간부터 혜숙은 더 이상 덤비지 않았다. 대신 전략적으로 접근했다. 봄순에게 고객을 뺏기지 않겠다며 연료 구매량과 상관없이 자기 주유소에서 연료를 사는 모든 운전사에게 담배 한 갑을 서비스로 주기 시작한 것이다.

그러자 봄순은 한술 더 떴다. 아예 한 동네 살고 있는 친정집 창고를 식당으로 개조했다. 도로 옆에 갑자기 냉면과 온반을 싸게 파는 식당이 생겨나자 운전사들은 연못에 물고기가 모여들듯이 찾아왔다. 식당에서 멀지 않은 곳에 주유소도 있으니, 여러모로 편리함이 제공된 셈이었다.

지난 삶과는 많은 것들이 달라졌다. 연료를 실어 오고 대금을 지불하는 과정은 봄순이 한다 해도, 휘발유와 디젤유를 고

객에게 판매하고 현금을 받는 등 고객을 관리할 인력이 필수
로 필요했다. 판매 자금을 관리하는 업무여서 성실하고 믿을
만한 사람을 고용하는 것이 중요했다. 봄순은 주유소를 맡길
정도로 믿음 가는 사람이 누구일지 고민했다. 그녀의 머리에
는 딱 한 사람이 떠올랐다. 바로 우진이었다.

봄순은 잠시 망설였다. 마음의 한끝에 여전히 사랑이 남아
있었다. 우진도 아직 그녀를 사랑하고 있을지는 모르겠지만,
문제는 자신의 마음이었다. 고용주가 흔들리면 안 된다고 생
각했다.

고민만 하던 중, 마당에 서 있는 파란 자전거가 눈에 들어
왔다. 첫사랑의 선물이었다.

'은혜는 은혜로 갚아야 하는 거야.'

봄순은 복잡한 생각을 쫓아버렸다. 어려울 때 자전거를 선
물로 받고 장사의 기반을 닦았으니, 그에 대한 의리로 함께
일하자고 하면 되는 것이다. 우진도 결혼을 했으니 문제 될
게 없었다. 봄순은 애써 감정을 누르고 합리적인 방안을 세워
나갔다.

봄순은 그의 아내에게도 인사를 할 겸 우진의 집으로 갔다.
대학 입학 시험을 칠 때보다 가슴이 더 두근거렸다.

"어머나, 언니, 봄순 언니 맞지요?"

어딘가를 가려던 건지 문밖으로 나서던 우진의 동생 우희

가 봄순을 반겨맞았다. 봄순은 떡 장사를 하는 동안 떡을 다 팔지 못하고 집으로 가다가 우희를 만나면 항상 우희에게 떡을 주었었다. 연료 장사를 시작한 뒤에는 우진의 생일을 잊지 않고 우희를 통해서 고양이담배와 술을 우진에게 보냈다.

이제 이십대에 들어선 우희는 제법 처녀꼴이 났다.

"우희야, 점점 고와진다."

"언니, 기딴 소리 말라요. 오빠가 또 뭐라 기래요."

"엉? 왜? 고와지는 게 당연하지."

봄순은 웃으며 눈을 흘겼다.

"좀 화장하고 곱게 차려입으면 오빠가 막 통제해요. 쓸데없는 남자들 꼬인다고. 그러면 자기가 진짜 사랑하는 남자를 사랑하지 못한대요."

우희가 깔깔 웃었다.

'진짜 사랑하는 남자를 사랑하지 못한다?'

봄순은 가슴이 선뜻해졌다. 갑자기 눈물이 왈칵 쏟아지려 했다.

"봄순이 왔구나."

우진의 어머니가 어쩐 일이냐는 듯 문을 열고 마당으로 나왔다. 어머니의 뒤로 한 젊은 여자가 따라 나왔다. 키도 크고 체격도 좋은, 무표정한 여자였다.

"우리 형님이에요."

우희가 옆에서 조잘거렸다. 우진의 아내라는 말이었다.

"전 이봄순이라고 해요. 체신소 아파트 밑에서 살아요."

봄순의 말에 우진의 아내가 고개만 움직여 인사를 했다. 다행히 아무리 눌러도 눌러지지 않던 질투는 일어나지 않았으나 봄순의 마음은 그리 편안하지 않았다.

"전 연료를 팔고 있어요. 언니 남편하고 토론할 일이 있어왔어요."

우진의 아내를 존경하는 의미에서 봄순은 그녀를 언니라고 불렀다.

"저녁이면 들어올 거예요. 들어가 기다려요."

우진의 아내가 말했다.

"봄순 언니, 들어가서 꽝튀기(팝콘) 먹자요. 좀 있으면 오빠가 올 거예요."

우희가 봄순의 손을 잡고 집으로 들어갔다. 방 안으로 들어서던 봄순의 눈이 대번에 커졌다. 우진의 어머니와 우희는 아랫방에서 살고, 우진은 윗방에서 신혼살림을 하고 있었다. 그런데 아랫방 한쪽에 새끼돼지 두 마리가 꿀꿀거리며 구유통을 뒤지고, 그 옆에 어미돼지가 씩씩거리며 드러누워 있는 것이 보였다. 돼지들이 아랫방에서 어머니와 우희와 함께 살고 있는 것이었다.

'아직도 힘들게 살고 있구나.'

봄순은 우진이 결혼한 뒤로는 우희를 통해 간간이 우진에 대한 소식을 들었다. 우진은 강철공장에 입직해 출근을 하고 있고 우진의 아내는 술장사를 한다는 말을 전해줘 그렇게 알고 있었는데, 집안 꼴이 이 정도인 줄은 몰랐다. 아내의 술장사로는 일 년이 넘어도 우진의 제대 군복을 대체할 옷 한 벌도 못 살 형편으로 보였다. 사실상 밀주를 뽑아 나오는 모주로 돼지를 기르는 어머니 밑에서 먹고사는 것이나 마찬가지였기 때문이다.

퇴근해서 집으로 돌아온 우진은 놀랐다. 뜻밖이었다. 봄순을 집에서 보다니. 달아오른 얼굴에 당황함이 어리긴 했으나 반가움이 표정에 역력했다. 그러나 봄순의 제의에는 반신반의하는 표정을 지었다. 그는 자신에게 봄순의 장사를 맡을 만한 실력이 있을지 걱정스러웠다.

그녀는 옛날에 그가 알고 지내던 동네 동생 봄순이 아니었다. 이제 자신이 보호하기에는 여장부 같았다. 자그마한 씨앗이 땅속에 뿌리내려 아름드리 나무가 되듯, 그녀는 장마당 거인으로 성장했다. 대장부라 해도 손색이 없을 만큼 대찬 여자가 자신을 믿고 함께 일하자고 하는 것에 솔직히 기뻤으나, 부담스럽기도 했다.

"네가 잘 나가고 있으니 그것만으로도 나는 기뻐. 이렇게 사는 내가 부끄럽구나."

"무슨 말이에요. 오빠가 왜 부끄럽다고 해요. 내가 여기까지 오게 된 게 누구 덕인데요. 그런 말 말아요. 자전거가 없었더라면……."

봄순은 숨을 들이쉬고 나서 말을 이었다.

"그 자전거가 없었더라면 무거운 떡 함지를 이고 다니느라 오늘의 내가 이렇게 성장하지 못했을지도 몰라요. 오빠가 선물해준 자전거가 있어서 세상을 보았어요. 도리어 은혜를 갚지 못해 죄송한걸요."

그래도 우진은 묵묵히 듣기만 할뿐 대답이 없었다. 봄순은 우진을 바라보며 진심으로 고백했다.

"사실 오빠가 필요해요. 옆에서 저를 도와줄 사람이요. 솔직히 혼자는 힘들어서 그래요. 경쟁자들이 걸어오는 시비는 견딜 수 있지만, 드럼통을 움직이고 연료를 팔고 이런 일들을 혼자서 하기에는 버거워요."

그때서야 우진은 봄순을 바라봤다. 그의 커다란 눈이 반짝였다. 봄순에게 내가 해줄 일이 있다니. 그는 봄순을 잘 알고 있었다. 굳센 여자였다. 지금도 그가 약간만 받쳐줘도 잘할 것이었다. 그런 생각을 하던 중, 불현듯 그녀의 잘생긴 남편이 떠올랐다. 언젠가 거리에서 멋진 옷을 입은 키가 큰 남자가 수입산 가죽 구두를 신고 걸어가는 것을 뒤를 돌아 끝까지 본 적이 있었다. 봄순의 남편이었다. 장사를 하느라 햇볕에 얼굴이 타 화장도 먹지 않는 봄순의 모습과는 대조적이었다.

우진은 눈길을 돌리고 망설이며 말했다.

"봄순아, 혹시 내가 옆에 있으면……. 그리고 난 장사는 할

줄 모르지 않니."

"오빠가 옆에 있으면, 뭐가 어쨌다는 거예요?"

그 걱정이 무엇인지 봄순은 알았다.

"그런 걱정 안 해도 돼요. 난 사람이 필요하고, 그래서 누구

든 고용해야 해요. 오빠라면 누구보다 내 일을 잘해줄 수 있

어요. 장사 능력이라는 게 타고나는 게 아니에요. 저도 배워

서 하는걸요. 바로 몇 년 전까지만 해도 여자가 자전거만 타

도 재수 없다고 남자들이 돌을 던졌잖아요."

진심으로 애원하는 봄순의 모습에 우진의 마음이 돌아서

기 시작했다.

"알았어. 공장 출근 때문에 당장은 안 될 것 같고, 방법을

찾아볼게."

"어머나, 오빠, 방법은 무슨……. 그냥 내일부터 8.3 노동자

로 넘어요. 공장에 돈만 바치면 국가에서 장사를 할 수 있도록

허용하고 있다지 않아요? 8.3 돈 내는 건 걱정하지 말고요."

마음의 짐이 덜어졌다는 듯 봄순이 웃었다.

이틀 후, 우진은 8.3 노동자, 즉 장사를 하면서 장사 수익금

의 일부를 국영공장에 바치는 대가로 공장 출근을 공식적으

로 면제받는 노동자가 되었다. 매달 8.3 자금을 반드시 공장에 바쳐야 하며, 그 돈을 내지 못하면 책벌이 따른다는 지배인의 이야기도 귀담아들었다.

며칠 후부터 우진은 봄순의 주유소에서 연료 판매 일공으로 일하게 되었다. 처음에는 봄순이 시키는 연료 판매만 제대로 하는 것도 쉽지 않았다. 풋내기 남자가 연료를 판매하자 교활한 운전사들은 우진을 얼러서 외상으로 휘발유나 디젤유를 가져가고는 다시 나타나지 않았다. 그 사달을 겪은 후, 며칠 동안 봄순은 우진을 옆에 두고 함께 연료를 팔면서 판매 요령을 알려주어야 했다. 봄순에게 장사하는 방법을 하나하나 배우는 사이에 한 달이 홀쩍 흘렀다.

"오빠, 고생했어요."

봄순은 우진에게 돈 봉투를 내밀었다. 월급이었다.

"……."

월급이 얼마인지 알게 된 우진은 아무 말도 못했다. 강철공장에서 일하며 받던 월급의 무려 삼십 배였다. 나라가 아니라 개인에게 고용되어 두툼한 돈 봉투를 쥐고 보니 심 봉사가 눈을 뜨듯 세상이 번쩍, 새롭게 보였다. 이제는 충성의 맹세문을 밤새워 쓰면서 공장에 출근해 식량값도 제대로 못 벌어오며 느끼던 허무함을 느끼지 않아도 되었다.

우진은 연료 장사 일에 진심으로 열중하기 시작했다. 식탁에서도 잠자리에서도 어떻게 하면 매상을 올릴 수 있을지 고심했다.

우진은 스스로를 몰아세웠다. 주유소에 들어오는 버스나 화물차에 연료를 넣어주고 돈을 받은 후, 반드시 수첩에 차량 번호와 그 차가 주유소에 오는 시간을 메모하는 등 치밀하게 장사를 했다.

몇 달간 메모한 차종과 시간 등을 따로따로 색연필로 통계 내어 연구한 그는 각 차량들이 어떻게 운행을 하는지 그 특징을 알아냈다. 화물차가 연료를 넣으러 오는 시간은 보통 아침 아홉 시에 집중되지만, 승객을 태우고 운행하는 버스는 아침 여섯 시에 몰려왔다. 대부분 개인이 운영하는 버스는 사람들을 한 명이라도 더 많이 태워야 수익을 올리므로 날만 밝으면 운행하는 것이었다.

우진은 주유소 개장 시간을 아침 여덟 시에서 다섯 시로 앞당겼다. 새벽에 운행하는 버스들을 전부 봄순의 주유소로 끌려는 것이었다. 세 시간 앞당겨 출근하였으나 퇴근은 따로 없었다. 차가 특별히 많이 오는 날이면 밤을 꼬박 새면서 연료를 팔았다.

또 우진은 화재를 막기 위해 연료 창고 바닥에 모래를 깔았고, 누구도 몰래 들어오지 못하도록 연료 창고 손잡이와 구석진 곳에 자그마한 종을 매달아놓았다. 수령에게 충성하던 우진의 충정과 직관력이 장사 감각으로 변모하기 시작했다.

주유소 수익이 고조에 오를 무렵, 봄순은 덜컥 임신을 했다. 아, 드디어! 봄순은 기뻐서 눈물이 날 뻔했다.

지난 삶을 떠올려보니 그때도 딱 이때쯤 임신이 되었었다. 그때 철욱은 처음으로 봄순에게 조그만 선물을 주었고, 시어머니도 먹을 것을 만들어왔다. 그러나 아쉽게도 아이는 두 달 뒤에 유산이 되었다. 그리고 그 후 칠 년 동안 아이는 생기지 않았다.

'이 아이는 절대 유산되게 하지 않을 거야. 그럼 칠 년 뒤에 미애가 태어나더라도 언니나 오빠가 굳건히 미애를 지키겠지.'

몸은 힘들었지만 마음은 가벼웠다. 봄순은 이제야 자신의 삶에 봄이 오는가 싶었다.

하지만 걱정은 평소보다 배로 늘었다. 연료 원천지가 두 곳이나 늘어나 그녀의 일도 늘어나고 있었다. 이제 와서 주춤하면 공든 탑이 무너지는 것이 아닌가. 아이를 출산하고 양육할 생각을 하니 벌써 장마당 지각생이 따로 없었다.

'그 공백을 어떻게 메우나.'

그녀의 불안은 공연한 것이 아니었다. 여기저기서 새로운 업종들이 우후죽순으로 생겨나고 있었다. 그녀가 알고 있는 똑똑한 사람들은 번데기가 나비로 변태해 날아오르듯 너무도 빠르게 변화하고 있었다. 빵이나 구워 팔며 하루 세 끼 먹고살던 건너편 집 여자는 자기 집 마당에 석회석로를 번듯하게 차렸다. 그의 식구들은 교대로 잠을 자며 석회석을 구워내 횟가루를 만들어 장마당에 팔면서 외장재 시장을 선점하고 있었다. 봄순과 함께 대학에서 공부한 동창생도 중학교 교사를 때려치우더니 눈썹 문신으로 돈벌이를 하면서 소문이 나기 시작했다. 출발 신호는 그 누구도 내린 적 없지만, 장마당에서 벌어지는 마라톤은 의식이 깨어난 사람들이 합세하고 경쟁하면서 그 판이 점점 커지고 있었다.

봄순의 야망은 이제 시작이었다. 봄순은 시장에서 절대로 뒤떨어지면 안 된다고, 승자가 되리라고 마음을 먹었다. 그 생각은 그녀를 압박감에 사로잡히게 만들었다.

출산 이후에도 아기를 키우느라 몇 년은 그냥 지나갈 거였다. 왜 여자들만 아이를 낳아야 하는 건지, 불공평하게 느껴졌다. 남자로 태어났더라면 이러한 것들을 고민할 필요도 없을 텐데, 하고 한숨도 쉬었다.

'하지만 아기도 낳고 장사도 해야 한다.'

그녀는 임신했다는 것이 드러나지 않도록 넓은 천으로 배를 힘껏 동여맸다. 그리고 평상시처럼 차를 임대해 연료를 사들였다. 연료를 사들인 후에는 드럼통에 연료가 가득 담겨 있

는지 꼬챙이로 확인하고 차에 실었다. 봄순이 실어온 드럼통
은 우진이 숫자를 정확히 확인하고 창고에 옮겼다.

또 틈만 나면 봄순은 자전거를 타고 시내 변두리를 한 바퀴
돌았다. 주유소가 그사이 몇 군데나 늘었는지, 업주는 여자인
지 남자인지 확인하기 위해서였다. 하지만 그녀의 의지와는
달리 몸은 점점 예전 같지 않았다. 동여맨 천도 임신으로 부
른 배를 가리지 못했으며, 입덧은 점점 심해지고 있었다.

후덥지근한 어느 여름날 점심시간이었다. 봄순은 연료 창
고로 다가가서 우진을 불렀다.

"오빠, 쉬면서 해요. 점심에 시원한 냉면 먹을까요?"

수건을 목에 걸고 땀을 닦던 우진은 "좋지" 하면서 웃음을
지었다. 둘은 봄순의 어머니가 운영하는 식당으로 갔다. 찜통
더위 때문에 식당 창문과 출입문이 활짝 열려 있어 돼지고기
익는 냄새가 문가까지 물씬 풍겨왔다. 식당에 들어서던 봄순
은 갑자기 손으로 얼른 입을 막았다. 당장이라도 토할 것 같
았다. 봄순은 급히 변소로 달려갔다.

봄순의 뒷모습을 보는 우진의 얼굴이 어두워졌다. 임신이
틀림없었다. 우진은 한참 동안 하늘을 바라보았다. 막연한 초
조감이 밀려드는 까닭이 무엇인지 그는 몰랐다. 봄순이 나타
나자 우진은 물었다.

"괜찮아? 아기가 들어선 거 맞지?"

봄순은 머리를 끄덕였다.

"애 아빠한테는 알렸고?"

좀 전과 똑같이 그녀의 머리가 무겁게 움직였다.

"아니, 그런데…… 네가 이렇게 힘들게 장사하고 있는데, 너희 남편은 일을 한 번도 돕지 않고 그러는 이유가 뭐야?"

봄순은 우진을 보았다. 우진이 이렇게 거칠게 말하는 건 처음이었다.

"임신한 아내를 남편이 도와주어야지!"

우진의 목소리가 점점 올라가고 있었다. 우진은 그녀가 요즘 연료를 실어와 차에서 내릴 때마다 예전보다 가파르게 숨을 쉬고 있음을 알았다. 무더위 때문인가? 누군가 옆에서 그녀를 조금만 도와주면 좋겠다고 생각할 때마다 우진은 봄순의 남편을 자주 떠올렸다. 주말이라도 도와주면 좋으련만.

"공장 출근하느라 바쁜 사람이잖아요."

봄순은 자기도 모르게 변명을 했다, 남편을 감싸는 그녀의 대답에 우진은 화가 났다. 울화를 참는 우진의 얼굴이 수수떡처럼 검붉어졌다. 같은 남자로서 이해할 수 없다는 표정이었다. 임신한 아내가 반쪽이 되어가는데도 어떻게 철욱은 태연할 수 있을까.

냉면 두 그릇을 든 봄순의 어머니가 웃으며 오지 않았더라면 우진의 욕사발은 계속됐을 것이다.

"국수사리 더 있으니까 많이 들어요."

봄순의 어머니가 우진에게 말했다.

"잘 먹을게요, 어머니."

우진은 봄순 앞에 놓인 냉면 그릇에 식초를 뿌려주고 고명과 양념이 오뚝하게 올라있는 냉면 뭉치를 골고루 휘저어 섞어주었다.

"물부터 마시고 천천히 먹어."

울컥이는 목소리를 누르고 봄순이 말했다.

"오빠도 시장할 텐데 얼른 들어요."

"잘 먹어야 돼. 이젠 홀몸이 아니잖아."

그는 젓가락으로 자기 냉면 그릇 안의 편육을 집어들어 봄순의 냉면 위에 놓아주었다. 그녀가 더 이상 고생하지 않도록 도와줘야 하는 것이 자기의 책임이라도 되는 듯 무거운 표정이었다.

"휘발유를 끌어오거나 디젤유를 실어오는 일은 이젠 내가 도와줄 거니까, 무거운 거 들거나 높은 곳에 오르고 내리는 일은 하지 말어. 힘든 건 나한테 맡겨. 무리하지 말고."

봄순은 콧마루가 시큰했다. 한 번도 남편에게 이런 자상함을 느껴본 적이 없었다. 그래서 그런지 그녀는 정에 메말라 있었다. 돈으로는 채울 수 없는, 여자가 남자에게 받고 싶은 소소한 것들. 이미 그녀는 그러한 감각을 잃은 지 오래되어 잊고 있었다. 하지만 우진의 자상한 말 한마디에 굳어졌던 엿가락이 온기에 녹듯이 마음이 녹아내렸다.

한편 아내의 장사가 성수기에 들어서자, 철욱은 권력을 갖고 싶은 욕심이 되살아났다. 그는 뇌물을 크게 써서 공장 당 조직부에 들어가고 싶었다. 아내 덕에 먹고살아가는 건 만족스러워졌지만, 간부가 아니라면 자신은 식충이나 다를 바 없다고 생각했다.

더욱이 돈이 많은 아내에게 작아지고 있는 자신의 처지가 스스로에게 상처로 다가오기도 했다. 남자의 자존심이 상하는 것에서 끝나지 않고, 지금까지 내세웠던 자기 가문의 토대와 성분마저 사라지는 느낌이었다. 아내의 주머니에 돈이 많아질수록 자신의 자존감을 세우던 명분들이 사라지고 있었다. 그런데도 아내에게 뭐라고 딱히 할 말이 없다는 것에 더화가 났다.

그뿐인가. 좋은 집안 출신인 사위를 귀하게 대접하던 처갓집도 완전히 변했다. 특히 장인은 봄순의 장사를 도와주지 않는다고 철욱에게 잔소리를 하면서 대놓고 찬밥 취급했다.

철욱은 부아가 치밀었다. 어떻게 해서든 자신이 가지고 있던 모든 것을 되찾고 당 간부가 되리라 마음을 먹었다. 그러

자면 돈, 돈이 필요했다. 뇌물로 줘야 할 현금 뭉치를 아내가
관리하고 있는 것도 골치였다.

사실 철욱이 한 번이라도 봄순을 진심으로 아껴주었더라
면 그만한 현금은 쉽게 해결되었을 수도 있었다. 그러나 철욱
의 외곬스러운 사고방식으로는 아내를 도와주거나 아내가 바
쁠 때 밥상을 차리는 일 따위는 남자답지 못한 좀스러운 행
동이었다. 철욱과 봄순의 성분은 하늘과 땅 차이니, 상놈에게
굴종하는 것과 같다고 생각했던 것이다. 이 때문에 둘의 사
이는 전쟁 포고만 없었을 뿐, 기존의 성분 계급과 새롭게 만
들어지는 자본 계급을 둘러싼 심각한 갈등 속에서 서서히 찢
어지고 있었다. 하지만 아이가 들어선 봄순은 애써 그 사실을
인정하려 하지 않았다.

어느 날 저녁이었다. 봄순은 순두부에 양념장을 정성스레
올려 남편의 밥상을 차렸다. 시원한 오이 냉국까지 곁들였으
니 남편의 구미에도 맞을 만했다.

"순두부 따끈할 때 잡숴요."

밥상에는 소주 한 병이 놓여 있었다. 그녀는 아무 말도 하
지 않고 덤덤하게 앉아 있는 남편을 바라보다 술을 따라주면
서 분위기를 풀었다.

"이번 출장은 어땠어요?"

출장이라야 나갔다 이틀 만에 돌아온 것뿐이었다.

"……"

"일이 잘 풀리지 않았나 봐요."

무엇인가 말을 하려다 말던 철욱이 술을 몇 잔 마시고 나서야 말을 꺼냈다.

"예전부터 말하려고 했는데…… 내가 간부과하고 사업할 돈이 좀 필요한데 말이야."

말하면서 철욱은 아내의 얼굴을 슬쩍 보았다.

"간부과요?"

"응. 간부과장한테 뇌물 좀 주면 당 조직부 지도원 자리라도 들어갈 것 같아서 말이야."

"얼마나 필요해요?"

"이천 달러만 먼저……."

"이천 달러요?"

"당 조직부에 들어가려는데 이천 달러가 뭐가 많다 기래?"

"이천 달러가 많은 돈이 아니라구요?"

'이천 달러가 동네 강아지 이름인 줄 아세요?'

이렇게 말하려다 봄순은 참았다. 한 푼의 돈을 위해 매일 땀에 쩐 옷을 입고 뛰었고, 조금이라도 더 저축하기 위해 속옷도 몇 년째 한 가지만 입고 있었다. 기껏 악착같이 돈을 모아 남편을 내세우고 집안을 일궈놓았는데, 지금 남편이란 사람은 이천 달러를 고작 나무에서 뚝 따온 사과나 배 취급하고 있지 않은가.

술을 마시던 남편의 눈길이 꼿꼿해졌다.

"왜? 밑천에서 돌리면 안 돼?"

"당장은 안 돼요. 이천 달러를 떼고 나면 주유소 크기를 절반 줄여야 해요."

"남편 출세하는 게 주유소 작아지는 것보다 더 못한 건가?"

지금처럼, 언제나 철욱은 봄순을 무시하는 말투를 썼다.

"무슨 소리 하는 거예요? 내가 언제 당신 출세를 반대한다 했나요. 장사하는 밑천을 뚝 잘라버리면 안 된다고 했지."

"그 말이 그 말이지. 그래서 주겠다는 거야, 못 주겠다는 거야?"

"당장은 안 돼요."

"그래, 남편한테 관심 없다 이거지?"

"아니에요. 좀 더 지나고 어떻게 해서든 돌려볼게요."

철욱의 입에서 독설이 나왔다.

"너, 돈 몇 푼 번다고 남편이 우습게 보이지?"

"……"

"남편 말이 말 같지 않아?"

"지금 무슨 말 하는 거예요?"

시비를 걸고 드는 철욱을 봄순은 똑바로 쳐다봤다. 아내의 눈빛이 거슬렸는지 남편의 주먹이 밥상을 내리쳤다. 술잔이 엎어지고 수저가 방바닥으로 떨어졌다.

"왜 이래요? 내가 뭐 잘못했다고 그래요?"

봄순이 대들자 이번에는 주먹이 그녀의 얼굴로 날아왔다.

"그렇게 보면 어쩔 건데? 이제는 남편이 우습게 보여?"

똑같은 말을 반복하면서 시비를 거는 남편에게 봄순은 더이상 대꾸하지 않았다. 철욱은 성질을 돋우면 앞뒤를 안 가리고 덤벼드는 성격이었다.

봄순은 고개를 돌렸다. 한동안 조용했던 남편의 트집이 오늘따라 아주 잡도리하듯이 날이 서 있었다. 술잔을 다시 들어 단번에 마신 그가 밥상을 또 한 번 쾅 하고 치는 바람에 오이냉국 그릇이 엎어지고 말았다.

예감이 안 좋았다. 피해야겠다고 생각한 그녀는 일어섰다. 순간 철욱의 손아귀가 뒤에서 봄순을 붙잡았다. 그러고는 그녀를 쌀자루 메치듯 내동댕이쳤다.

"어딜 나가? 네까짓 게 돈푼이 있으면 얼마나 있다고 남편을 무시해?"

그가 또다시 아내의 옷자락을 마구 흔들었다. 힘이 부친 그녀는 사정없이 흔들렸다. 봄순은 간절한 눈빛으로 남편에게 말했다.

"말로 해요. 저 지금…… 지금…… 임신했어요."

"임신?"

그가 아내의 아랫배를 잠깐 훑어봤다.

"그게 누구 아인데? 내 아이 맞어? 우진인가 그 새끼 자식 아냐?"

순간 봄순의 눈빛이 번쩍했다.

"미친 새끼!"

이 상황에 우진이 왜 나오는가. 왜 우진을 끌어들여 트집을 잡는가. 봄순이 분노를 터트렸다.

"그럼 누구 아이예요? 이게 누구 아인데요? 입이라는 건 막 말을 내뱉는 구멍이 아니라 할 말도 담아두는 대문이에요!"

목청껏 소리쳤더니 머리가 핑 돌았다. 봄순은 정신을 가다듬고 참았던 울분을 폭발시켰다.

"당신이 연료 창고 청소라도 한번 해봤어요? 드럼통 하나 옮겨봤어요? 울타리 못이라도 박아봤어요? 왜 내 일을 도와주는 사람을 걸고 들어요? 다른 집 남편들은 밥이라도 해주면서 아내의 장사를 도와준다는데……. 당신이 나한테 해준 게 뭐가 있어요?"

"뭐, 뭐라고? 네가 지금 그 남자 역성을 들어? 다시 말해 봐. 날 보고 밥을 하라고? 이게 지금 남편을 허수아비로 보는 거야?"

철욱은 이성을 잃었다. 그의 발길이 봄순의 몸뚱이를 부엌

마루 밑으로 박아버렸다. 신음에 가까운 여자의 비명, 남자의 악담이 대문 밖에까지 울렸다.

계속해서 봄순의 비명이 들리자 누군가 세차게 대문을 두드렸다. 동네 사람들이 우르르 모여들었다. 대문 문고리가 잠겨 들어갈 수 없자 그들은 더 크게 대문을 두드렸다. 그제야 안에서 소리가 멎었다.

모여든 사람 중 한 중년 여자가 대문에 바싹 귀를 붙여댔다. 그러고는 사람들을 돌아보면서 선거 유세마냥 오른손을 흔들며 말했다.

"때리는 건 멎은 것 같아."

'말돌이'로 소문난 여인이었다. 다른 때는 입이 가벼운 여자라고 그녀가 하는 말을 모두 들은 척도 안 했건만, 지금은 그녀의 입술에 시선이 모였다.

입담 센 다른 아낙네가 화가 잔뜩 치밀어 소리를 질렀다.

"돈을 잘 벌어주니 힘이 남지……. 다른 집처럼 굶어봐야 에미네 귀한 줄 알갔나."

"그러게 말이야. 집 지키는 멍멍이들이 꼴에 남자랍시고 …… 어처구니없지."

여인들이 세를 합쳐서 목소리를 높였다. 어찌 보면 이들도 마음에 맺혀 있던 자신들의 속풀이를 하고 있었다.

그때 아낙네들 사이로 남정네 한 명이 불쑥 다가왔다. 말돌이 아낙네 남편이었다. 시끄러운 소리에 헐레벌떡 뛰어나왔는지 그의 두 발에는 서로 다른 신발이 걸쳐져 있었다. 짝짝이 신발을 발견한 아낙네가 혼자 보기 아까운 듯 둥그레 모여 선 여인들을 돌아보며 한쪽 눈을 옆으로 찡긋거렸다. 아낙네들 사이에서 웃음이 터져 나왔다. 그에게 농담을 건네려던 아낙네들이 버럭하고 질러대는 남정네 목소리에 정색을 했다.

"그렇게 할 일이 없어?"

아낙네들 틈새에 끼어 있는 아내를 치떠 보던 남정네가 말했다. 장승처럼 뻗치고 서 있던 남정네는 모여 선 여인들을 기억이라도 하려는 듯 둘러봤다. 그러자 여인들은 보면 어쩔 거냐는 눈빛을 쏘며 서로를 힐끗힐끗 쳐다보더니 하나둘 가버렸다.

주위가 조용해졌다. 그제야 봄순은 일어나려고 쪼그리고 앉았던 다리를 세웠다. 순간 하복부 중심에 뾰족한 못들이 박히는 느낌의, 참지 못할 복통이 밀려들었다. 그녀는 외마디 신음을 괴롭게 뱉으며 부엌 모서리에 머리를 박았다. 한동안 봄순의 몸은 미동조차 하지 않았다. 잠시 후 그녀의 하체에서 끈적한 액체가 흘러나왔다.

"아⋯⋯! 아⋯⋯!"

송곳으로 찌르는 듯한 아픔과 동시에 가랑이가 뻘건 핏빛으로 젖어 들었다. 봄순의 입에서 찢어지는 비명이 새어나왔다.

뼈마디가 시큰한 가운데 봄순은 멍하니 지난 삶을 생각했다. 유산한 시기는 지난 삶에서와 같았다. 하지만 상황은 달랐다. 지난 삶에서는 훈장을 팔아 종잣돈을 마련할 생각을 하지 못해 종잣돈이 필요 없는 채소 장사를 하며 무거운 물건을 지고 먼 길을 다니다가 유산을 했다. 하지만 이번 삶에서는 남편의 폭력으로 아이가 죽었다. 아버지가 아이를 죽인 셈이었다. 운명을 더 좋은 쪽으로 바꾸려다가 팔자가 더 모질어진 것일까. 죽어야 했던 우진은 살았다. 하지만 자신의 아이는 그러지 못했다. 하늘이 무슨 뜻을 가진 것인지 봄순은 도저히 헤아릴 수 없었다.

한여름 날씨에 몸살이 오싹오싹 온몸을 무겁게 누르고 있었다. 봄순은 두 눈을 감고 참으려 했으나 점점 얼굴의 근육이 뒤틀렸다.

"이불을 덮어야겠어."

고무줄이 늘어난 속바지를 추스리며 봄순은 무거운 몸을 끌고 어기적 일어났다. 매가리가 없는 손으로 이불장을 열고 두툼한 이불을 끌어내려 했으나 이불은 좀처럼 나오지 않았다. 며칠 사이에 급격하게 쇠약해져서 이불을 빼낼 힘마저 없어진 것이다.

봄순은 온몸에 힘을 줘 이불을 겨우 끄집어내 누웠던 곳으로 질질 끌고 왔다. 그러고는 다시 드러누웠다. 그새 식은땀이 흘렀는지 등이 축축했다. 돌아누우려고 고개를 돌리는데, 입술 사이로 침이 질질 흘렀다.

'뭐지?'

입술을 다물어보니 얼굴 한쪽의 감각이 이상했다. 급히 일어나 거울을 보며 두 눈을 깜박이고, 입술을 열었다 닫았다를 반복해 보았다. 왼쪽 눈과 입술이 움직이지 않았다.

"아…… 아……!"

봄순은 소리쳤다. 산후더침으로 얼굴이 일그러진 여자를 본 적이 있었다. 지금 자신의 모습과 똑같았다. 봄순은 밖으로 뛰쳐나왔다. 끌신을 신고 달음박질하듯 걸어서 무작정 눈앞에 보이는 대문부터 두드렸다.

"해성이 어엄, 마…… 아……!"

말머리는 낮았으나 말꼬리는 높고 길게 떨렸다. 대답이 없었다. 봄순은 두 채 건너에 있는 술을 파는 집으로 갔다. 대문이 열려 있어 두드릴 필요는 없었다. 노인네가 커다란 가마를 연탄불에 올려놓고 가마 위에 시루를 덧놓고 있었다. 옥수숫가루를 그 안에 넣고 누룩을 만들려는 참인 듯했다.

가마와 시루 사이 짬을 막으려고 물에 적신 끈을 둘둘 매던 노인네가 인기척을 들었는지 고개를 돌렸다. 한쪽에는 이미 시루에서 쪄낸 누룩 덩어리가 구수한 냄새를 풍기고 있었다. 덩어리를 떼내어 입에다 넣고 우물거리던 노인이 물었다.

"술 사러 왔어?"

봄순이 대답도 하기 전에 노인네가 재차 말을 쏟아냈다.

"새벽에 다 넘기고 없는데……. 평양에 다 넘겨주었거든. 알코올은 저녁에 나올 거야."

"할마, 우리 엄마 좀 데려다줄래요?"

봄순이 떨면서 말했다.

"어디 아픈 거야?"

그때서야 노인네가 정색하고 물었다.

봄순은 맥없이 머리를 끄덕였다.

"어, 어, 그래그래, 갔다 오마."

할멈은 봄순의 얼굴을 확대경으로 들여다보듯이 뜯어보더니 급하게 일어났다. 누렁이 한 마리가 할멈을 따라나섰다.

"저리 가, 저리 가."

꼬리를 휘젓고 있는 누렁이를 쳐버리며 할멈이 나갔다. 봄순의 친정집은 걸어서 십 분 거리였다.

봄순은 무거운 몸을 끌고 집으로 돌아와 다시 드러누웠다. 얼마나 시간이 지났을까. 뛰어오는 어머니의 발소리가 귓가에 들려왔다.

"왜 그러니, 어디 아프니?"

누워 있는 딸에게 어머니가 다가서며 급하게 물었다.

"엄마, 정임 선생 좀 데려다줘…… 몸이 이상해."

정임 선생은 동네 사람들에게 산부인과 선생으로 통하는 사람이었다. 설마하는 표정으로 바라보는 어머니에게 봄순은 머리를 끄덕였다.

"이게 무슨 일이람…… 이게…… 언제 그렇게 되었니?"

어머니의 목소리가 떨리는 듯했다.

"내가 혼자 넘어졌어. 엄마, 의사만 데려다줘."

봄순의 어머니가 총알처럼 튀어나갔다.

잠시 후 숨을 헐떡이면서 봄순의 어머니가 다시 들어왔다. 뒤에는 의사 선생이 서 있었다. 의사는 봄순의 얼굴을 한참 살펴보더니 나직하게 말했다.

"산후병이에요. 안 좋은 일이 있었어요?"

"네……."

봄순은 더 이상 말을 잇지 못하고 울어버렸다. 의사는 신경성 마비가 시작되었다고 말했다.

"증상은 초기인데, 빨리 치료하지 않으면 얼굴이 마비될 거예요."

의사의 목소리가 방안에 울리는데 방바닥 한가운데 그림자가 던져졌다. 남편 철욱이었다. 봄순은 눈을 감아버렸다. 가슴이 울렁울렁, 진정되지 않았다. 악몽 같은 그 말, 누구 아이냐던 그 말이 떠올라 어느새 분노가 그녀의 몸을 달궜다.

"왜 그러니, 봄순아?"

무언가 이상하다는 감이 온 장모가 사위에게 따졌다.

"왜 아이가 유산된 건지, 자네 알고 있나?"

철욱은 의심에 찬 눈초리로 자신을 바라보는 장모의 시선을 피했다.

"왜 말을 못 해? 남편이란 작자가 모른다는 게 말이 되나?"

울먹한 목소리로 장모가 사위 앞에 가까이 다가섰다. 그러자 철욱은 이렇다 할 대답 없이 바깥으로 나가버렸다.

"엄마, 엄마, 그만해요."

봄순은 혹시라도 나이 많은 어머니가 흥분해서 쓰러지기라도 할까 봐 소리쳤다.

"진정하고 마음을 가라앉혀요."

의사가 봄순의 두 손을 이불 안에 넣어주었다.

애절한 목소리로 봄순의 어머니가 의사에게 물었다.

"우리 딸 아무 일 없겠죠? 그렇죠, 선생님?"

주름진 얼굴에 굵은 눈물이 흐르고 있었다.

"어머니, 따님의 병은 약만 쓰면 괜찮을 거예요."

"그…… 그 약이 의사 선생한테 있나요? 좋은 약이 있으면 뭐든 살게요."

의사가 말없이 고개만 끄덕였다.

봄순의 어머니가 바지춤을 내리더니 팬티 속을 뒤적였다. 빨간 돈주머니가 나왔다. 현금을 내밀며 그녀가 독촉했다.

"의사 선생, 얼른 가요. 얼른⋯⋯."

어머니가 먼저 문밖을 나서자 의사도 급히 따라나섰다.

"사향이 안면 마비에는 최고의 약이에요. 일주일 내로 효과가 있을 거예요."

"사향이요?"

"네, 진품이에요. 러시아에 벌목노동자로 나갔다가 돌아온 사람이 노루 배꼽 채로 가져온 거예요. 뇌출혈로 다 죽게 된 아바이도 술에 사향을 타서 마시고 벌떡 일어났다니까요. 따님은 젊기도 하고 아직 초기여서 사향을 먹으면 바로 나을 거예요."

쉬지 않고 말하는 의사의 설명을 열심히 듣는 사이 봄순의 어머니는 의사의 집에 도착했다. 의사가 먼저 집으로 들어가 윗방에 쌓아놓은 보따리 중에서 노란색 보따리를 끄집어냈다. 윗방은 말 그대로 의약품 창고였다. 중국 약, 독일 약, 국내산 약초 등이 가득가득 쌓여 있었다. 국영병원은 약이 없어 운영을 못하고 있는데 집에서 장사하는 의사들은 어디서 이렇게 의약품을 가져오는지. 봄순의 어머니는 사향 값을 의사에게 내기 바쁘게 봄순에게 다시 뛰어갔다.

일주일이 지나고, 봄순은 어느 정도 몸이 회복되어 다시 장사를 하러 나갔다. 하지만 늘 보이던 우진이 없었다. 봄순은 불길한 예감이 들어 우진의 집을 찾아갔다.

"장거리 장사 떠난다고 짐 싸서 나갔는데……."

우진의 어머니가 말했다.

"언제 떠났나요?"

"엊그제 갔지."

엊그제라면 유산으로 생긴 병이 거의 나았을 무렵, 주유소에 잠깐 그녀가 나왔던 날 바로 다음 날이었다. 봄순이 완치되기를 기다렸다가 그녀가 주유소로 나온 날 직후 떠난 것이니, 그전부터 이미 떠나기로 마음을 먹었다는 얘기다.

우진이 자신의 곁에서 떠나다니. 태풍이 몰려오는 망망대해 위에서 홀로 배를 타고 있는 느낌이었다. 주위가 무서울 만큼 조용하게 느껴졌다. 봄순은 간신히 물었다.

"어디에 간다고 아무 말도 남기지 않았나요?"

혹시 자신이 찾아오거든 무슨 말을 전하라고 하지 않았는지, 미련과 희망이 뒤섞인 질문이었다.

"아니, 아무 말도 없던데……."

우진의 어머니는 영문을 모르는 것 같았다. 봄순은 우진의 어머니에게서 더 이상 아무런 정보도 얻을 수 없었다.

'왜 나에게 한마디도 하지 않고 사라졌단 말인가. 그럴 오빠가 아니야.'

터벅터벅 집으로 돌아온 그녀는 연료 창고 앞에서 참았던 눈물을 흘렸다. 드디어 우진이 없어진 것이 실감 난 것이다.

우진이 일하던 창고 문을 열고 그 안에 들어가 주변을 둘러
봤다. 창고에 깔아놓은 모랫바닥에도, 드럼통이 세워진 구석
곳곳마다 달려 있는 종에도 우진의 손길이 그대로 살아 있었
다. 파란 비닐을 맵시 있게 동여맨 창고 손잡이를 살며시 잡
으니 우진이 웃으며 봄순의 손을 잡는 것 같았다. 봄순은 그
자리에 힘없이 주저앉았다.

한참 후 봄순은 책상 위에 놓여 있는 연료 장부 사이에서
삐져나온 종이를 발견했다. 황급히 다가가 보물을 찾듯이 뽑
아들었다. 우진이 남긴 편지였다.

봄순아, 편지만 남겨놓고 떠나서 미안해. 여기는 아무래도 내
가 일할 자리가 아닌 것 같아. 내가 없어도 너는 강인한 여자니
주유소 운영을 잘해낼 거야. 네 옆에 내가 있는 탓에 네가 불행한
것은 내가 바라는 게 아니야. 부디 남편과 행복하기를 바란다.

봄순이 남편에게 폭행을 당한 그날, 주유소 창고에서 우진
은 모든 것을 들을 수 있었다. 그는 살면서 처음으로 분노에
떨었다. 사랑했던 여자가 남편에게 당하는 폭행, 그 일이 우
진의 인격을 짓밟고 있었다. 혹시 자신 때문이 아닐까. 자기
가 유부녀와 장사를 하면서 눈이라도 맞았다는 소문이 돈다
면, 그 때문에 자신의 인성에 의문을 가지는 사람들이 생기는

것은 참기 어려웠다. 그것은 우진에게 넘지 못할 산이었다.

세상이 변화하는 것에 발맞춰 점점 장사하는 사람으로 바뀌고 있던 우진은 큰 역경을 맞았다. 이 사건으로 그는 자신의 한계를 느꼈다. 그래서 원래의 가부장적이고 당에 충실한 남자로 돌아가 봄순을 떠나는 결정을 해버렸다.

봄순은 며칠간 자리에 다시 누웠다. 입맛을 잃었고, 두통으로 머리가 우지끈거렸고, 밤이면 공허한 슬픔이 그녀를 흔들었다. 기억도 나지 않는 무수한 꿈들이 그녀의 영혼을 어딘지 모를 깊은 곳으로 끌어갔다.

이미 몇 주간 앓아누웠던 터라 통통했던 그녀의 몸은 입는 옷마다 헐렁할 정도로 수척해졌다. 두 눈은 움푹하게 패이고 피부는 꺼칠해졌으며 입술은 말라 터져 하얀 껍질이 보푸라기처럼 타닥타닥 올라왔다.

식은땀이 흐르는 이마를 훔치며 창밖을 바라보던 어느 날, 봄순의 눈이 햇빛에 반짝이는 자전거에 멎었다. 우진의 선물이었다. 자전거를 받은 것을 시작으로 떡 장사를 더 크게 해 후에 연료 장사를 시작할 수 있었고, 죽을 뻔한 우진을 살렸다. 그리고 이제 지난 삶에서처럼 봄순의 어머니와 아버지가 생활고로 어이없이 죽는 일은 없을 것이다.

봄순은 이렇게 무너질 수 없었다.

'그래, 내가 잘하고 있다 보면 우진 오빠도 언젠가 꼭 돌아

올 거야.'

비 온 뒤 굳어진 땅에서 새싹이 돋듯이, 그녀는 희망을 갖고 고개를 들었다. 더 이상의 아픔이나 고민은 사치였다. 나의 주유소! 그래, 이것이 나를 지키는 길이다. 사업을 다시 번창하게 하리라.

주유소는 영업을 재개했다. 먼저 우진이 해왔던 연료 판매 일공을 다시 구해야 했다. 봄순은 임시로 아버지에게 우진이 하던 일을 맡겼다. 아버지는 봄순이 시키는 대로 연료를 팔았으나, 문제가 생겼다.

이를테면 운전사들이 "저쪽 주유소는 오늘부터 가격을 내려서 팔던데요" 하면서 은근슬쩍 말을 던지면 아버지는 그대로 넘어갔다. 사람이 많을 때는 받아야 할 돈도 제대로 못 받는 실수가 빈번했다. 경쟁자들은 이 기회를 이용해 봄순의 단골들을 끌어가버렸다. 아버지를 임시로 고용하는 동안 주유소 매출은 계속 내려갔다.

'학식과 장사는 다르구나.'

봄순은 현실을 직시했다. 자다가도 문득 이산화탄소가 무엇인지 묻는다면, 지식인인 아버지는 탄소가 완전히 연소할 때 생겨나는 무색 기체요, 그것이 바로 너희들이 즐기는 청량음료 따위에 들어간다고 설명할 것이다. 하지만 수요가 늘어나면 그 전에 판매하던 휘발유 가격보다 열 배로 비싸게 파는 것이 장사 원리임을 아버지가 깨우치는 것은 무리였다. 아버지가 한때 버섯을 키워 가족의 식량을 해결했다지만, 그 버섯을 직접 장마당에 판 것은 어머니였다.

봄순은 일공 고용을 서둘렀다. 여러 명의 남성을 면접 보았으나 모두 신통치 않았다. 도무지 장사를 알아서 개척할 수 있는 능동성이 보이는 남자가 없었다. '당원이요' '마음이 착해요' '세포비서 아들이에요' 등 쓸데없는 것들만 잔뜩 내세우며 취업을 원하는 남자들뿐이었다.

급한 대로 그녀는 연료를 실어 오고 판매하는 일을 혼자 도맡았다. 며칠은 연료를 차에 실어 주유소 창고에 들여놓았다. 그리고 다음 며칠은 연료를 팔며 고객을 끌었다.

봄순이 또다시 활약하기 시작하자 다른 연료 장사꾼들은 바짝 긴장했다. 쌈닭으로 소문난 꺽다리 혜숙도 다시 발톱을 드러냈다. 저년의 머리를 따라갈 재간은 없는 것일까 고민을 해봤으나, 딱히 신통한 방법이 떠오르지 않았다. 그렇다고 병든 암탉처럼 졸기만 할 수는 없었다.

혜숙은 나름대로 방법을 짜냈다. 자기가 운영하는 연료 창고 문에 장사가 흥한다는 한자가 새겨진 누런 부적을 붙여놓았다. 그리고 한밤중에 봄순의 주유소 마당에 들어가 장사가 망하라고 굵은 소금을 허옇게 뿌리고 빠져나왔다. 점쟁이가 알려준 방법이었다. 연료 판매를 대신하고 있던 봄순의 아버지는 아침에 주유소 앞마당을 쓸 때마다 굵은 소금이 잔뜩 뿌려져 있는 것을 보면서도 "뭐지?" 하고 고개를 갸웃했을 뿐이었다.

어느 날 동이 틀 무렵, 연료가 얼마나 남았는지 확인하려고 주유소로 일찍 나간 봄순이 창고 문을 열려는데 창고 주변에 닭 모이처럼 소금이 마구 뿌려져 있었다. 의아해진 그녀가 눈길을 들어서 마당을 둘러보니 그곳에도 소금이 뿌려져 있었다. 그제야 봄순은 그 소금이 액막이로 뿌려진 것이라는 것을 알았다.

"치사한 것들!"

아직 몸도 안 좋고, 마음도 성치 않아서 짜증이 난 봄순이 빗자루로 거칠게 소금을 쓸었다. 그러던 중 그만 누군가의 발에 소금이 섞인 흙먼지를 잔뜩 뿌려버렸다.

"앗, 죄송해요."

봄순은 깜짝 놀라 고개를 들었다.

"괜찮수다. 뭐, 액땜이려니 하죠."

햇빛에 탄 얼굴, 가늘게 째진 눈매가 날카로웠다. 야성적인 인상이 강한, 노숙자마냥 낡은 잠바를 몸에 걸치고 낡은 신발을 신고 있는 남자였다. 그는 소금이 섞인 흙먼지가 들어간 신발을 흔들어서 털려고 노력했다. 하지만 끈을 매지 않아서 이미 운동화 끈 구멍 사이로 소금 조각이 잔뜩 들어가버린 터라 소용이 없었다.

"뭐, 이따가 털지요."

비록 험상궂은 인상이었지만 계면쩍은 표정으로 뒤통수를 긁는 모습이 어딘가 순수해 보이기도 했다. 잘 보니 봄순보다 어린 나이대의 풋풋함도 엿보였다.

"누구예요?"

봄순은 짜증 났던 마음이 많이 내려앉아서 편해진 목소리로 물었다.

"여기 연료 판매 책임자 만나러 왔어요."

평북 사투리를 쓰는 사람이었다.

"염주 사람이에요. 에둘러 말할 것도 없시요. 한동찬이라 불러 달라요. 한 달 전에 교화소에서 나왔는데, 그래서……."

"그래서요?"

거침없이 말하는 동찬에게 봄순도 진솔하게 물었다.

"내래 별로 내세울 건 없디요. 감옥에나 있었고 말이요. 염주에서 파동 장사를 오 년 동안 했어요. 부모님과 동생을 먹여 살리려고요. 친구가 하도 같이 하자 하길래 농장 양수기를 훔쳐 그 안의 동관을 팔아먹고…… 친구가 잡혀 부는 바람에 칠 년간 감옥살이를 했단 말이에요."

"모르는 남자의 이야기를 들을 만큼 한가하지 않아요. 그리고 여긴 아무나 받는 곳이 아니에요."

봄순은 차갑게, 사무적으로 말했다.

"나도 푸념이나 늘어놓는 한가한 놈은 아니에요. 당장 돈 버는 게 급해요. 하기사 교화생이 뭐 자랑이요 하겠소만, 알고는 있으라고요……. 반반하게 생기고 힘이 좋으니 뭐니 하는 시시껄렁한 남자를 고용하려는 건 아니지 않나요? 뭐니 뭐니 해도 매상고 올려주는 그런 사람이 필요하지 않나요?"

진지하게 말하던 동찬은 이마를 덮고 있는 머리칼을 넘기며 땀을 닦았다. 행동과 말투가 불량배 같았으나 꾸미지 않고 자기를 드러내는 솔직함이 있었다. 봄순은 거친 이 남자를 눈여겨보았다. 교화출소자이지만 본심을 날것 그대로 드러내는 이 사람이 교활한 사람보다 나을 것 같았다.

"교화출소자가 어때서요? 그런 건 상관없어요."

봄순은 아버지를 떠올리며 이렇게 말했다. 순간 동찬의 눈에 희열이 번뜩였다. 그는 감동했는지 눈시울이 벌개졌다. 잠시 생각하다 봄순은 말했다.

"한 달만 일해 봐요. 하지만……."

"하지만 매상고가 내려간다면 월급을 안 받고 삼 개월 무보수로 일하겠어요."

봄순의 말이 끝나기도 전에 동찬은 먼저 열정적으로 제안을 했다.

"흠, 좋아요."

봄순은 웃으며 고개를 끄덕였다.

"부탁이 하나 있어요. 감옥에 있는 동안 부모는 굶어 돌아
가고, 내래 할 수 없이 큰 엄마 집에서 임시 거처하는데 말이
에요, 식구가 많아 내 입까지 칠하기 힘들거든요. 밥값은 노
임에서 제하고 밥만 먹여줘요."

애원과 명령이 섞여 있는 말투였다. 동찬은 무엇이든 솔직
하게 말해 알아듣기가 편했다. 봄순은 그동안 답답했던 마음
한구석이 시원해지는 느낌이 들었다. 그래서 동찬의 제의를
들어주었다.

그 후로 동찬은 봄순의 어머니가 운영하는 식당에서 식사
를 해결했다. 대신 주유소에 출근하기 전 새벽마다 식당 화구
를 털고, 불을 올리고, 저녁에는 다시 반죽한 진탄을 화구에
얹는 일을 맡게 되었다. 그러다 보니 자연스럽게 봄순의 가족
과 식사하는 자리가 많아졌다.

봄순의 아버지는 동찬에게 유달리 애정을 표현했다. 장롱
을 뒤져 얼마 입지 않은 자기 옷을 내주었고, 장마당에서 새
신발을 사 동찬에게 신겼다. 교화출소자라는 공통점이 서로
를 통하게 했는지도 모른다. 수 년이 흘렀어도 아버지의 마음
에는 그때의 상처가 그대로 남아 있었다.

둘은 교화소에 대한 분노, 출소 이후의 수감자의 처지와 사
회 부조리를 비판하며 공감대를 형성했다. 봄순의 아버지가

감옥에서 일어났던 일들을 말하면 동찬은 즉시 "아, 그 계호원요? 그 새끼……"라고 화답하며 저주를 퍼부었다. 아버지와 아들 같은 나이 차에도 불구하고 둘은 막역한 친구가 되어갔다.

동찬은 주유소 일공으로도 우직하게 일했다. 장사의 본능을 타고난 것인지, 아니면 감옥에서 터득한 기술인지 몰라도 그가 온 뒤로 주유소 분위기가 달라졌다. 그는 어디를 다녀오는지는 몰라도 항상 트럭 운전사들을 무더기로 끌어들여 주유소 앞에 줄을 세웠다.

봄순은 그에게서 완력가의 수완을 보았다. 우진이 꼼꼼하고 예의 바른 태도, 성실한 노력으로 고객에게 신뢰를 쌓아갔다면, 동찬은 주먹과 솔직함을 매력으로 삼아 주유소 고객을 늘려갔다. 또 주유소 고객이 다른 주유소에서 연료를 사면 반드시 찾아가 눈빛으로 기압했다. 장사에서는 바늘 끝만큼도 빈틈이 없을 만큼 깡이 대단했다.

봄순의 주유소가 눈에 띄게 매출을 올리자 경쟁자들이 악담을 하기 시작했다. 연료 장사를 독판치기 하려고 계집애가 꼬리를 쳐서 주먹을 쓸 줄 아는 교화출소자를 꼬셔왔다고 했다. 그러기 위해서 원래 일하던 조용하고 착한 남자는 쫓아버렸다고, 없는 말까지 퍼트리고 다녔다.

그러나 이전처럼 소금을 뿌려놓는다든가 봄순에게 달려들

어 머리끄덩이를 잡아챘다든가 하는 짓은 누구도 엄두를 내지 못했다. 무서운 사냥개 같은 동찬이 주유소 한가운데 도사리고 있다고 느끼기 때문이었다. 그리고 실제로도 그러했다. 동찬은 주유소 일공 역할을 넘어서 무법이 횡행하는 장마당 시대에 봄순을 온몸으로 보호했다.

봄순이 운영하는 주유소에 주먹 센 남자가 있다는 소문은 돈이 많은 여자들의 흥미를 끌었다. 돈을 꿔주고 받아내지 못하거나, 가방에 현금 뭉치를 가득 넣고 이동해야 할 때 그의 주먹이 필요했던 것이다. 내로라하는 큰손들이 동찬을 하루만 쓰면 안 되겠느냐고 봄순을 찾아왔다.

"그러세요. 대신 공짜로는 안 돼요. 시간당 임금을 주어야 해요."

봄순은 인심 쓰는 척 거래를 하곤 했다. 물론 동찬과 미리 협의한 것이었다.

"별소릴 다 하네. 당연히 그러지 않으리……."

돈주들이 아르바이트로 동찬을 모셔간 날에는 봄순이 직접 연료를 판매했다. 그럼에도 동찬의 월급은 그대로 주었다. 동찬이 사양을 해도 소용없었다. 봄순이 동찬이 하는 주먹 아르바이트를 중요하게 생각했기 때문이다.

"세상이 거꾸로 돌아가. 어떻게 교화출소자에 불량배나 다름없는 저런 남자를 왕초 여자들이나 간부 땡네(아내)들이 신주 모시듯 모셔가나…… 그것도 돈까지 내면서 말이야."

　동찬은 어느새 인기 절반, 비난 절반 속에 순천을 주름잡으며 이름을 날렸다. 혀를 차던 사람들도 그의 존재가 커지기 시작하자 고용주인 봄순을 두려워하면서 부러워했다.

항생제와 초상화 금고

동찬의 아르바이트를 봐주는 봄순의 행동에는 이유가 있었다. 봄순은 동찬을 다른 돈주들과의 인맥을 거미줄처럼 엮을 수 있는 자산이라고 생각했다. 그리고 무엇보다, 이제부터 세상이 또 한 번 바뀔 예정이었다.

2003년, 장마당이 공식화될 것이었다. 봄순처럼 집 마당에서 장사하거나 단속을 피해서 장사를 해야 하는 시장이 아닌, 국가에서 인정한 공식 시장이 생기는 거였다. 옷이든 쌀이든, 누구나 국가가 지어준 종합시장 매대에서 자릿세를 내고 장사를 할 수 있게 되는 것이다.

봄순의 머리는 시계 초침보다 급하게 돌아갔다. 시국이 변할 때 틈새를 이용하면 호박이 넝쿨째로 굴러들어오는 것이요, 반대로 틈새에서 밀려나면 빈털터리가 된다. 주유소도 확장하고 또 다른 장사도 시작해야 했다. 새로운 시국, 그녀의 뇌리는 소리 없는 번개처럼, 천지를 흔드는 우레처럼 크게 흔들리고 있었다. 봄순의 생각에 분명 이것은 자본주의 사회의 서막이었다.

돈을 더 많이 벌려면 부가가치 사업으로 사업을 전환해야 했다. 봄순은 그런 장사가 무엇일지 곰곰이 생각했다. 확실한 것은 기술을 동반한 업종이어야 한다는 것이었다.

그녀는 장마당 상인들이 팔고 있는 상품들을 떠올렸다. 쌀과 의류, 식품, 이쑤시개까지도 중국에서 수입되어 장마당에 넘쳐도 약은 여전히 부족했다. 약 수입은 합법이 아니기 때문이었다. 중국과 무역하는 크고 작은 회사들이 우후죽순으로 늘어나고 있어도 중국산 약을 수입하는 것을 합법화하면 조선이 내세우는 무상치료제도가 유명무실해진다. 사회주의 보건의료의 근간이 바뀌는 것이다. 이 때문에 지난 삶에서 미애도 죽지 않았는가. 약 때문에 아이가 죽는 일은 절대 없어야 했다. 사실 봄순이 철욱과 이미 마음속으로는 헤어졌지만 이혼하지 않는 것도 미애를 기다리는 마음이 있기 때문이었다. 죽은 미애를 다시 태어나게 할 수만 있다면, 그 애를 위해 모든 치료를 다 해줄 생각이었다.

약을 판매하는 사업을 하기로 마음먹은 봄순의 머리는 톱니바퀴처럼 착착 돌아갔다. 아무리 국가에서 종합시장을 건설하고 사람들이 마음껏 장사하도록 허용한다 해도, 무상치료를 포기하는 것은 사회주의 체제를 포기하는 것이나 마찬가지였다. 그래서 무역회사들은 국내산 약초를 중국에 수출하고 그 수출 대금으로 중국산 약을 몰래 밀반입하고 있었다. 문제는 중국 약보다 효과가 빠른 국내산 약의 수요가 많다는 점이었다.

'그러자면, 그러자면⋯⋯.'

봄순은 예전에 세계적으로 성공한 자본가들의 인생 이야기를 책에서 읽은 적이 있다. 무기 장사와 약장사를 하면서 돈을 긁어모았다는 글이 머릿속에서 뚜렷하게 되살아났다.

사회주의 체제에서 무기 장사는 꿈도 꾸지 못하지만, 약을 만들어 팔면서 돈을 모을 기회는 코앞에 있었다. 봄순은 약을 넘겨받아 파는 게 아니라, 아예 약을 직접 만들어야겠다고 결심했다.

이러한 발상은 무모한 것이 아니었다. 봄순의 뒤에는 항생소연구소에서 일했던 아버지가 있다. 약학에 관해서는 아버지를 따를 만한 지식인이 드물었다. 봄순은 아버지에게 각종 약은 유기화학과 합성화학으로 만드는 것이라고 어릴 적부터 들어왔다. 페니실린은 구균을, 카나마이신은 막대기균을 잡는 항생제이며 마이신은 구균과 막대기균을 동시에 잡는 광

폭항생제라고도 옛말처럼 들어왔다. 그녀의 머릿속 정보들이 과녁을 겨눈 사격수의 초점처럼 또렷하게 모였다. 그리고 그 것은 사격판의 중앙부를 정확히 뚫었다.

"그래, 약 중에서도 항생제를 만들자."

봄순은 약을 만드는 기술을 독학으로 배우기로 결심했다.

"시작이 절반이야. 페니실린을 발명한 사람도 푸른곰팡이 에서 시작하지 않았던가!"

초상화 앞에서 선서를 하듯이 엄숙한 마음으로 그녀는 중 얼거렸다. 성공한다는 보장은 없었다. 일종의 도박이었다. 주 유소 자금을 절반 투자했다가 실패한다면, 큰돈을 그대로 날 릴 수 있었다. 잠깐 두려움이 일었다. 그러나 그녀는 결국 새 로운 사업에 도전장을 던지기로 했다.

한 달간 봄순은 각 항생제의 특성과 만드는 방법을 배웠다. 아버지가 직접 봄순의 스승이 되었다. 아버지는 항생제 원료 가 추출되는 공정을 그림으로 그리거나, 혹은 화학식을 풀어 가며 설명해주었다. 원리적으로 차근차근 설명하다가도 봄순 이 이해를 하고 있는지 시험을 치려는 듯 거꾸로 질문을 하기 도 했다. 봄순의 아버지 영민은 장사에는 재능이 없었지만 가 르침에는 일가견이 있었다.

아버지는 백과사전만큼 두꺼운 약학 편람과 약학 사전을 봄순에게 주었다. 책들에는 각각의 약을 만들 때 나타나는 화학 반응이 구체적으로 적혀 있었다. 항생제를 만들려면 어떤 자재와 시약이 필요한지도 자세하게 설명되어 있었다. 그녀는 인내심을 가지고 치밀하게 연구해 필요한 기술을 터득해 나갔다.

어느 날, 봄순은 제약공장을 찾아갔다. 항생제를 만들려면 제약공장과의 연계는 필수였다. 우선 농축액을 사야 했다. 중간재인 농축액을 화학적으로 반응시켜 결정 분말을 추출할 생각이었다.

농축액은 제약공장에서 생산 공정을 책임지고 있는 책임 기사 관할하에 놓여 있었다. 생산 공정별로 화학대학 졸업생들이 기사로 배치되어 일을 하는데, 이들의 총책임자가 바로 책임 기사였다. 그러니까, 책임 기사는 마음만 먹는다면 농축액을 유출할 수 있었다.

공장 안에서 봄순은 잠깐 주변을 둘러봤다. 어디로 가야 할지 방향을 찾았다. 1직장은 페니실린, 2직장은 카나마이신 생산지였다. 그녀는 2직장을 찾아 책임 기사를 만나야 했다. 카나마이신부터 만들 생각이기 때문이었다. 커다란 배관이 건물과 건물 사이로 지나가는 곳이 보였다. 코를 찌르는 특이한 냄새가 봄순을 자극했다.

"저곳이 카나미쯘을 생산하는 직장이구나."

3층 건물 앞에서 잠깐 멈춰선 그녀는 길고 쭉 뻗은 1층 복

도에 들어섰다. 굵은 배관들이 1층 공간에 구불구불 꽉 들어
차 있었다. 커다란 배관 밑으로 오가는 사람들이 성냥개비마
냥 작게 보였다.

"책임 기사 사무실이 어디예요?"

기계음 소리가 그녀의 말소리를 집어삼켰다. 노동자들이
작업복을 입지 않고 현장에 들어온 봄순을 바라봤다. 그녀는
자기의 목소리가 잘 들리도록 손나팔을 만들어 다시 물었다.

"책임 기사 사무실이 어디예요? ……네? 2층이요?"

쇠로 만든 층계가 급한 경사로 2층과 연결되어 있었다. 텅,
텅, 텅. 발을 옮길 때마다 발소리가 크게 울렸다.

드디어 책임 기사 사무실이 보였다. 개인이 약을 만든다는
것 자체가 암시장에서 판매한다는 것을 의미하므로, 농축액
거래도 둘만이 아는 비밀로 깔끔하게 끝내야 했다. 봄순은 출
입문을 두드리고 들어갔다.

"어디서 왔어요?"

책임 기사가 물었다.

"책임 기사 동지, 불쑥 미안합니다."

"용건을 말해요."

"저, 까놓고 말할게요. 농축액을 좀 사려고 합니다."

대번에 책임 기사 눈살이 독사처럼 변했다.

"누군데 사람을 잡아? 당장 나가! 여기가 장마당인 줄 알

아?"

그는 문 쪽을 가리키며 언성을 높였다. 정말 화가 난 표정이었다.

페니실린이나 카나마이신 완제품을 넘겨받겠다고 책임 기사를 찾아오는 장사꾼은 많았다. 그러나 그들은 연줄을 타고 건너건너 왔지, 이렇게 공장으로 직접 찾아온 여자는 처음이었다. 게다가 완제품도 아니고 공장 한가운데 배관으로 흐르는 농축액을 사겠다고? 제정신이면 이런 말을 못한다. 중간재로 무엇을 어쩌겠다는 것인가. 전문가조차도 감히 농축액을 가져다 분말로 만들 시도를 못 하고 있는데 말이다.

"당장 나가요."

봄순이 무슨 말을 하려는데 책임 기사가 일어나더니 다자고짜 그녀의 등을 밀어 쫓아버렸다. 다시 들어오지 못하도록 힘껏 문을 닫는 소리가 등 뒤에서 울렸다. 지금 다시 들어간다면 정신 나간 여자라고 생각할 수 있었다. 일방적으로 농축액을 거래하자고 말해버린 것도 무리수였다.

다음 날, 봄순은 책임 기사가 사는 동네를 알아냈다. 그가 사는 동네는 어렵지 않게 찾을 수 있었다. 제약공장 후문 일대가 제약공장 종업원 주택단지였기 때문이다.

그녀는 동네 사람들에게 물어 책임 기사의 집을 알아냈다. 연꽃 피는 못가에 아담하게 꾸려진 제약공장 정양소 근처였다.

"계세요?"

봄순은 대문을 두드렸다. 책임 기사의 아내로 보이는 젊은 여자가 나왔다.

"누구 찾아왔어요?"

방금 화장했는지 입술에 윤기가 돌았다.

"이거 직장에서 후방 사업으로 주는 거예요."

봄순은 들고 온 보따리를 그에게 내밀었다. 돼지 앞다리와 필터 담배가 담겨 있었다.

"……."

명절도 아닌데? 책임 기사의 아내는 봄순을 보았다. 남편의 직장에서 일하는 사람이 아니었다. 그녀는 마침내 눈치를 챘다. 남편에게 약을 넘겨받겠다고 뇌물을 들고 오는 이들 중한 사람이라고 생각한 것이었다.

"이런 거 안 받아요. 가라요."

그녀가 문을 닫고 들어가려 하자 봄순은 얼른 그녀의 옷소매를 붙잡았다.

"아무것도 아니에요. 일단 놓고 갔다 다시 올게요. 저녁에 책임 기사 동지와 만나기로 했어요."

봄순은 거짓말을 했다. 의도한 것은 아니었다. 뇌물에 어지간히 물정이 튼 사람들이 뇌물을 거절하며 생색을 낼 때는 방법이 없다. 거짓말을 하든가 억지로 두고 오든가. 둘 중 하나였다.

며칠 후, 봄순은 또다시 책임 기사 사무실에 찾아갔다. 뇌물이 먹혔는지는 모를 일이었다. 그래도 생판 모르는 상태에서 쳐들어갔을 때보다는 구면이라면 구면이니 좀 나을 것 같았다.

"바쁘신데 자꾸 와서 미안합니다."

책임 기사는 전에처럼 쫓아낼 자세는 아니었다. 하지만 긴장과 우려가 교차하는 표정을 짓고 있었다.

"선돈 드릴게요."

봄순은 가방을 열었다. 현금 다발이 그 안에 있었다. 봄순은 그것을 그대로 책임 기사의 책상 위에 놓았다.

"무슨 걱정 하시는지 알고 있어요. 저, 일 처리는 할 줄 아는 여자예요. 지금 걱정하는 고민 안 해도 된다는 말이에요."

"일 처리를 할 줄 안다?"

기사가 처음으로 소처럼 웃었다. 봄순이 단번에 그의 고민을 짚어낸 것이다. 사실 약 판매는 사법기관이 쌍심지를 켜고 단속하고 있었다. 간혹 공장에서 공식적으로 후생물자를 구입한다며 시장에 넘기는 일은 있었다. 그 틈을 이용해 페니실린을 개인에게 넘겨 돈을 벌기는 했으나, 꼬리가 잡히면 출처부터 따지는 통에 어떠한 약이든 책임 기사 손에서 장사꾼에게 넘기는 건 조심해야 했다. 그런데 이 여자는 중간재를 요

112

구하니, 책임 기사도 어지간히 놀랐다. 아직 중간재 판매는 해 본 적이 없었다. 완제품도 아니고 중간재를 팔았다가 단속에 걸리는 날에는 까딱하면 모가지다.

"뒷일은 걱정하지 마세요. 저도 주유소를 운영하고 있어요."

봄순은 책상 위에 꺼내 놓은 현금 뭉치를 책임 기사 손 앞으로 가까이 밀었다.

"주유소?"

"네. 휘발유 쓸 일 있으면 오세요."

기사의 표정이 달라졌다. 짐짓 점잖은 틀에서 자기를 보호하던 그의 눈에 보물을 발견했을 때 반사적으로 나타나는 욕심이 이글거렸다. 직장에서 생산된 완제품 수량이 통계로 잡혀 있어 지금까지 그가 개인적으로 유출할 수 있는 항생제의 양은 극히 적었다. 하지만 배양 탱크에서 농축 배관으로 항생제 농축액이 넘어오고, 다시 농축 배관에서 결정 추출로 넘어가는 공정은 그의 관할이었다. 마음만 먹으면 농축액 같은 중간재는 수십 킬로그램을 빼돌려도 문제가 없었다.

그래서 봄순의 제의는 큰 유혹이었다. 누가 들어올세라 그가 얼른 서랍을 열고 현금 뭉치를 당겨 넣었다. 확실하게 거래를 하려는 듯했다.

"농축액을 가져가면, 그것으로 결정 분말을 만드는 공정은 알긴 해요?"

책임 기사가 우려되어 물었다.

"네, 독학으로 배웠어요. 큰돈을 투자하는데, 제가 더 신중하지 않겠어요?"

"독학으로 공부했다고?"

그의 얼굴이 갑자기 굳어졌다. 독학으로 장사를 준비하다니. 그것도 고도의 기술이 요구되는 제약업을?

"활성탄이 있으면 조금 주겠어요?"

그녀를 바라보던 책임 기사는 자기도 모르게 헛웃음을 지었다. 이런 여자는 처음 보았다. 장마당 세대는 역시 보통이 아니라는 생각이 들었다.

"이번 주말, 정문 담장 두 번째 블록에서 기다려요."

그녀가 나가자 책임 기사는 서랍을 열고 돈을 만져보았다. 갑자기 생겨난 큰돈을 그의 손이 꼭 움켜쥐었다. 돈에서 느껴지는 감각이 그대로 자기도 알 수 없는 담력으로 이어졌다.

항생제 제조는 주유소 휴게실에서 하기로 했다. 항생제 특유의 냄새도 있었고, 농축액을 희석하거나 합성 반응을 시킬 때 메탄올과 에탄올을 주로 사용하므로 냄새가 독하기도 했했다. 주유소 근처에서 항생제를 만들면 휘발유 냄새와 그 냄새가 섞일 테니, 법의 물망을 피할 수 있었다.

봄순은 동생 남순을 작업장 문 앞에 앉혀놓았다. 안전원이나 순찰대가 근처에서 얼씬거리면 휘파람을 불도록 했다. 감시역인 셈이었다. 연료를 판매하는 동찬에게도 주변을 수시로 살펴보도록 부탁했다.

드디어 항생제를 만드는 작업이 시작됐다. 봄순은 조력공이자 감독으로 아버지를 선택했다. 첫 작업은 카나마이신 원료 분말을 만드는 것이었다.

수건으로 머리를 가뜬하게 동여매고 소독한 장갑을 두 손에 낀 봄순이 움직였다. 긴장되어 있었으나 손동작 하나하나는 세밀하고 침착했다. 봄순의 아버지는 이 모든 공정을 지켜보고 있다가 그녀가 지시할 때만 움직였다.

1차는 성공이었다. 이제 결정분자가 가라앉은 액체를 메탄올로 세척해 수분을 제거해야 한다. 세척 과정을 여러 번 반복하는 동안 둘의 행동은 톱니바퀴처럼 빠르고 정확히 맞물렸다. 봄순의 얼굴에 땀이 흘렀다.

갑자기 휘파람 소리가 들려왔다. 순간 봄순은 긴장했다. 분명히 보초를 서고 있는 남순 쪽에서 소리가 들려오고 있었다.

"어떻게 할까요?"

그녀가 급하게 아버지를 올려다봤다. 심장이 쿵쿵거렸다. 영민의 두 눈이 잠시 번뜩였다. 이내 그 눈빛은 돌로 깎은 조각처럼 흔들리지 않는 동공으로 변하여 봄순을 직시했다. 침착해야 한다는 눈빛이었다.

"멈추면 안 된다. 계속해야 한다."

아버지의 입에서 묵직한 한마디가 울려 나왔다. 항생제 제
조는 시작하면 절대로 멈출 수 없었다. 지체할 새가 없었다.

"혼자 할 수 있지? 내가 나갔다 오마."

"아니에요, 아버지. 제가 나갔다 올게요."

결심한 듯 그녀가 문가로 다가갔다. 안으로 걸어 잠근 문고
리를 당기려던 봄순이 갑자기 머리에 둘렀던 수건이며 입고
있는 옷들을 전부 벗었다. 단 몇 초 사이에 속옷 차림이 된 봄
순이 문을 열고 나갔다.

안전원과 순찰대가 코앞에 서 있었다. 가슴골이 드러난 봄
순의 자태가 민망했는지 그들이 고개를 돌렸다. 그때 동찬이
달려와 안전원의 주머니에 필터 담배를 찔러주며 말했다.

"아니, 안전원 동지, 이 누추한 주유소에 다 오시다니요. 오
신 김에 맥주 한잔하시지요."

동찬은 일부러 너스레를 떨면서 안전원의 팔을 잡아끌었
다. 개인의 주유소를 일부러 단속해 뇌물을 뜯으려던 안전원
은 못 이기는 척 동찬과 함께 걸어갔다.

봄순은 다시 작업실로 들어가 벗었던 옷을 입고 머리에 수
건을 동여맸다.

"아버지, 건조장을 설치해줘요."

건조 공정을 마무리해야 했다. 카나마이신 분말은 대기 수분에도 쉽게 녹으므로 주의하지 않으면 다 된 밥에 재를 뿌리는 꼴이 된다.

"그래, 봄순아, 잘하고 있어."

대견하게 성장한 제자를 바라보듯 아버지는 흐뭇해했다.

온돌 아랫목에 비닐 박막을 깔고 그 위에 나무틀로 만든 건조설비가 놓였다. 봄순은 세척한 덩어리를 나무틀 위에 쏟아부었다.

덩어리를 툭툭 쳐서 골고루 펴고는 한 시간가량 나무주걱으로 쉬지 않고 저었다. 그러자 보드라운 하얀 분말이 만들어졌다. 다시 빽빽한 여과망으로 분말을 걸렀다. 카나마이신 원료 분말이 수북이 쌓였다. 공장에서 생산되는 분말 같았다. 성공이었다.

"아버지, 성공이에요!"

평소와 다르게 아버지의 얼굴이 붉어졌다. 젊은 날의 활기가 눈동자에 실려 있었다. 오랜만의 기쁨으로 손수건을 꺼내 든 영민이 어느새 눈가를 훔쳤다.

"너는 할 수 있어. 뭐든지 말이다."

아버지의 목소리가 감동에 젖어 있었다. 옛날의 자신에게 해주고 싶었던, 마음속에서 우러나온 말이었다.

"이렇게 분말이 완성되면 밀봉을 해야 한다. 습기를 먹어

녹아버리면 다시 메탄올에 녹여 분말로 만들 수는 있으나, 수량이 절반 줄어든다는 걸 반드시 기억해."

아버지의 조언은 봄순의 머리에 비석처럼 새겨졌다. 하늘의 계시라도 이처럼 귀하지는 않으리라.

봄순은 완성된 원료 분말에 공기가 들어가지 않도록 비닐봉지 끝머리를 돌돌 비틀어 꺾은 후 실로 몇 번 돌려맸다. 저울에 봉지에 넣은 원료 분말을 올려놓고 떠보니 삼 킬로그램이었다. 카나마이신 한 대를 제조하려면 0.6그램의 분말을 넣어야 하니, 이 정도 분말이면 수천 대의 약을 만들 수 있었다. 투자한 자금을 제하고도 남는 이윤이 엄청났다.

이후 봄순은 병에 넣은 페니실린과 카나마이신 원료 분말을 팔며 항생제 도매를 거의 독점했다. 하루가 어떻게 흐르는지 모를 정도였다. 나흘 연속 세수도 못 하고 자전거를 타고 달릴 때마저 있었다.

항생제 판매로 자금이 늘어나자 그녀는 주유소를 확장했다. 주유소는 지방정부에 공식적으로 세금을 내면서 운영하는 것이어서 자본의 규모만큼 계속해서 확장할 수 있었다.

누구나 장사할 수 있도록 종합시장이 지역마다 들어서자 경쟁이 치열해졌다. 합법적으로 장사하는 상인들은 경쟁에서 밀려났다. 반대로 불법의 틈새를 영리하게 이용해 장사하는 상인들은 대부분 성공했다. 신성시되었던 합법과 도덕이 경쟁의 폭풍으로 송두리째 날아가자, 사람들이 좋아하는 명언도 변했다.

"어두운 곳에서 돈이 나온다."

이러한 사고방식은 권력을 쥐고 있는 간부들 사이에서도 만연해졌다. 보위부는 보이지 않게, 안전부는 안전하게, 당 비서는 당당하게 주민들의 장사를 불법 행위로 몰아세우고 악착같이 뇌물을 뜯어냈다. 머리가 좋은 인재들은 이잣돈을 빌려 사법 간부를 양성하는 대학에 입학하고, 사법 간부가 되어 뇌물을 갈취하는 방법부터 배웠다. 이들의 능력은 합법을 불법으로 우기면서 세금과 뇌물을 착복하는 데 쓰였다. 봄순을 비롯한 불법 장사로 돈을 모은 상인들은 이들을 환영했다. 이런 법관들에게 돈을 주면 불법 장사를 보호해주었으므로, 천상궁합이라고 할 수 있었다.

그 속에서 주민들은 이중, 삼중의 세금을 정부에 바치느라 허덕였다. 사회의 양극화는 빈부격차의 근본 원인이 되어가고 있었다.

이런 가운데 인민공채가 발행되었다. 국가의 적자를 충당하려는 중앙정부의 계획이었다. 누구나 의무적으로 공채를 사야만 했다. 이십 년 만기 후 공채액을 돌려준다 했지만, 중앙은행을 믿는 사람은 없었다. 하루 벌어 하루 먹고사는 주민들이 공채를 사들일 돈이 없는 것도 문제였다.

하지만 중앙정부는 인민공채를 계속 찍어 무더기로 남발했다. 인민공채를 대량으로 사는 돈주들이 있었던 것이다. 공채 매입량에 따라 국가수반 표창과 국기훈장을 주었으므로, 검은돈을 모아들인 사람들은 이것을 기회라고 생각했다.

봄순도 인민공채를 무더기로 사들였다. 공채를 매입했다는 애국적 행위로 그녀는 김정일에게 표창을 받았고, 그 표창으로 불법 장사를 보호하는 방패는 한층 더 든든해졌다.

돈다발이 쌓이자 봄순은 새로운 고민을 하게 되었다. 현금을 안전하게 보관해야 했다. 장롱 깊숙이 숨겨놓아도, 쌀독에 묻고 위장해 놓아도 마음이 놓이지 않았다. 확실하게 안전한 장소가 필요했다.

하지만 여기저기 둘러봐도 돈을 숨길 곳이 마땅치 않았다. 도둑이 들어와도 생각하지 못할, 가택수색을 당해도 발견하지 못할 그런 곳이어야 했다.

'텃밭을 파고 땅속에 묻어놓을까? 아니다. 쥐가 굴을 뚫으면……. 변소가 안전하지 않을까? 아니야.'

그 어떤 곳도 신통치 않았다. 며칠을 생각해도 묘수가 떠오르지 않았다.

그러던 어느 날, 철옥이 말했다.

"초상화 검열 나오니까 초상화 깨끗이 닦아놔."

장사를 하느라 사람들이 아침마다 닦던 김일성과 김정일의
초상화에 관심을 주지 않고 있어 당적인 사업으로 집집마다
초상화를 검열한다는 것이었다.

문득 봄순의 손바닥이 저절로 마주쳤다. 그녀는 벽에 걸려
있는 초상화를 새삼스레 다시 바라보았다. 그녀의 두 눈이 반
짝였다.

김일성, 김정일 초상화! 태양으로 모셔 아무도 쉽게 다가서
지 못하는 초상화. 사법 간부도 도적도, 아니 강도라 해도 함
부로 손을 대지 못하는 신성한 곳. 그야말로 명당자리였다.

그녀는 경건한 마음으로 초상화가 걸린 벽으로 걸어갔다.
유리를 정성스레 닦아내고 조각처럼 한동안 초상화만 바라보
았다.

'초상화 뒷벽에 금고를 넣으면 누구도 모를 것이야. 바로
그거야. 초상화 금고!'

이 대단한 생각에 스스로도 놀랐다. 봄순은 토끼보다 더 빠
르게 집에서 뛰어나와 걸음을 다그쳤다. 금고부터 주문해야
했다. 종합시장에는 고양이 뿔을 빼면 없는 게 없으니 금고도
반드시 있을 것이었다.

봄순은 철제품 매대로 다가갔다. 망치, 드라이버, 스패너
같은 공구들을 장작을 쌓아놓듯 차려놓은 매대에 노인들이
있었다. 그들은 마라초(궐련)를 피우며 한담하고 있었다.

종합시장에서 장사하는 남성은 이 노인들이 유일했다. 전쟁 시기 남자들이 전쟁터에 나가 아내들이 할 수 없이 보습을 잡았듯이, 지금도 역시 젊은 남자들은 국영공장에 종속되어 있다 보니 거의 가정주부들만 장사하는 구조가 자리 잡고 있었다. 퇴직하고 할 일이 없어 아내의 구박에 신물이 난 육칠십대의 남자들 중 용기 있는 남자들이 장사를 시작한 것이다.

이들은 처음에는 맥주 깡통을 밑천으로 삼았다. 이를테면 정전으로 등잔 수요가 많았는데, 여기에 빠르게 대응한 것이다. 맥주 깡통 윗면의 동그란 구멍을 등잔 심지 구멍으로 개조하고 그곳에 면실을 꼬아 만든 하얀 심지를 길게 늘어뜨려 깡통등잔을 만들어 시장에 내놓았다. 깡통등잔 장사는 노인들의 돈벌이에 쏠쏠한 재미를 주었다.

등잔 팔던 노인들은 어느새 철제품 장사치가 되었다. 삽자루, 호밋자루, 불갈고리 같은 철로 만든 제품을 놓고 가는 공장노동자들이 늘어난 것이다. 노동자들은 공장 자재로 몰래 만든 철제품을 이들에게 넘기고 물건이 팔리면 돈을 받아갔다. 전당포인 셈이었으나 노동자들은 노인들의 이름을 알 필요가 없었다. 종합시장 매대에 앉아 있는 상인은 모두 시장관리소에 등록되어 있으므로, 그것이 인증 그 자체였다.

철제품 매대에 점차 공장 간부들도 나타나기 시작했다. 그들은 베어링이나 심지어는 각종 톱니바퀴, 공업용 전동기까지도 은밀하게 넘겨줬다. 그들은 조용히 사라졌다가 조용히 나타나 판매 대금을 받아갔다.

봄순은 철제품 매대에서 인상이 좋은 노인 곁에 몸을 낮추고 조용히 물었다.

"조그마한 금고가 필요한데요, 가능할까요?"

"하고말고. 크기는 얼마로 할까."

"요만하게요."

봄순은 두 손을 움직여 네모난 윤곽을 그려 보였다.

"일주일 내로 가능하지."

"누가 보지 않게 가져올 수 있어요?"

"내가 미물인 줄 아나."

볼을 씰룩거리며 노인이 말했다. 그 소리에 옆에 있던 노인이 고개를 돌렸다.

"뭐야? 한 퇴(돈벼락) 맞은 건가."

킬킬 웃으며 옆쪽 노인이 말했다. 귀가 잘 안 들려 제대로 듣지는 못하지만 촉이 빠른 노인이었다. 별것 아니라는 듯, 봄순과 흥정하던 노인이 일부러 표정을 씁쓰레하게 지으며 손을 내저었다. 그러고는 그녀가 주문을 취소할까 걱정되었는지 상체를 내밀고 조급하고 다정하게 말했다.

"담보는 줘야지. 삼십 퍼센트를 선불로 주면 말이야, 가져다 달라는 곳까지 배달해주지."

노인의 눈동자가 빠르게 굴러갔다.

"그래요."

봄순은 흔쾌히 선금을 주었다.

노인은 일주일 후, 비밀번호가 달린 조그마한 금고를 배낭에 숨겨 그녀가 말한 식료품 상점 옆으로 빠져나가는 한적한 골목으로 가져왔다. 잔금을 마저 주고 나서 봄순은 자전거 짐틀에 금고를 실었다.

'이제 금고를 설치해야 한다.'

봄순의 발걸음이 친정으로 향했다. 마당에서 아버지가 배추를 다듬고 있었다. 식당에서 김치는 기본 반찬이므로, 배추와 무를 다듬는 일은 아버지 몫이었다.

"왔냐, 우리 딸."

아버지는 항상 '우리 딸'이라는 애칭으로 애정을 표시하며 봄순을 반겨 맞았다. 배추 뿌리를 자르고 떡잎을 뜯으며 그녀를 정답게 바라보는 아버지의 눈빛은 언제나 사려 깊었다. 그녀가 새끼줄로 묶어놓은 배춧단을 풀고 아버지에게 배추를 넘겨주며 진중하게 말했다.

"아버지, 부탁할 게 있어 왔어요."

"애비에게 부탁은 무슨. 언제든 편하게 말해라."

봄순은 숨을 죽이고 조용히 말했다.

"금고를 벽에 좀 넣어야겠는데…… 초상화 뒤에요."

"금고를 초상화 뒤에? 아, 벽을 까고?"

봄순은 머리를 끄덕였다.

"그래야 돈 관리가 안전할 거 같아서요."

그것이 무슨 의미인지 알아차린 영민이 방금 전 딸의 목소리보다 더 낮고 신중하게 말했다.

"준비할 테니, 배추를 다듬고 있어라."

구부정한 허리에 손을 올려놓고서 아버지가 창고로 들어갔다. 부스럭거리는 소리, 삽질 소리가 간간이 들렸다. 봄순은 새삼스레 아버지의 존재가 산처럼 느껴졌다. 성분제 사회에서 태어나지 않았다면 박식한 지식과 정직한 성품 덕분에 간부는 못 되어도 존경받는 교수 정도는 되었을 것이다. 영혼을 창조하는 하느님이 있다면, 그녀에게 하느님은 아버지였다.

모래와 시멘트가 담긴 마대를 양손에 든 아버지가 급히 걸어나왔다.

"가자. 가서 얼른 해버리자."

그가 앞서 걸었다.

벽에 걸린 세 개의 초상화가 방바닥으로 내려졌다. 초상화가 걸려 있던 벽에는 꽃무늬 벽지가 도배되어 있었다. 거리를 두고서 구도를 가늠하던 아버지가 바지에서 주머니칼을 뽑아 펴들고 도배지에 대더니 사각형 모양으로 정교하게 오려냈다. 미장한 벽체가 드러났다. 이윽고 봄순의 아버지는 망치를 들고 벽체 여러 곳을 딱딱 두드리며 벽돌이 이어진 틈새를 찾아냈다. 곧바로 뾰족하고 작은 정을 틈새에 대고 오른손에 든 망치로 정 머리를 규칙적으로 내리쳤다. 정을 옮겨가며 망치질을 하고 나니 벽돌 한 장이 드러났다. 세밀하고 조심스러운 아버지의 작업이 계속되었다. 그는 좌우로 벽돌을 조금씩 흔들고 앞으로 힘을 주어 그대로 뽑았다. 뒤쪽 공간이 드러났다. 나머지 벽돌은 망치로 옆면을 탁탁 두드리니 쉽게 뽑혔다. 벽에 구멍이 휑하니 뚫렸다.

주위가 고요했다. 영민의 입술은 성문처럼 닫혀 있었으나 손발은 계속 재빠르게 움직였다. 표정은 침착하기보다는 거의 비장했다.

"물을 좀 드셔요."

봄순이 얼른 밥그릇에 물을 담아 아버지 앞에 내밀었다. 어지간히 목이 말랐던 모양인지, 냉수를 급하게 들이켜는 소리가 정적을 울렸다.

"얼른 마무리하자."

아버지는 투박한 두 손으로 자그마한 금고를 번쩍 들더니 벽돌을 뽑아낸 벽 구멍에 놓았다. 금고가 왼쪽으로 약간 기울었다. 납작한 돌을 끼워 수평을 맞추고 금고를 흔들어보니 흔들리지 않았다. 아버지는 나머지 공간을 벽돌 조각으로 채운 후 준비해놓은 나무틀을 그 자리에 끼웠다. 그리고 뾰족한 도

장 칼을 연필 쥐듯이 정밀하게 쥐고서 나무 틀 밑에 일직선으로 홈을 팠다. 금고 앞을 가릴 얇고 작은 하판을 끼울 틈을 만드는 것이었다.

그사이 봄순은 마대에 담긴 시멘트와 모래를 섞어 몰탈(모르타르)을 이겼다. 톱니바퀴가 맞물리듯 부녀의 손발이 척척 맞았다. 둘은 작은 하판에 도배지를 바르고, 미장을 하고, 칼로 파놓은 홈을 따라 하판을 끼웠다. 세 개의 초상화를 나란히 걸고서야 그들의 눈빛이 한 곳에 멎었다.

김정일 초상화가 걸린 곳이 바로 금고 문이었다. 엷은 희열이 봄순의 온몸을 전율시켰다. 세상의 명암이 기묘하게 절충된 곳. 초상화 금고는 완벽했다.

남편의 함정

봄순의 가정에 평온이 깃들었다. 끊임없이 일어나던 불협화음 속에 슬그머니 찾아온 고요함이었다. 하지만 부부 사이의 정이 애틋하게 연결되는 평온은 아니었다.

철욱은 새롭게 부상하는 아내의 위상 탓에 가슴의 응어리가 화초처럼 커갔다. 아내의 사업이 번창할수록, 돈주라는 신분이 그를 짓눌렀다. 돈주는 이제 부의 상징이자 권력의 상징이었다. 권력자들도 돈주들을 원했다. 가령 검사들은 검은돈을 모으는 상인들을 호출해 온갖 수법으로 심문하다가도 그가 가진 자금력을 파악하는 순간, 상부에 보고할 조사 서류를 불태워버리고 친교를 맺었다. 권력기관 간부들은 위엄 있게 말하고 위엄 있게 걸었으나, 돈주에게는 호의적이고 깍듯했다.

이러한 현상은 보통 사람들에게도 쓰나미처럼 들이닥쳤다. 모두의 삶이 돈을 둘러싸고 관계가 시작되고, 돈독해졌다. 세상의 주인은 돈이었다.

"저 사람, 돈주래."

그러면 사람들은 야밤에 고양이 눈동자 커지듯 지나가는 그를 우러러봤다.

이 모든 변화를 철욱은 누구보다 피부로 느끼고 있었다. 성분사회는 퇴색되고 있었다.

'그까짓 돈이 뭐라고. 개도 안 먹는 종이 쪼가리.'

철욱은 애써 이렇게 자신을 위안하고 있었다. 아직도 성분제가 최고라고 고집한다면 삶은 소 대가리가 웃을 일이었으나, 그래도 철욱은 이 사회는 절대로 돈을 중심으로 흘러가지 않을 것이라고 생각했다. 세상이 온통 돈, 돈, 돈에 미쳐 돌아가도 저것은 한갓 봄날의 부나비에 불과할 것이라고, 자신의 가보인 성분제가 그놈의 돈 때문에 찬밥 신세가 되어도 언젠가는 반드시 사회주의가 부활할 것이라고, 그렇게 생각했다.

하지만 별 볼 일 없다고 천시하던 아내가 돈주가 된 것은 철욱의 모든 것을 허물고 있었다. 남자의 자존심도 무너지고 성분제의 위상도 무너졌다. 어떻게든 아내보다 우월한 남편이 되려 했으나, 방법이 없었다.

집안의 돈은 아내의 돈이자 남편의 돈이라는 집단주의 사상은 현실주의자 아내에게 먹혀들지 않았다. 한 지붕 아래서, 한 이불 안에서 살고 있어도 아내의 돈을 써야 할 때마다 절차를 거쳐 승인을 받아야 했다. 남자가 여자에게 복종한다는 사실 자체가 철욱에게는 아픔이었다. 그래서 잠자리에서 아내와 한 몸이 되는 순간에도 체내에서 묵직한 덩어리가 암처럼 맴돌았다.

철욱은 아내가 점점 낯설고 두려워졌다. 하지만 불편한 심기를 드러내지 않았다. 아내의 심기도 될수록 건드리지 않았다. 그는 아내의 돈만 필요했다. 뜻밖에도 그 돈이 자기를 위협하는 심리적 불안을 없애주고 있었기 때문이다.

철욱은 아내의 돈으로 유행하는 남조선 옷을 차려입고 다녔다. 그 옷차림에 쌍상(김일성·김정일 배지)까지 달고 거리에 나서면 간부로도 보이고 돈주로도 보였다. 길거리 매대로 여유 있게 걸어가 공장 노동자 한 달 월급에 맞먹는 필터 담배 한 갑을 껌처럼 구매하면 사람들의 부러움이 늘 따라다녔다.

부러움은 공장에서도 이어졌다. 그중 유난히 자신에게 '지도원 동지'라며 인사를 잘하는 애교 많은 처녀가 있었다. 공장 당 위원회 소속 선전대 처녀 성희였다. 성희는 중저음 가수로 가창력이 좋아 〈사회주의 지키자〉라는 선전 가요를 주로 불렀다.

한잔 술에 혈기가 서서히 오르듯, 그 노래를 들으면 철욱은 우울함이 저절로 가셨다. 성희의 노래가 하늘가로 울려 퍼지면 그의 마음은 어느새 풍선처럼 부풀었다.

노래가 끝나면 철욱은 아쉬웠다. 그는 공장 정문 옆에 장사꾼이 차려놓은 매대로 달려가 다과를 사 들고 방송차로 뛰어갔다. 다음 곡을 준비하던 성희는 깜짝 놀랐다. 잘생긴 지도원이 우승한 선수에게 꽃다발을 안겨주듯 자신에게 다과 꾸러미를 내밀고 있었다.

"어머나, 지도원 동지, 이걸 저에게 주는 거예요? 죽신하게 고맙습니다."

성희는 생기 있게 웃었다. 이윽고 그녀는 마이크를 오른손에 그러쥐고서 〈당신이 없으면 조국도 없다〉라는 선전성이 보다 강한 가요를 불렀다. 펄럭이는 붉은 기와 그녀의 노래가 조화를 이루며 철욱의 심장을 뛰게 만들었다.

사나운 폭풍도 쳐 몰아내고 신념을 안겨준 김정일 장군
당신이 없으면 우리도 없고 당신이 없으면 조국도 없다

김정일을 찬양하는 노래였으나 어째서 그것이 자기를 원하는 여인의 목소리로 들려오는지 철욱도 몰랐다. 그저 날마다 성희의 노래를 더 많이, 더 깊이 듣고 싶었다. 그녀의 노래에 전기에 감전된 듯 몸은 굳어졌으나 속에서는 원초적인 감정이 활활 타올랐다.

'내가 진정 사랑이라는 것을 해봤던가.'

철욱은 처음으로 지난날을 돌아봤다. 십 년 동안 군대에서 청춘을 보냈고, 제대하자마자 선을 보았다. 이후 쓸데없이 똑똑해 남편을 작게 만드는 여자와 결혼을 해버렸다.

'남편이 없으면 아내도 없다는 신념을 가진 여자를 만나 연애를 해 보고 결혼도 해야 했는데…….'

샘물처럼 솟아나는 철욱의 감정은 총각 때로 돌아갔다. 선전대 처녀인 성희를 바라보면 가슴이 설렜다. 그는 흐르는 물처럼 자기의 감정을 따랐다. 예쁜 옷을 사들고 성희에게 선물하며 그것을 드러내기도 했다.

"지도원 동지, 이렇게 고운 옷을……. 너무 고마워요."

집안이 가난해 외모를 가꾸는 데 신경이 쓰였던 성희는 철욱의 선물에 어쩔 줄을 몰랐다. 그녀는 진심으로 고마웠다.

이런 일이 반복되자 철욱에 대한 성희의 마음은 점점 그리운 감정으로, 사랑으로 이어졌다. 대동강이 보이는 버드나무 숲에서 둘은 처음으로 키스를 했다.

철욱은 감정의 여유가 있었으나 성희는 폭풍 같은 연애를 원했다. 이틀만 못 보면 그리움이 가득 담긴 손편지를 방송차 옆을 지나가는 철욱에게 줄 정도였다.

철욱도 이제는 퇴근을 한 후 성희와 손을 잡고 대동강 기슭을 걷고 나서야 집으로 들어갔다. 그러다 몸이 달아오르면 서로 뜨겁게 껴안고 불륜의 사랑을 깊게 나누었다.

보름달이 환한 가을 어느 날이었다. 주유소에서 퇴근하던 동찬은 대동강에 비추는 달빛이 유정해 걸음을 멈추었다.

"강물 속에서도 달빛이 저렇게 밝다니."

밤하늘의 달을 보고, 다시 강물에 비치는 달을 보던 동찬은 강가를 거니는 연인을 보았다. 밝은 달빛이 둘을 환히 비추고 있었다.

"아니, 저게 누구지? 잘못 보았나."

동찬은 가던 길을 가려다가 다시 돌아보았다. 분명히 손을 잡고 거니는 연인 중 남자는 봄순의 남편이었다. 그가 입고 있는 연회색 의상은 가격도 비싸지만 디자인이 흔치 않은 남조선산 옷이어서 멀리서도 금방 알아볼 수 있었다.

"우리 주인 남편이 왜 다른 여자와 있는 건가."

그는 봄순을 주인이라 칭했다. 주인을 배신한 남편을 보고 동찬은 어느새 주먹을 쥐었다. 당장 달려가 철욱의 멱살을 잡고 싶었다. 그러나 주제 넘는 행동이었다. 안 보려고 했으나 자꾸만 자꾸만 그 둘을 쏘아보던 동찬은 결국 눈을 질끈 감았다.

다음 날, 연료를 팔던 동찬은 주유소 앞에서 자전거 타이어에 바람을 넣고 있는 봄순을 보았다. 봄순은 펌프 받침대를 한 발로 밟고 펌프 손잡이를 두 손으로 힘껏 올렸다 내렸다를 반복하면서 가쁜 숨을 몰아쉬고 있었다. 송골송골 땀이 맺힌 그녀의 얼굴이 벌겋게 달아올랐다.

'저런 것은 남편이 도와주지…….'

그러고 보니 봄순의 남편이 봄순을 돕는 것을 한 번도 보지 못했다는 생각이 불시에 떠올랐다. 자전거는 남자가 짬짬이 관리하면 펑크가 나거나 타이어에서 바람이 나가거나 사슬이 늘어지는 것을 충분히 막을 수 있다. 괜히 짜증이 난 동찬이 봄순에게 다가갔다.

"줘요. 이런 걸 왜 혼자 해요?"

동찬은 봄순에게서 와락 자전거 펌프를 빼앗았다.

"넌 왜 갑자기 와서 그래? 아, 이거?"

동찬은 말없이 펌프질을 했다. 잠깐 사이 바퀴가 팽팽하게 차올랐다.

"수고했어, 자식."

동찬의 어깨를 봄순이 툭툭 치며 칭찬을 해주었다. 동찬의 미간이 찌푸려졌다. 그는 무슨 말을 하려고 입술을 열었다가 닫아버렸다.

"무슨 일 있어?"

어젯밤에 본 철욱의 외도를 말해야 하나. 동찬은 고개를 흔들었다.

"아니에요. 아무것도 아니에요."

봄순은 또다시 그의 어깨를 툭툭 치고는 자전거를 타려고 손잡이를 잡았다.

"잠깐요. 대치차가 녹이 슬었네요. 사슬에도 윤활유를 줘야겠어요. 너무 뻣뻣해요. 이 정도면 다리가 몹시 아팠겠는데……."

그가 한숨을 쉬면서 창고로 들어갔다. 누구를 욕하는지 중얼거리는 소리가 들려왔으나 봄순은 알아듣지 못했다.

"사슬에 정기적으로 윤활유를 줘야 해요. 그러지 않으면 페달을 다리 힘으로 돌려야 하는데, 그러면 자전거도 고장 나고 사람도 지쳐요."

주유소 창고에서 윤활유가 든 병을 가져오며 동찬은 말했다. 병마개를 돌리고 병을 바닥에 놓더니 마당에 뒹굴던 젓가락 크기의 꼬챙이 하나를 그 안에 담갔다. 그리고 윤활유가 흐르는 꼬챙이를 자전거 중심부 대치차의 끝에 대고 서서히 페달을 돌렸다. 톱니바퀴마다 윤활유가 떨어졌다. 어느 순간, 회전하는 바퀴가 유연해진 것이 눈에 보였다. 한 손으로 페달을 계속 돌리며 윤활유가 골고루 배어 들어간 것을 확인하고서야 동찬은 일어났다.

"이제 됐어요."

"수고했어. 이런 재간도 있었어?"

봄순은 웃으며 동찬을 칭찬했다.

"저……."

줄곧 말을 망설이던 동찬의 입술이 열렸다.

"왜, 무슨 일이 있어? 말해."

봄순은 동찬을 반말로 편하게 대한 지 오래였다.

"아니에요. 이제는 자전거를 여기에 세워놔요."

동찬은 주유소 마당을 가리켰다.

"며칠에 한 번씩은 정비해야 돼요."

성급하게 그가 얼버무렸다.

"그래 줄래?"

동찬을 바라보며 봄순이 웃었다.

"……."

이윽고 자전거에 몸을 싣고 그녀가 달렸다. 봄순의 뒷모습이 사라질 때까지 동찬은 봄순을 계속 바라보았다. 맞바람이 불고 있어 봄순은 한껏 저항을 낮추려고 얼굴이 거의 자전거 핸들에 가닿을 정도로 허리를 숙이고 페달을 돌렸다. 바람에 날리는 머리칼, 바람으로 동그랗게 부푼 상의가 오늘따라 측은해 보였다.

동찬은 처음으로 봄순에 대한 동정이 북받쳤다. 시집과 친정 그리고 허우대가 멀끔한 멋쟁이 남편까지 그녀는 어깨에 짊어지고 있었다.

일 년 가까이 주유소 일공으로 일을 하다 보니 동찬은 자기를 고용한 봄순에 대해서도 어느 정도 알고 있었다. 그래서 그는 항상 의아했다. 한 번도 아내를 살뜰하게 대해주는 남편을 본 적이 없었기 때문이다. 지금까지는 그저 표현할 줄 모르는 남자라고 이해해왔다. 그런데 어떤 여자를 꼭 껴안고 키스하는 현장을 목격한 순간부터 동찬은 봄순의 남편을 안 좋게 보게 되었다.

'주인이 안다면 얼마나 상처를 받을 것인가.'

동찬이 말을 하지 않는다면 봄순은 계속 속고 살아야 하는 것이었다. 그렇다고 자기 입으로 철욱의 불륜을 전달하는 것도 괴로운 일이었다. 식당 화구에 진탄을 올리고 그녀의 부모님과 밥을 먹으면서 말을 할까 싶었으나 그만두었다. 결국 철욱의 외도는 묻히고 말았다.

주유소 주변을 청소하거나 주유하고 나가는 차량을 바래다주던 동찬은 매일 태연하게 출근하고 밤늦게 들어오는 봄순의 남편을 일부러 눈을 치켜떠서 봤다. 어떤 날은 불과 일 미터 앞에 우뚝 서서는 인사도 하지 않고 쏘아보았다.

하지만 철욱은 두 눈에 힘을 주고 자기를 쌀쌀맞게 바라보는 일공을 힐끗 볼뿐, 그대로 지나갔다. 쏘아보는 눈빛을 의식하긴 했으나 그저 원래 뱁새처럼 째진 못생긴 남자의 눈빛이라고 생각했다.

'저렇게 험상궂게 생긴 남자는 평생 연애도 못 해볼 거야.'

철욱은 동찬과 마주치면 항상 비웃음을 보냈다. 일공은 하등계급이라고 인식하고 있어 무언의 압박도 던지곤 했다.

동찬은 바람 한 점 없는 맑은 날씨에 봄순의 남편이 지나간 자리에서 향수 냄새가 진하게 풍길 때면 '재수 없는 놈'이라고 얼굴에 박아주고 싶은 충동이 일었다. 그러나 눌러버렸다. 대신 그만큼 봄순을 향한 보호 본능이 눌렸던 용수철이 튀어오르듯이 솟구쳐 올랐다.

철욱의 외도는 달밤 아래서, 때로는 주말 산속에서 달콤하게 이뤄졌다. 성희는 알아갈수록 철욱의 이상형이었다. 그녀의 형부가 청진 제강소 주물직장 당 비서라는 것을 알았을 때, 그는 잃어버렸던 친척을 만난 것 같았다.

"성분이 좋은 집안이네."

"성분은 좋아요. 그러면 뭐해요? 고지식해서 밥술이나 겨우 먹고 살아요. 언니도 장사할 줄 모르고……. 지금 하찮은 장사꾼들이 돈푼 좀 있다고 판치는 걸 보면 어처구니없기도 하고 그래요."

성희가 이렇게 말하자 그녀의 허벅다리를 베개 삼아 누워 있던 철욱이 벌떡 일어났다. 그녀가 꼭 자기가 할 말을 하고 있지 않은가.

"역시, 우리가 이래서 통하는 거야. 안 그래?"

그는 어깨를 흔들며 호탕하게 웃었다.

그녀의 자랑은 계속되었다.

"돈만 있으면 장사를 크게 해서 그런 것들을 누르고 싶어요."

"그런 것들이라니?"

"베베해서(어리바리해서) 다니던 것들이 돈 좀 벌었다고 우리 같은 건 윗눈으로도 안 보는 거요. 그러니 우리도 돈을 벌어야 해요."

"그렇지. 바로 그거야."

성희의 말에서 철욱은 갑자기 힌트를 얻었다. 성분은 돈에 밀려나고 있었다. 하지만 그렇다고 성분이 없어진 건 아니었다. 돈만 있다면, 돈만 벌 수 있다면 성분 좋은 사람들이 권력을 잡거나 출세하는 데 훨씬 유리했다.

"맞아. 나도 장사를 해야 해."

철욱은 자기가 장사하는 것이 낯설었으나, 필연이라고 생각하고 어떤 장사를 해야 할지에 골몰했다. 회초리 칠수록 빙판에서 돌고 도는 팽이보다 더 빠르게, 무궁무진한 계획이 그의 머릿속에서 세워졌다.

"청진 수남시장에서 차떼기로 물품 날라다가 평성시장에 넘겨줘도 큰돈을 벌어요."

성희가 장사 밑그림을 그려주었다.

"좀 더 큰 장사는 없을까?"

"외화벌이 회사를 차리면 더 좋죠, 뭐. 그런데 그런 회사를 운영하려면 돈이 좀 많아야 해요."

"외화벌이 회사라고?"

"네. 그런 회사 사장이 당 간부보다 위상이 훨씬 나을 수도 있어요."

"아! 바로 그거야."

철욱은 무릎을 탁 쳤다. 이런 이야기를 듣자 그는 성희에게 더 잘해주고, 더 챙겨주고 싶어졌다. 그리고 계속해서 장사 계획을 세웠다.

이런 이유로 그에게는 아내라는 여자보다 돈이 많은 아내가 필요했다. 하지만 아내의 돈을 어떻게 자기 쪽으로 돌릴 것인지, 아예 그 돈을 자기 것으로 만들 방법이 무엇인지는 도무지 떠오르지 않았다.

두 여자가 존재하는 철욱의 가정은 평온했다. 다만, 폭풍전야에 살랑살랑 불어오는 바람처럼 기분 나쁜 평온이었다.

봄순은 최근 남편의 행동이 미심쩍었다. 잠자리가 점점 드물어졌다. 철욱은 아주 가끔 봄순의 몸을 더듬었으나, 대충 쓸어보고 눌러보는 아무 느낌 없는 움직임을 그녀는 눈치챘다.

게다가 어느 순간부터 철욱은 옷맵시에 엄청나게 신경을

썼다. 깨끗하다는 장점은 있었으나 몸을 반쯤 비틀어 고개를 돌리며 거울에 비친 뒤태를 여러 번 확인하는 것은 심경의 변화를 암시하고 있었다. 무엇보다도 달라진 점은 아내에게 건네는 말투와 억양이 호객 행위를 하는 상인보다 더 상냥해졌다는 점이었다.

'부부의 정이란 살면서 깊어지는 것인가.'

봄순은 이렇게만 생각했다. 하지만 친절한 남편의 말끝에 바늘에 꿰인 실처럼 반드시 따라오는 '돈 달라'는 요구가 그녀의 감정을 밟아버렸다. 입은 웃고 있었으나 감정의 교감이 말라버린 남편을 예리한 봄순이 모를 리 없었다. 그럴 때면 남편은 진심으로 웃으려고 입술을 애써 움직였다.

'뭔가 있어.'

여자의 감이었다. 감정을 그대로 폭발시키던 남편보다 지금의 남편이 더 냉소적이고 음험한 분위기를 풍기고 있었다. 남편은 이상하게도 당당했고 봄순은 불안했다. 하지만 사업이 바쁜 그녀는 그 이유가 무엇인지에 대해 한 번도 깊이 생각할 여유를 갖지 못했다.

겨울 문턱에서 눈비가 내리던 12월의 어느 날, 봄순은 급히 옷걸이에서 목수건을 잡아챘다. 연료를 실은 차량이 도착할 시간이라 나가야 했다. 그런데 목수건을 잡아채면서 그 위에 걸려 있던 솜옷 때문에 행거가 기우뚱 넘어지고 말았다. 행거를 세우고 방바닥에 널려진 옷가지를 대충 걸어놓던 그녀는 남편의 잠바를 집어 들다가 주춤했다. 주머니에서 접힌 종이가 떨어진 것이었다.

"뭐지?"

그녀는 그것을 집어 들었다. 종이는 쪽지처럼 접혀 있었다. 그대로 그것을 넣으려던 봄순은 여자의 본능으로 다시 꺼내 들었다. 접힌 종이를 반듯하게 펴자 손 글씨가 가득히 적혀 있었다. 손편지였다.

사랑하는 오빠에게. 잠자리에 누워서도 밥을 먹을 때도 오빠 생각뿐이에요. 보름달이 언제 또 뜰까요. 달 밝은 밤이면 오빠와 손을 잡고 걷는 그 길이……

봄순의 손에서 편지가 떨어졌다.

"여자가 있었구나."

잠깐 멍하니 서 있던 그녀의 가슴이 쿵쿵거렸다. 심장이 뛰는 소리였다. 모욕감으로 얼굴이 홧홧 달아올랐다. 그러다 이내 창백해졌다.

조용한 방에서 움직이면 소리가 날까 봐 봄순은 까딱도 하지 않았다. 그러다 조용히, 아주 조용히 맥이 빠진 손으로 편지를 다시 집어들어 읽었다.

……우리는 정말 닮은 데가 많아요. 아직 나를 위한 오빠의 마음에 절반도 보답하지 못했지만요. 주말에 오빠 집에 갔을 때 내 손으로 떠서 드린 양털 내의를 어머니가 입으신 걸 보고 너무 기분이 좋았어요.

'외도하는 여자를 시집에 데리고 갔다고?'

불에 기름을 부은 듯 좀 전의 화가 참을 수 없이 터져 나왔다. 질투라기보다는 철저히 무시당한 기분이었다. 얼마 전 혼자서 사는 시어머니에게 용돈을 드리러 갔었다. 그때 시어머니가 노르스름한 양털 내의를 입고 있던 모습이 기억났다.

"꼬박꼬박 용돈을 드렸더니 어머니도 같이 고스톱 친 건가. 외간 여자임을 알고서도? 그렇게 자랑하던 성분 좋은 가풍이 이런 거였어? 치사한 것들!"

봄순은 혼잣말을 했다. 당장 시집으로 달려가 따지고 싶었으나 이내 포기했다. 가서 뭐라고 할 것인가. 그 여자가 아들과 불륜하는 줄 몰랐냐고? 그런 여자를 왜 받아주었냐고? 그러면 뭐라고 대답할까. 아니다. 그 대답을 듣고 초라해지는 자기를 보느니 마주 서지 말자. 그러는 내가 더 부끄러울 것이다.

게다가 봄순에게는 미애가 있었다. 미애를 살리기 위해서 이 모든 일을 시작하지 않았는가. 철욱과의 사이에서 미애가 태어나기 전까지는 아무것도 모르는 척해야 했다. 봄순은 강한 척 머리를 들었으나 주르륵 주르륵 눈물이 흘렀다. 주먹으로 거칠게 눈물을 훔쳤다.

봄순은 마당으로 나왔다. 눈바람이 몰아쳐 그녀의 얼굴을 사정없이 후려쳤다. 돌연 우진이 떠올랐다. 떡 장사로 고생하느라 초췌해져 있던 그녀를 보던 눈빛이 울고 있었다. 고생하지 말라고 자전거를 주던 그날에도 투박한 한마디뿐, 사랑을 고백하면 그녀가 다칠까 봐 서둘러 결혼했던 그였다. 주유소에서 매일 마주해도 투박하게 말하고 투박하게 행동하던 그가 그리웠다.

'어디에 있을까.'

봄순을 위해 우진은 사라졌다. 어디에 있는지 당장이라도 손을 뻗쳐 잡고 싶을 정도로 간절했지만, 그의 소식은 일 년이 넘도록 알 수 없었다.

봄순의 머리 위에 차갑게 내리던 눈이 갑자기 멎었다. 하지만 그녀는 그러든 말든 을씨년스럽게 몰아치는 눈을 보고만 있었다. 어느 순간 고개를 들어 하늘을 쳐다보던 봄순은 커다란 우산이 자기의 머리 위에 씌워져 있는 것을 보았다. 뒤를 돌아본 그녀는 흠칫 놀랐다.

"아⋯⋯."

동찬이었다. 슬픈 표정으로 그가 서 있었다. 언제부터 있었는지, 억센 손으로 우산을 높이 들고 그녀의 뒤에.

"이러다 감기 걸리겠어요."

"언제부터 여기에 있었니?"

"무슨 일이 생긴 건가요?"

"아니, 아무것도 아니야."

"그래 보이지 않는데요. 이젠 누이 얼굴 보면 기분이 좋은지 나쁜지는 분간할 수 있어요."

봄순은 그를 바라보았다. 그의 입에서 '누이'라는 말이 나온 것은 처음이었다.

"누이는 감정을 잘 숨기지 못해요. 얼굴에 쓰여 있거든요."

동찬의 목소리가 어둡게 울렸다. 그는 무언가를 알아낸 듯 작은 두 눈을 가늘게 뜨고 있어 눈동자가 거의 보이지 않았다. 그녀의 눈가에 말라버린 눈물이 얼룩져 있음을 본 것이다. 봄순은 적당히 얼버무렸다.

"……별것 아니야."

남편 문제를 말하는 게 부끄러웠다. 봄순의 입에서 자기도 모르게 그럴듯한 변명이 튀어나왔다.

"장사 문제 때문이지, 뭐. 장사라는 게 다 그렇잖아."

"남편 때문이죠?"

동찬의 말에 봄순은 화들짝 놀랐다. 뒤로 돌아서 그의 얼굴을 탐색했다. 봄순의 눈동자가 빠르게 돌아갔다. 분위기를 압도하는 그녀의 눈길을 동찬은 그대로 직시했다. 이제는 말해야 했다. 확실하게 알 것은 알아야 한다고, 냉담하게 생각하면서도 한풀 죽은 동찬이 목소리를 냈다.

"누이, 미안해요. 제가 퇴근하다 우연히 누이 남편과 같이 있는 한 여자를 보았어요."

"……뭘 봤다고? 어디서 무엇을 봤다는 거야?"

"그날 대동강에서……."

동찬은 조용한 목소리로 짧게 설명했다. 봄순은 덤덤히 들었다. 태연한 척했으나, 피를 뽑은 사람처럼 얼굴색이 새파래졌다. 입술에는 경련이 일었고, 방망이질하듯이 괴로운 떨림이 가슴 속에서 울려 퍼지며 온몸의 신경을 자극했다. 풀물을 입혀 빳빳해진 명주처럼 경직된 몸이 통째로 떨렸다.

동찬은 솜옷을 급히 벗어 떨고 있는 그녀에게 둘러주었다. 봄순은 무엇인가 의식한 듯 동찬에게 말했다.

"동찬아. 지금 도로에 나가 봐. 내가 가야 하는데 오늘은 아닌 것 같아……. 노란색 까마즈, 평북 번호를 달았어. 내 대신 나왔다고 해. 휘발유 드럼통 일곱 개, 디젤유 드럼통 다섯 개를 인계받아. 그리고 내일……."

봄순은 정신을 차리고 기계처럼 말했다. 내일도 연료 거래가 예약되어 있었다. 거래처를 알려주고 자기 일을 대신 해달라고 말을 하려다 그만두었다. 나약해져선 안 됐다.

"내일은 나하고 좀 같이 가줘."

"알았어요."

"빨리 도로에 나가 봐."

"누이, 들어가 좀 쉬세요. 주유소는 걱정 말아요."

봄순은 뛰어가는 그를 보며 잠시 서 있다 집으로 들어왔다. 손편지는 TV 탁자 한가운데에 올려놓았다.

밤 아홉 시, 남편이 들어왔다. 그는 자연스럽게 TV 탁자에 놓인 편지를 보았다. 잠시 흠칫한 철욱은 그것을 집어 들고 한참 동안 무언가를 뒤적이다 이내 그 편지가 무엇인지 알아차렸다.

화가 치밀었다. 봄순이 자기 옷을 뒤졌다는 생각이 들었다. 어찌 되었든 아내가 자신의 불륜을 알아버렸으니, 할 말이 없었다. 철욱은 상황이 어떻게 돌아가고 있는지 알 수 있었다. 그는 눈썹을 찌푸리고 아내와 눈을 마주치지 않으려고 고개를 돌렸다.

봄순의 눈은 미동도 없이 남편을 보고 있었다. 경멸감이 가득한 눈빛이었다. 마침내 아내를 본 철욱은 자신을 조소하는 아내의 눈빛이 거슬렸던지, 양손을 허리에 올려붙이고 위세를 부리며 말을 뱉었다.

"밥상이나 들여와. 배고프다."

봄순은 억이 막혀 말이 안 나왔다. 한 지붕 아래 살아온 남편을 지금까지 몰라도 너무 몰랐다. 성분을 운운하며 처갓집을 깔볼 때도, 남자가 가진 완력으로 자기를 패댈 때도 이렇게 철면피인 줄은 몰랐다. 바람피운 사실이 드러난 지금도 나를 위압하려고 하는 저 태연함.

"하나만 말해줘요. 다른 것은 알고 싶지 않아요. 시어머니께 그 여자가 직접 옷을 줬나요?"

철욱은 봄순을 노려봤다. 자기가 선전대 처녀와 사랑을 하는 것은 양심의 가책이 느껴지거나 후회되지 않았으나, 그 때문에 남편이 아내에게, 남자가 여자에게 머리를 숙여야 하는 것은 아니라고 생각했다. 그래서 철욱은 버럭 소리를 지르며 변명을 했다.

"같이 일하는 공장 여자야. 왜? 우연히 집에 왔다가 옷 하나 드린 게 죽을죄야? 살인죄라도 저질렀어?"

"그 여자가 왜 시집까지 찾아가죠?"

봄순은 화가 날수록 목소리가 낮아졌다. 목소리가 낮아질수록 말마디는 느려졌고, 분노를 누르느라 목소리가 떨렸다.

따져드는 아내를 본 남편의 목소리가 더 커졌다.

"너 지금 남편을 취조하는 거야?"

"그 여자가 왜 시집까지 찾아가죠?"

봄순은 반복해 물었다.

"어떻게 어머니가 그러실 수 있어요?"

모든 것이 드러날수록 철욱은 할 말이 없어졌다. 그러나 봄순이 어머니를 건드리자 불같이 화가 났다.

"너 지금 우리 엄마를 건드렸어?"

어머니를 방패로 철욱의 기세가 되살아났다. 아내에게 비참하게 책잡히는 모양은 죽어도 싫었다. 하지만 봄순에게 잘못을 덮어씌우려는 그의 광기는 인위적인 분노에서 나오는 것이었으므로, 온몸의 혈관이 수축될 정도로 발산되고 있는 그녀의 분노 앞에서는 맥을 추지 못했다. 봄순의 목소리는 분노와 경악으로 총창보다 날카롭고 서리가 번뜩해, 말마디마다 불꽃이 튀었다.

"내가 건드렸나요? 지금 그게 당신이 제게 할 말이에요? 누가 건드렸는지 앞뒤 분간이 안 되나 보죠? 그렇게 자랑하던 성분 좋은 가풍이 고작 이런 거였네요. 여자 하나 맛본 것이 사과 한 알 맛본 것뿐이라는 식이네요. 도덕하고 국정 가격은 없어졌다더니, 그게 잘못된 거라고 말하는 사람을 거꾸로 사과 도둑으로 몰아가고 싶은 거 아니에요? 당신의 알량한 자존심을 지금도 포장하고 싶은가요?"

저만치 앉아 있던 남편이 별안간 불에 덴 노루처럼 벌떡 일어났다. 달아오른 얼굴의 관자놀이가 꿈틀거렸다.

"뭐, 뭐라고? 이게 뭐? 가문? 성분?"

"그래요. 성분 좋은 가문의 민낯을 보았네요."

"네까짓 게 감히 우리 집 가풍을 운운해?"

주위를 돌아보던 철욱이 손을 뻗쳐 방바닥에 놓여 있던 유리 재떨이를 힘껏 던졌다. 재떨이는 봄순의 얼굴 앞으로 획 하고 날아가나 싶더니 벽에 부딪혀 동강이 났다. 봄순이 날쌔게 피했으니 망정이지, 하마터면 이마가 터질 뻔했다. 재떨이가 산산조각나자 그의 폭언은 강도가 높아졌다.

"내가 동태 눈깔이었지. 그러니 교화생 애비에, 근본도 없는 집안 여자랑 결혼했지!"

이성을 잃은 남편의 말에 아내의 얼굴이 하얗게 질렸다. 교화소를 누가 만든 것인데? 성분제 사회가 순수한 사람들을 올가미로 조이려고 교화소니 수용소니 만들어놓고는 아버지를 죄인으로 잡아가지 않았는가.

봄순에게 아버지는 세상에서 가장 귀한 의인이었다. 지금까지 묻어두었던, 누르고 있었던 그녀의 영혼이 폭발했다. 봄순이 미친 듯이 외쳤다.

"교화생 아버지가 어때서요? 그 딸하고 사는 덕분에 당신과 당신의 어머니가 쌀밥 먹고 산다는 거, 잊었나 보네요. 당신은 거리에서 굶어 죽을 수도 있었어요. 장사하는 아내를 만나지 못했다면 허영심만 가득한 당신 같은 유형은 새 양말 한 켤레도 신어보지 못하면서 당에 충성한다고 하다 말라터지겠죠. 충성? 돈이 없는 당원이 길거리 꽃제비와 뭐가 달라요?"

"다시 말해 봐. 당원이 어쨌다고? 꽃제비? 네가 지금 당에 충성하는 남편한테 시비해?"

철욱이 봄순의 멱살을 잡아 쥐었다. 그녀는 기를 쓰고 대항했다.

"시비한다고요? 누가 시비를 걸었는데요? 지금 큰소리는 누가 쳐야 하는데요? 도둑이 매를 든다더니 당신이 그렇게 철면피한 인간인 줄……."

"뭐? 도둑? 철면피한 인간? 이게 어디다 대고 악다구니야?"

남편의 주먹이 그녀의 얼굴에 날아들었다. 불꽃이 번쩍하며 눈앞이 캄캄해졌다.

그녀는 아픔을 의식하지 못했다. 콧속에서 무엇인가 흘러나오더니 입술을 타고 옷 앞섶으로 뚝뚝 떨어졌다. 봄순은 흔들리지 않고 거목처럼 서서 남편을 쏘아봤다.

주먹을 휘둘러도 초라해지는 것은 자신이라고 느낀 철욱은 경대 옆에 끼워져 있던 쇠 저울대를 잡아 휘두르기 시작했다.

"아악!"

봄순의 비명이 울려 퍼졌다.

그때 문이 벌컥 열렸다.

"이 새끼야! 어디다 함부로 손을 대?"

동찬이었다. 퇴근을 하려다가 봄순의 비명에 뛰어든 것이었다.

그의 주먹이 화염을 뿜어대는 기관총마냥 철욱의 면상을 퍽 하고 쳤다. 내게 함부로 주먹을 날리는 놈이 한갓 일공 나부랭 이라고? 철욱은 악이 났다. 주먹을 휘두르며 그가 내뱉었다.

"이게 어디서 까불어? 머슴 새끼가!"

"뭐? 머슴? 그래, 머슴의 맛을 좀 봐라."

둘은 엎치락뒤치락 엉겨 붙었다. 하지만 단단한 근육을 가진 동찬에게 철욱은 역부족이었다. 동찬은 봄순의 원한을 대신 풀어주듯이 철욱을 패댔다.

"그만해! 그만…… 그만…….”

봄순이 소리치며 동찬을 말렸다.

"그러면 안 돼, 안 돼…….”

그녀의 목소리는 간절했다. 피를 흘리며 외치는 봄순을 보고 동찬은 일어났다.

"돌아가. 우리 가정 문제야."

"……."

동찬은 그녀를 바라보다 뒤돌아섰다. 이때 철욱이 달려들어 동찬의 허리 중심부를 있는 힘껏 걷어찼다. 균형 잃은 몸뚱이가 통나무처럼 마당 한가운데를 뒹굴었다.

"동찬아!"

소스라친 봄순이 외마디 고성을 냈다. 그러고는 맨발로 뛰어가 너부러진 동찬을 끌어안고 울음을 터트렸다.

"동찬아, 동찬아!"

눈을 뜬 동찬이 오른손을 올렸다. 코피가 흐르는 봄순의 얼굴을 닦아주려는 것이었다. 봄순은 그의 손을 잡았다.

그때 대문이 열렸다. 봄순은 두 눈을 의심했다.

우진이었다. 그 뒤에 어머니도 서 있었다. 그녀는 아무 말도 못하고 얼어붙었다. 내가 잘못 본 것이 아닌가. 어디에 있다가 일 년이 지나서야 나타난단 말인가. 봄순은 굳은 채 어안이 벙벙해졌다.

그동안 우진은 혜산에 있었다. 군 복무 시절 친구를 찾아가 친구가 하는 밀수를 도와주다가 며칠 전에 순천에 도착했다. 그는 봄순에게는 차마 들르지 못하고 봄순의 어머니가 하는 식당으로 갔다가, 소리를 듣고 달려온 것이었다.

우진은 상황이 어떻게 돌아가고 있는지 대충 짐작할 수 있었다. 순간, 거친 숨을 몰아쉬며 자기를 바라보는 봄순의 남편과 눈이 마주쳤다.

갑자기 철욱이 야비한 웃음을 지으며 달아나버렸다. 철욱은 덫으로 포획한 산짐승을 바라보는 듯한 눈빛을 하고 있었다. 봄순은 불길했다.

"당장 이혼해!"

화가 치민 봄순의 어머니가 소리쳤다. 주름 잡힌 볼 사이로 눈물이 소리 없이 흐르고 있었다.

봄순은 깨달았다. 물과 기름은 하나가 될 수 없다는 것을. 새로운 사회에 적응할 수 있는 사람과 적응할 수 없는 사람이 있다는 것을. 계급 간의 갈등과 마찰은 설사 그것이 부부라고 해도 멈출 수 없다는 것을. 변화를 인식하는 사고의 차이는 마치 반응하면 폭발하는 시약 같았다.

정말로 이혼하고 싶었다. 하지만 미애는, 불쌍한 미애는 어떡하나.

"……개도 안 먹을 출신성분이라는 거, 휴지장처럼 찢어버리고 싶어."

그녀가 혼잣말처럼 중얼거렸다. 이럴 때는 소주나 한잔해야 했다.

"오빠, 술 한잔할까요."

그녀의 목소리에는 왜 말없이 사라졌다 갑자기 나타났느냐는 섭섭함과 반가움이 함께 섞여 있었다.

"괜찮겠어?"

"우리 누이 하나도 안 괜찮거든요."

동찬의 노여움이 우진에게 쏟아졌다. 작은 눈을 부릅뜨고 그가 말했다.

"우리 누이가 기다리던 남자 맞죠?"

"……."

"다시 누이 속을 태우면 내가 가만있지 않겠어요."

"오빠가 떠나고, 그 자리에서 일하고 있어요."

봄순은 동찬을 소개했다.

우진은 동찬에게 악수를 청했다. 하지만 동찬은 악수를 거절했다.

"누이, 갈게요."

"아니, 술 한잔하고 갈게지⋯⋯."

술상을 차리던 어머니가 말했다.

"괜찮아요, 어머니. 내일 일찍 출근해야 해요. 평성으로 나가는 버스들은 새벽 다섯 시면 오거든요. 그 시간에 나와야 연료를 많이 팔 수 있어요."

"오늘 나 때문에⋯⋯."

넘어지며 바닥에 찧어 피부가 벗겨진 동찬의 콧등에서 진이 섞인 피가 배어나왔다. 봄순의 오른손이 그의 콧등을 닦아주려고 조심스레 올라가려 했다.

"걱정 말아요."

딱딱하게 거절하는 표정이 뭐라고 말할 수 없는 괴로운 심기를 담고 있었다. 할 말을 참는 듯 동찬은 무거운 발걸음으로 집을 나섰다. 동찬을 바라보며 어머니가 중얼거렸다.

"에고, 저렇게 좋은 남자도 있는데⋯⋯."

우진은 술병을 기울여 술잔을 채웠다.

"어머니, 한잔하세요."

"이보게, 내가 술을 못하는 거 알지 않나. 어서 들게. 그나저나 자네가 갑자기 사라지고 나서 우리 딸이 고생 좀 했네."

봄순의 어머니가 작정을 한 듯이 푸념을 했다.

"엄마, 됐어, 그만해."

우진의 얼굴이 달아올랐다. 그가 들었던 술잔을 봄순에게 권했다. 봄순은 기다렸다는 듯 입술에 잔을 대고 턱을 올리며 단숨에 술을 마셔버렸다. 이번에는 봄순이 술병을 손에 쥐고 우진의 술잔에 술을 기울였다. 그녀의 술잔에도 다시 술이 가득 부어졌다. 술기운이 온몸을 서서히 달궜다. 맺혔던 응어리가 술 한잔에 술술 풀려 나왔다.

"바보하고 착한 건 종이 한 장 차이라더니."

또다시 술잔에 술이 가득 찼다. 그녀는 술이 찰랑찰랑대는 술잔을 물끄러미 바라봤다. 외롭게 홀로 선 여인이 술잔 속에 보였다.

"난 어디에 발을 붙여야 행복할 수 있나."

"빈속에 술 마시면 위가 못 쓰게 된다."

봄순의 어머니가 배춧국에 밥을 말아 한 숟갈 듬뿍 떠 딸의 입으로 가져갔다. 그녀가 국밥을 안주로 술을 또 마셨다.

"봄순아, 그만 마셔."

우진이 걱정스러운 목소리로 한마디 했다. 하지만 봄순의 귀에는 아무것도 들리지 않았다.

"돈만 많이 벌면 행복할 줄 알았는데, 그게 아니었어요. 그게 어떤 마음인 줄 알아요? 차라리 하루 세끼 걱정하며 떡 장사할 때가 행복했어요. 새벽부터 밤까지 팽이 돌듯이 장사를 하면서 남편 공대하느라 밥상을 차려주고, 옷을 다려주고, 집 청소하고…… 그게 여자의 운명이로구나, 하고 아무것도 모를 때가요. 그러다 이제는 내가 진정으로 원하는 게 무엇인지 들여다보았어요."

우진은 놀랐다. 처음으로 봄순의 욕구와 마주했기 때문이다. 당황스러움에 그의 얼굴이 약간 달아올랐다.

'그게 무엇일까? 돈주 여성들의 마음은 어떤 것일까.'

봄순의 입에서 무슨 말이 나올지 두려움이 앞섰다. 우진도 아직 여자에 대해서는 가부장적인 의식이 머릿속을 지배하고 있었다. 그는 여자들의 생각이 변화하고 있다고 깊게 생각한 적이 없었다. 여자는 때가 되면 결혼을 하고, 결혼하면 당연히 출산을 하고, 아기를 양육하는 어머니가 되어서 책임감을 가지고 가정에 충실해야 하는 것이 전부였다. 그러니까 한마디로 남편의 내조자가 되어야 한다는 것이었다. 그런 그의 마음을 꿰뚫기나 한 듯이 봄순이 도전장을 내밀었다.

"생각하면 어이없죠. 여자가 남편의 양말이나 빨자고 결혼을 하는가요? 남자에게 절대적으로 복종하고 공대해야 하는 것이 여자의 의무예요? 여자도 자신만의 감정이 있어요. 그런데 그 감정까지도 남편 마음대로예요. 오빠도 그것을 인정해서 말없이 사라진 거잖아요. 내가 결혼한 여자여서…… 그 남자의 여자라서요."

"봄순아, 그건……."

"알아요. 도덕과 윤리, 뭐 그런 것이겠죠? 우리 가정이 불행해질까 봐? 내가 불행해질까 봐? 아니잖아요. 오빠의 윤리관이 깨지는 것이 두려웠던 거죠. 요즘 남자들이 다 그렇지 않아요? 나약하고……."

그녀는 자신이 실언한 것을 깨닫고 손으로 얼른 입술을 막았다.

'그래도 내가 사랑하는 남자는, 오빠밖에 없어요.'

봄순은 속으로만 생각했다. 차마 말로 꺼내지 못한 말들이 안타까운 표정이 되어 봄순의 눈가에 드러났다.

"아직 이혼은 안 할 거예요."

봄순은 미애를 떠올리며 생각했다. 미애를 가질 때까지만 버티자. 우진은 봄순이 도대체 무슨 생각을 하고 있는 건지 짐작이 가지 않았다.

아침이 되었다. 대문 밖에 차가 멈춰서는 소리가 들려왔다. 이어 누군가 대문을 두드리고는 미처 대답할 겨를도 없이 담장을 넘어와 빗장을 벗겼다. 그러더니 남자 여러 명이 우르르

마당에 들어왔다. 그들은 무작정 집안으로 들이닥쳤다. 사복을 입은 나이 지긋한 남성이 증명서를 보였다. 시 보위부 간부였다.

"초상화 뒷벽을 수색해."

봄순의 심장이 쿵, 하고 내려앉았다.

'이게 무슨 날벼락이냐. 어떻게 저기를 알았단 말인가.'

벽에 걸린 김일성 초상화가 내려졌다. 그다음 김정일 초상화를 내리고 나니 금고를 가리고 있는 하판이 보였다. 젊은 보위부원이 그 틈새에 주머니칼 끝을 넣더니 하판을 들어냈다. 그러자 자그마한 금고가 훤하게 드러났다.

봄순의 어머니는 와들와들 떨었다. 그 옆에 서 있던 우진도 공포에 질렸다. 보위부에 걸려들면 파리 목숨보다도 못한 신세라는 건 세 살 난 아이도 잘 알고 있었다. 게다가 초상화 뒷벽에 돈을 감췄다는 것은 정치범이 아닌가.

보위부 간부가 팔짱을 끼고서 이 모든 상황을 지켜보고 있었다. 위협하는 말투로 그가 소리쳤다.

"이거 열어."

금고를 열라는 말이었다.

봄순은 로봇처럼 순응했다. 좌로 한 번, 우로 두 번, 다시 또 좌로 한 번 키판을 돌리니 달칵 소리가 방안에 들렸다.

"열어."

보위부 간부가 봄순에게 말했다.

그녀의 오른손이 기계적으로 금고 문을 열었다.

"아……!"

절망에 가까운 외마디 비명이 봄순의 입에서 흘러나왔다. 금고 안에 가득했던 달러 다발이 보이지 않았다. 정신이 혼미해 착각한 것인가 몇 번이고 뚫어지게 보고 또 보았지만, 금고 밑바닥에 깔아 놓은 신문지만 너덜거리고 있는 것이 현실이었다.

갑자기 억센 쇠 그물이 몸을 조이듯 숨이 차올랐다. 추락하는 비행기가 굉음을 길게 뿜어내듯이, 봄순의 귓가에 이상한 굉음이 째지게 울렸다.

주위가 조용해졌다. 봄순은 움직이려 몸을 움찔거렸다. 그러나 두 다리가 비틀거렸다.

"모두 회수하고, 저 여자 끌고 나와."

보위부 간부가 명령했다. 초상화 금고가 마대에 담겼다. 한 보위부원이 그녀를 밖으로 끌고 나갔다.

대문 앞 길가에 보위부 차량이 대기하고 있었다. 범의 아가리마냥 시꺼먼 차에 오르던 봄순은 누군가 지켜보는 느낌이 들어 불시에 고개를 획 돌렸다.

그때, 봄순은 텅 빈 금고를 보았을 때보다도 더 큰 충격을 받았다. 쇠몽둥이로 뒤통수를 맞은 듯이 머리가 횡 돌았다.

담 모퉁이에 보위부 간부와 남편이 마주 서서 자신을 보고 있는 것이 아닌가.

'함정이었구나!'

저승의 감옥살이

 밤 열두 시, 육중한 철문이 드르릉 울리며 양쪽으로 열리자 퐁차(호로차)한 대가 덜커덩거리며 들어섰다. 먼 길을 달려와서 차 앞 유리에 흙먼지가 뽀얗게 쌓여 있었다. 차가 멈추더니 운전석에서 중년 남성이 내렸다. 가려진 적재함에 대고 그가 소리쳤다.

 "모두 내려!"

 거친 말투가 한밤중 고요를 음산하게 깨뜨렸다. 그는 수감자를 호송해온 계호 책임자였다. 무장한 두 명의 호송원이 퐁차 천막 안에서 먼저 뛰어내렸다.

 적재함에 쭈그리고 앉아 있던 죄수들이 흠칫흠칫 움직였다. 오랜 시간 앉아 있어 다리가 경직되었는지 내리는 죄수마다 비틀거렸다. 호송 도중 소변을 볼 때 한 번 차에서 내리긴 했지만, 도주를 우려해서인지 두 명의 팔목을 수갑으로 연결해 그 자리에서 볼일을 보고 다시 차에 오르게 했었다.

"빨리빨리 내려!"

호송원이 더 크게 소리쳤다. 피골이 상접한 죄수들이 줄줄이 내렸다. 남자들이 먼저 뛰어내리고, 여자들이 이어서 뛰어내렸다.

봄순은 맨 마지막에 내렸다. 주위를 둘러보는 그녀의 눈이 빠르게 굴러갔다.

"눈깔 파서 담알치기 하기 전에 눈깔 건사 바로 못 해?"

이십대의 호송원이 사납게 노려보며 뇌까렸다. 열 명의 죄수들이 두 손을 모으고 줄지어 섰다. 남자 여덟 명, 여자 두 명이었다. 남자 죄수는 머리가 허연 노인부터 이십대로 보이는 청년도 있었으나 여자 죄수는 봄순과 나이가 비슷했다.

'동림 교양소로구나.'

자칫하면 두 발로 들어와 누워서 나간다는 그 유명한 동림 교양소였다.

무시무시한 감옥의 모습보다 봄순을 괴롭히는 것은 미애였다. 봄순이 철욱과 미애를 낳는 일은 이제 요원해졌다. 철욱이 미애를 죽였다. 미애가 태어나는 일은 이제 영원히 없을 것이다.

미애야! 봄순은 너무 흘러서 말라버린 눈물을 흘리며 하늘을 올려다보았다. 미애는 철욱을 닮아 쌍꺼풀이 진 눈이 예뻤고, 봄순을 닮아 영리해서 낭랑한 목소리로 똑부러지게 말을 하는 사랑스러운 아이였다.

'미애야, 다음 삶에서는 아주 좋은 가정에서 부러울 것 없이 태어나거라.'

봄순은 빌었다.

하늘은 봄순에게 두 번째 기회를 줬다가 다시 바닥으로 내쳤다. 그렇게 열심히 돈을 벌었지만 이제는 봄순 자신의 목숨을 부지할 수 있을지도 알 수 없었고, 부모님과 우진도 제대로 먹고살 수 있을지 걱정이 되었다. 다시 제자리, 무일푼으로 돌아온 셈이었다. 아니, 제자리가 아니라 더 바닥이었다.

그렇다고 해도 이대로 멈출 수는 없었다. 삶을 다시 살기 시작했을 때 결심하지 않았는가. 부모님의 목숨을 살리고 따스한 삶을 살겠다고. 봄순은 무슨 일이 있어도 여기서 살아나갈 작정이었다. 그렇게 결심을 했건만, 보따리를 움켜쥔 봄순의 몸은 굳어가고 있었다. 공포감이 밀려왔다.

구류장에서 몇 달간 예심을 받을 때는 하루라도 빨리 감옥에 가는 게 낫겠다고 생각했다. 그러나 막상 감옥에 도착하니 엄청났다. 감옥을 둘러싼 담장 높이만 해도 보통 사람 키

의 두세 배가 넘었다. 게다가 전기 철조망이 담장 위에 일 미
터 높이로 늘어져 있어 영화에서 보았던 아우슈비츠 수용소
가 떠올랐다. 오 미터 간격으로 감시 초소가 있었고, 초소 지
붕마다 커다란 조명이 설치되어 있었다. 무장한 보초병이 구
경거리가 생긴 듯 죄수들을 내려다보았다.

찬바람이 불었다. 담장에 써놓은 글들이 소름 끼쳤다. 검은
먹물로 획 하나하나가 톱날 모양으로 그어져 있었는데, 글자
가 마치 승냥이가 금방이라도 사람을 씹어 삼킬 듯 이빨을 드
러낸 것 같았다. 글을 읽는 것만으로도 심장이 옥죄였다.

도주자들은 죽음을 면치 못할 것이다!

봄순은 등골이 오싹했다. 글자 하나가 봄순의 몸보다 더 컸
다. 이가 떡, 떡 마주치며 떨렸다.

저쪽에서 세 명의 남자가 걸어왔다. 죄수들을 인계받을 교
양소 소장과 계호원들이었다.

"여자들은 날 따라와."

얼굴이 넓적하고 주먹코가 박힌 젊은 계호원이 말했다.

봄순은 걸음을 옮겼다. 그 옆에 점쟁이도 바싹 붙었다. 봄
순과 그녀는 구류장에서 삼 개월간 같이 있었다. 점쟁이는 봄
순의 언니뻘이었다.

불그레한 불빛이 새어 나오는 건물 앞에 계호가 멈춰섰다.

"들어가. 신체검사 받고 여기로 다시 나와."

자그마한 방으로 봄순과 점쟁이가 들어갔다. 여성 군의가 자다 깬 고양이처럼 게슴츠레한 눈으로 그들을 맞이했다. 군의는 질병이 있는지 따위를 대충 물어보곤 형식적인 서류를 몇 자 끄적이고 나가라고 손짓했다.

계호를 따라 봄순은 침침한 건물로 들어갔다. 복도 양쪽으로 철문들이 보였다. 철문 위에는 '1반' '2반' '3반' '농산반' 간판이 나붙어 있었다. 커다란 자물쇠가 잠겨 있는 철문 중 두 번째 철문 앞에서 계호가 멈췄다. 열쇠 묶음에서 한 개를 골라 철문을 열더니 그가 말했다.

"들어가."

'신입반' 간판이 붙은 감옥이었다. 입소한 수감자는 사십 일간 이곳에서 신입자 교육을 받아야 했다. 이후 일반 감옥으로 배치되는 것이었다. 멍청히 서 있는 봄순의 몸을 계호가 창고에 마대 넣듯 밀어던졌다. 점쟁이는 얼른 들어섰다.

문이 쾅 닫혔다. 덜거덕, 자물쇠가 잠기는 소리가 잠깐 들리더니 잠잠해졌다. 봄순은 잠시 멍하니 서 있었다.

그녀는 어두운 감옥을 둘러보았다. 어디에 앉아야 할지 자리가 보이지 않았다. 왼쪽 벽에 석유 등잔이 걸려 있었으나 등잔불 크기가 콩알만 했다. 그나마 그마저도 없었다면 봄순은 필경 걸음을 옮기면서 자고 있는 수감자들을 밟았을 것이다. 수감자들은 성냥갑 속 성냥개비마냥 빼곡하게 누워 있었다.

사방이 막혀 있는데도 어디선가 찬바람이 불어왔다. 거적때기로 얼굴을 가리고 무릎이 턱에 닿게 한껏 웅크린 수감자들이 추위를 막으려고 몇 명씩 붙어 자고 있었다. 대충 세어 봐도 삼십여 명이 넘었다. 한구석에는 이불도 없이 솜옷을 쓰고 자는 수감자 몇 명이 보였다.

"여기, 여기로……."

점쟁이가 조용하게 벽 중간쯤에 자리를 잡고 봄순에게 오라고 손짓했다. 빈 공간이었다. 그들이 보따리를 내려놓고 앉으려는데 거센 목소리가 총알처럼 날아왔다.

"어디 신짜들이 거기 들어와? 담벽에 말라붙어."

소리치는 방향을 살펴보니 희미한 등잔불에 언뜻 얼굴이 보였다. 광대뼈가 튀어나온 여자였다. 그녀는 자리에 누운 채 머리만 쳐들고 소리를 질렀다.

"비위두 두꺼비네. 어디 구짜 옆에?"

그 말을 듣고 보니 바깥 벽과 연결된 구석에는 이불을 덮지 못한 수감자들이 몰려 있었다. 신입들이었다. 둘은 다시 일어나 담벽 구석에 자리를 잡았다. 바로 옆에 문이 없는 변소가 보였다. 하수가 제대로 되지 않은 변소에서 악취가 풍겼다.

봄순은 참아왔던 복통이 또다시 밀려왔다. 뒤를 보면 괜찮을 것 같았다. 그녀는 변소에 들어갔다. 차를 타고 오면서 먹은 찬밥이 상태가 안 좋아서 그런지 설사가 걷잡을 새 없이 쏟아졌다. 그래도 기관총 갈기듯 가스가 방출되니 속이 좀 편했다.

"개 간나…… 가다리에 걸레짝 박으라."

광대뼈 여자가 또 소리쳤다. 이번엔 악에 받친 목소리였다. 조금 더 뒤를 봐야 시원할 것 같았지만 예감이 안 좋았다. 봄순은 얼른 일어났다.

봄순은 솜옷을 입은 채로 어두운 구석에 누웠다. 오 분도 되지 않아 벽과 바닥에서 얼음 같은 냉기가 뼈까지 밀려들어 왔다. 옷가지로 두 발을 둘둘 동여매도 발이 너무 시렸다. 죽은 미라처럼 꼼짝하지 않고 누워있노라니 억울함과 분노가 치밀어 올랐다.

'내가 왜 이런 고생을 해야 하나.'

감옥에서의 첫날 밤은 현실과 죽음을 오가는 공포의 세계였다. 그 공포 속에서 남편의 얼굴이 괴물처럼 다가왔다. 치가 떨렸다. 피 터지게 번 달러를 빼돌리다 못해 초상화 금고를 덫으로 놓고 아내의 뒤통수를 치다니. 억장이 무너졌다.

아버지가 빠르게 손을 쓰지 않았다면 정치범 수용소에 매장되었을 것이었다. 다행히도 봄순의 아버지 영민은 보위부장과 가까운 외화벌이 회사 사장의 아들에게 영어와 중국어를 가르치고 있었다. 힘이 있고 돈 있는 부모들은 자녀가 앞으로 해외로 나가려면 외국어는 필수라고 생각하고 있었다. 그래서 대학생들이 아르바이트로 외국어 교사를 하기도 했다.

사교육 바람은 중국어와 영어를 유창하게 하는 영민을 끌어당겼다. 젊은 대학생보다 실력이 좋은 영민은 사장의 눈에 들었다. 사장은 고등학교 진학을 앞둔 아들의 외국어 실력을 늘려 1고등학교에 보내려고 했다. 1고등학교는 영재 학교였다. 아들의 실력이 늘어나는 것을 본 사장은 매우 만족했다.

그래서 그는 영민의 부탁을 기꺼이 들어주었다. 사장도 그간 중국과의 무역으로 회사를 운영하며 정치적 사건에 휘말린 경험이 있었다. 모함에도 어느 정도 익숙했다.

"초상화 뒤에 금고를 설치한 것만으로는 정치범이 될 수 없어요. 법도 알아야 대처할 수 있거든요. 이 나라는 일반 사람들에게 민법이 무엇인지 형법이 무엇인지 가르치지 않으니까, 법관들이 휘두르는 대로 잡아먹히게 되어 있어요. 보위부라면 말할 것도 없죠."

사장의 말은 옳았다. 수령의 초상화 뒤에 금고를 설치했으므로, 해당 사건은 국가 보위부가 관할하는 정치적 사건이었다. 그러나 금고에 돈이 없다면 문제가 달랐다. 설사 금고에 돈이 있었다고 해도 초상화를 움직이며 유리가 깨졌다든지, 초상화가 훼손되었다든지 등의 문제가 없다면 정치범으로 매장할 근거가 없었다.

사장과 식사한 다음 날, 시 보위부장은 사건 담당 수사관에게 전화를 걸었다.

"요즘 사건 하나 있었다며?"

"네, 열흘 전 초상화 금고 사건이 있었습니다."

수사관은 상부의 전화에 긴장했다. 이제 조사를 시작했는데, 윗선에서 관심을 보인다? 이 여자는 누구지? 게다가 이 사건은 피의자의 남편이 자신의 아내를 정치범으로 모해한 사건이었다. 수사관은 이미 철욱에게 뇌물을 받고 봄순을 아예 정치범으로 매장하려던 참이었다. 그런데 보위부장이 개입할 줄은 상상도 못했다.

"우리 사람이니까 조용히 처리해."

보위부장이 명령했다.

"네, 네, 알겠습니다."

수사관은 즉각 대답했다.

"후…… 이게 어떻게 된 판이지."

우리 사람이라면, 국가 보위부 비밀요원이라는 말이었다. 국가 보위부 반탐부에는 비밀요원이 있다. 이런 요원은 주민들 속에서 선발해 활동 조건을 제공하는데, 공로가 있든 없든 체제 안전을 위해 함부로 다치면 안 됐다. 보위부장은 이러한 부분을 교묘하게 활용한 것이었다. 표면상으로는 인민공채를 사들인 공적으로 봄순이 김정일의 표창을 받았으니 가볍게 처벌하도록 서류를 작성했다.

　일주일 후, 봄순은 보위부에서 안전부로 넘겨졌다. 일반 범
죄자로 넘어간 것이었다.
　"살았구나."
　사형장에 올라섰다 내려온 기분이었다. 봄순은 이 년의 형
을 받고 동림 교양소로 이송되었다.
　봄순의 얼굴에 눈물이 흘러내렸다. 어디서부터 잘못 끼운
단추인지. 십 년도 더 지난 그날, 당 비서 방에 가지 않았더라
면 이 모든 비극이 시작되지 않았을까. 그녀는 오열을 참으며
입술을 깨물었다. 옆에 누운 점쟁이가 그녀의 눈물을 닦아주
었다.
　"울지 마……. 살아서 나갈 생각만 해."
　봄순은 눈을 떴다. 밖에서는 이 점쟁이가 유명하다고 들었
다. 돈이 많은 사람은 돈을 더 불리려고 점쟁이를 찾았고, 가
난한 사람은 굶어 죽지 않을지 앞날이 불안해 점쟁이를 찾았
다. 사주팔자를 귀신같이 맞춘다는 소문에 그녀의 집에는 새
벽부터 사람들이 줄지어 서 있었다. 간부들의 승진과 출당 철
직 시기도 한방에 알아내 승용차로 모셔가는 이름 있는 여자
였다. 그들은 수령에게 바치던 충성자금을 점쟁이에게 바치
며 운명의 전환을 간절하게 바랐다. 그런 점쟁이가 붙잡혀온

이유는 사람들로부터 수령으로 받들린 '죄'였다.

봄순은 점쟁이 옆으로 바싹 다가갔다. 그녀의 온기가 느껴졌다.

"기상! 기상!"

한잠도 못 잤는데 새벽 다섯 시다. 감옥 복도를 빠르게 오가며 총반장이 일어나라고 소리쳤다. 이백 명의 수감자를 관리하는 총반장은 계호원을 대신하는 벼슬자리였다.

그리고 기상하라는 그의 말을 감옥 방마다 되받아 소리치는 반장들이 있었다. 연달아 울리는 기상 소리가 감옥에 울려 퍼졌다. 수감자들은 벌떡벌떡 일어나 자리를 정돈하고 줄지어 앉았다. 아침 조회 시간이었다. 봄순도 신입반 수감자들 뒤쪽에 자리를 잡고 앉았다.

"신짜들은 앞에 앉아. 이 간나, 뭘 쳐다봐?"

계호가 손가락을 높이 들고 봄순에게 소리쳤다. 봄순은 무슨 이유로 쌍욕을 들어야 하는지 몰라 계호를 바라봤다.

"신짜, 너 인상 썼어? 이게 아직 여기가 아랫목인가 생각하나 보네."

눈을 희뜩거리며 계호가 말했다.

"펌프질 삼십 번!"

두 손을 등 뒤로 마주 잡고 앉았다 일어섰다 하는 펌프 기압 처벌이 내려졌다. 봄순은 관절이 꺾어지는 소리가 나도록 움직여 펌프 기압을 겨우 끝냈다.

"가다밥(형타로 찍은 밥) 잘라."

또다시 계호의 악담이 들려왔다. 감옥 문이 열리고 아침 배
식차가 들어와서야 봄순은 그것이 무슨 처벌인지 알 수 있었
다. 수감자 한 명당 가다로 찍은, 옥수수 껍질이 절반 섞인 밥
덩이 한 개, 염장된 뭇국 한 공기가 돌아갔다. 봄순에게 배식
될 밥 덩이가 잘린 거였다.

밥 먹는 시간은 길지 않았다. 밥 덩어리를 구겨서 입에 넣
고는 국물을 후르륵 마시는 소리가 봄순의 귓가에 들렸다.

"작업 시간!"

밥 먹던 그 자리에 그대로 앉아 하루의 작업이 시작되었다.
인조 속눈썹을 수작업으로 만드는 일이었다. 머리칼을 오리
오리 정교하게 꿰어서 정해진 규격대로 완성해야 했다. 잘못
꿰매어 반달 모양 눈썹이 균일하지 못하면 제품검사에서 불
합격을 맞았다. 그러면 배식이 잘렸다.

하루 과제는 여덟 줄. 한 줄당 속눈썹이 열여섯 개이니 여
덟 줄을 꿰는 것은 쉽지 않은 일이었다. 아침 일곱 시부터 밤
아홉 시까지 완성해 반장에게 바치면 반장이 품질을 검사하
고 합격품만 골라 총반장에게 바치고, 총반장은 그 모든 것을
집계해 계호 책임자에게 바치는 식이었다. 그렇게 만들어진
속눈썹은 전부 중국으로 수출되었다. 그래서 품질에 대한 지

적은 그대로 수감자에 대한 폭행으로 이어졌다.

봄순은 당황했다. 어떻게 일을 해야 할지 아무도 알려주지 않았다. 그런 봄순에게 한 여인이 다가왔다.

"저 따라 해요. 바늘구멍에 가는 실을 꿰듯 작은 구멍에 초점을 맞추어야 해요. 머리칼을 꿰어 당길 때 손에 힘이 들어가면 속눈썹이 우그러들거든요."

오십대로 보이는 수감자가 친절하게 말했다. 초강도 집중력과 숙련된 손재주가 필요한 작업이었다.

두 시간도 못 되어 무릎과 허리에 통증이 밀려왔다. 불빛이 밝으면 눈이라도 괜찮을 텐데, 햇빛이 들지 않는 감옥 안에는 등잔불이 유일했다. 그러니 눈동자에 압이 생겨 속눈썹을 꿰매느라 집중하다 보면 어지럼증이 몰려왔다. 그렇게 쓰러진 수감자를 계호가 발견하면 펌프 기압 처벌을 내렸다.

수감자들은 구멍을 헷갈리지 않으려고 눈도 깜짝하지 못하고 집중했다. 변소 보는 시간에만 일어날 수 있었다. 점심시간에도 밤에도 수감자들은 일하던 그 자리서 가다밥을 먹고 자다 일어나 다시 또 속눈썹을 꿰맸다. 그들은 인간 기계나 마찬가지였다.

두 달이 지났다. 일주일에 한 번, 감옥 확성기에서 면회자 이름이 들려온다. 확성기가 울리면 수감자들은 고개를 들고 간절한 눈빛으로 확성기를 바라봤다. 감옥에서는 면회가 유일한 희망이기 때문이었다. 하지만 오늘도 봄순의 이름은 불리지 않았다.

이제는 속눈썹 작업도 속도가 빨라졌다. 그랬더니 마약을 팔다가 들어왔다는 수감자가 봄순에게 다가왔다.

"요거 좀 해줄래? 몇 줄만 도와줘."

면회가 없는 수감자를 부리려는 속셈이었다.

"여기선 면회가 없으면 굶어 죽거든. 내 일을 도와주면 면회 음식을 너에게 가져다줄게."

마약쟁이는 봄순과 같은 또래로, 면회 오는 가족이 많았다. 남편이나 오빠가 보름에 한 번은 면회를 오다 보니 면회 음식인 옥수수 튀김가루가 떨어지지 않았다. 수감자들은 일주일에 두 번 면회 음식을 먹을 수 있었는데, 마약쟁이는 매번 나갔다. 그때마다 그녀는 소금과 고춧가루를 섞고 기름으로 버무린 면식가루를 물로 반죽한 덩어리를 팬티 안에 감추어 몰래 가지고 들어와 봄순에게 주었다.

"몇 개 남았어?"

마약쟁이가 봄순에게 물었다. 자기가 해야 할 속눈썹 작업을 다했느냐고 묻는 것이었다.

"오늘도 좀 해줄 거지?"

대답 대신 봄순은 머리를 끄덕였다. 봄순은 밤잠도 못 자고 그녀의 일을 도맡아 해주느라 허리가 굽었다.

한 달이 더 지나자 놀라운 일이 생겼다. 봄순과 함께 들어온 점쟁이가 수감자들에게 신처럼 떠받들리기 시작했다. 점을 치다가 감옥에 들어왔다는 게 알려지면서 수감자들은 짬만 있으면 점쟁이에게서 떨어질 줄 몰랐다. 감옥에서 나가면 무슨 장사를 해야 돈벌이가 되는지, 조상 묘지 때문에 행운이 꼬이는지 등 별걸 다 물었다. 이렇게 점을 봐주면 점쟁이가 해야 할 속눈썹 작업을 대신 해주는 것으로 비용을 냈다. 어떤 수감자는 면회 음식 먹는 날 점쟁이를 끌고 나가 한턱내기도 했다.

이를 지켜본 마약쟁이가 지지 않으려고 봄순에게 말했다.

"너도 내일 나하고 같이 나가. 내일 면식 날이거든."

"어디를?"

"면식 창고에 가는 거지."

"일 없을까?"

"내일은 올빼시 계호가 당번이 아닐 거야."

수감자들은 감옥에서 악독하기로 소문난 키다리 계호를 '올빼시'라고 불렀다. 반대로 착한 계호도 한 명 있었다. 곱슬머리여서 수감자들 사이에서는 '고수머리 계호'로 통했다. 고수머리 계호가 내일 면식장 당직이라는 것을 마약쟁이는 알고 있었다. 그가 당직일 때는 면회가 없는 수감자가 면식 창고에 들어와도 봐주기도 했다.

176

면식장은 수감자 가족들이 면회 오며 가져온 옥수수 튀김가루가 보관되어 있는 창고다. 면회 음식을 먹는 날, 수감자들은 면식 창고에 보관된 튀김가루도 마음대로 먹을 수 있었다. 그러나 감옥으로 가져가 다른 수감자에게 주는 건 처벌받았다.

배짱이 있는 건지, 겁이 없는 건지 마약쟁이는 감옥을 별로 무서워하지 않았다. 봄순을 몰래 데리고 가면서도 불안한 기색조차 없었다. 봄순은 마약쟁이 뒤에 붙어 면식 창고에 들어갔다. 계호원이 면회장 문 앞에 서 있었고, 그 안으로 수감자들이 줄을 지어 들어갔다.

면식 창고에는 층층이 네모난 칸들이 있었고, 이름표가 붙은 마대들이 놓여 있었다. 마약쟁이는 자기 이름이 붙은 마대를 쉽게 찾아냈다. 그녀는 그 안에서 구겨진 비닐봉지 두 개를 꺼냈다.

"봉지를 벌려, 얼른."

얼떨결에 봄순은 비닐봉지 아가리를 벌렸다. 마약쟁이가 두 손으로 옥수수 튀김가루를 퍼내어 비닐봉지에 넣어주었다.

"따라와. 여기에 물을 넣고 비비면 떡이 되거든."

면식 창고 구석에 조그마한 물탱크가 있었다. 물탱크 위에 검은색 비닐 바가지들이 여기저기 널려 있었다. 마약쟁이가 바가지 하나를 집어 들고 물탱크에서 물을 퍼서는 비닐봉지에 붓고 가루를 주물럭주물럭 빚었다.

봄순도 그렇게 했다. 대충 뭉쳐지자 손가락으로 덩어리를
끄집어내 입안에 넣었다. 고소한 게 꿀맛이었다. 정신없이 먹
어대는 봄순에게 마약쟁이가 말했다.

"신입이 끝나면 내가 반장이 될 거야. 교화국에 빽이 있거
든."

"교화국? 여기서 교화국과 연락할 수 있어?"

봄순이 놀라 물었다. 마약쟁이는 수탉처럼 우쭐해져 봄순
의 귀에 대고 살랑살랑 속삭여댔다.

"다 방법이 있지. 모든 감옥은 교화국이 관리하거든. 걔들
도 감옥을 뜯어먹고 사는 것들이니까 이것만 주면……."

그녀가 동그랗게 오므린 손가락을 사타구니 앞에 내보였
다. 돈이라는 의미였다.

"난 여기가 네 번째 감옥인데, 매번 반장을 했어."

"매번 반장을 했다고?"

"왜? 안 믿어져?"

"마약범으로 재수감되어도 반장이 된다고?"

"감옥에서도 돈만 있으면 뭐든 다 할 수 있어."

그녀가 킬킬거리며 웃으면서도 소리 내지 않으려고 입을
막았다. 다른 수감자들은 콘크리트 바닥에 여기저기 널려 앉
아 면식을 먹느라 정신이 없었다. 감시하던 계호가 저만치 물

러나 담배를 피웠다.

"나도 방법이 없을까? 지금은 돈이 없지만, 누가 면회를 오면 나도 돈이 생기거든……"

봄순은 자기도 모르게 거짓말을 했다. 누가 면회를 올지 장담할 수 없었다. 설사 면회를 온다 해도 돈이 생긴다는 보장도 없었다.

"그치? 넌 똑똑해서 뭐라도 할 것 같은데 말이지……"

얼굴이 갸름한 마약쟁이는 으쓱해졌다. 자기만이 알고 있는 정보를 알려주듯 그녀가 말했다.

"음…… 감옥에서는 식당 식모도 괜찮은데 말이야."

갑자기 그가 흐물흐물 웃었다.

"식당 식모는 마다라스(매트리스)가 되어야 하거든. 계호원들이 번갈아 붙으니까 말이야."

봄순은 한마디도 하지 않고 듣기만 했다. 그녀는 감옥의 세계를 손금 보듯 알고 있었다. 감옥을 제집처럼 드나드는 여자였다. 자기 말로는 보통 삼 년에 한 번, 빠르면 일 년에 한 번씩 감옥에 온다고 말했다. 거의 감옥을 옆집처럼 생각하고 있는 것 같았다. 아니, 그냥 감옥 문을 '꽃 대문'이라고 말했다.

"한번 꽃 대문에 들어오면 계속 꽃 대문이 열리거든. 계속 불법을 하게 되니까. 그런데 꽃 대문에 두 번만 들어오면 감옥의 생태계가 보여. 여기는 공산 대학이야."

마약쟁이는 간식 덩어리를 한참 먹더니 눈을 힐긋거리며 또 말했다.

"감옥에서는 반장도 좋지만 제일 좋은 직업이 위생사야. 감옥마다 군의소가 있는데 말이야, 여기 군의들이 몇 명 있거든. 감옥에서 환자를 치료하는 직업인데 명색이 군의지 수감자가 당장 죽어도 개의치 않아. 아무튼 여자 감옥은 여군의가 관리하고, 그를 도와주는 위생사가 있어."

갑자기 그녀가 말을 끊었다. 바짝 궁금하게 해 봄순을 옭매고 싶은 모양이었다. 실제로 봄순의 눈은 그녀만 보고 있었다. 그 눈을 바라보며 마약쟁이가 말했다.

"내가 신입이 끝날 때까지 속눈썹 떼는 거 도와줄 거지?"

봄순은 머리를 끄덕였다. 그러자 그녀가 비밀 정보를 알려주듯 좀 전의 이야기를 이어갔다.

"위생사는 수감자 중에서 뽑거든. 원래는 간호사 경력이 있어야 하지만 그런 건 필요 없어. 돈만 있으면 돼. 개천 교화소는 여기하고 급이 달라. 위생사 자리가 비싸. 그에 비하면 여긴 껌값이지. 오백 달러 정도? 그렇지, 오백 달러면 될 거야."

마약쟁이는 비닐봉지 안에 남은 덩어리를 먹으며 계속 입을 놀렸다.

"위생사는 의료계통이라 군의가 직접 선발해. 감옥에서 위생사 선발은 군의가 추천하면 오케이야. 무슨 말인지 알아듣겠어? 가다리(중간 유통)가 없어서 와이류(뇌물)가 적게 든다는 거야."

교양소 간부마다 뇌물을 줄 필요 없이 군의하고만 이야기를 해도 위생사 자리를 따낼 수 있다는 말이었다. 꽤 쓸만한 정보였다.

"당장 돈이 없으면 뺑 좀 쳐. 친척이든 부모든 돈주인데, 연락하면 대가리는 문제없다고 말이야. 돌부처도 돈을 보면 춤추는 세상이잖아."

"⋯⋯."

마약쟁이는 시중에 유통되는 달러를 '대가리'라고 말했다. 힘이 강한 화폐라는 의미다.

"면식 그만!"

계호원이 소리쳤다.

그날 밤, 봄순은 위생사 직업을 따야겠다고 마음먹었다. 일반 감옥으로 넘어가기 전에 손을 써야 했다.

다음 날 새벽, 탈곡장에서 사건이 일어났다. 감옥에서 농사지은 볏단을 탈곡하는 날이었다. 배전부와 사업해 야밤 전기를 받았으므로 탈곡 작업은 밤 열 시부터 새벽까지 이어졌다. 신입반 수감자들이 잠도 자지 못하고 동원되었다. 볏단을 탈곡하는 조와 탈곡한 쌀을 운반하는 조로 나눠 일을 했는데,

봄순은 운반조에, 점쟁이는 탈곡조에 들어갔다.

새벽 세 시쯤, 갑자기 비명이 들렸다. 볏단을 나르던 봄순은 소리 나는 쪽으로 달려갔다. 점쟁이가 울부짖고 있었다.

"언니, 무슨 일이에요? ……앗!"

봄순은 경악했다. 점쟁이의 오른손이 피투성이였다.

"소……온……가락이…… 손가락이……!"

점쟁이는 계속해서 비명을 질렀다. 탈곡기에 손이 말려 손가락 마디가 잘린 것이었다. 처참한 광경에 수감자들이 어떻게 해야 할지 몰라 주변만 서성거렸다.

봄순은 덜덜 떨면서도 머리를 동여맸던 고무줄을 잡아채 점쟁이의 손목을 묶었다. 지혈이 우선이었다. 아직도 요란하게 소리 내며 돌고 있는 탈곡기를 가리키며 봄순이 소리쳤다.

"탈곡기 전기부터 꺼요!"

누군가 뛰어가 스위치를 내렸고, 탈곡기가 멎었다. 탈곡기 소리가 멎자마자 계호원이 달려왔다.

"뭐야, 왜 기래? 누가 스위치 껐어?"

"선생님, 손가락이 잘렸습니다…… 탈곡기에…….”

점쟁이를 안은 채 봄순이 말했다. 계호원의 인상이 험악하게 돌변했다.

"다시 말해 봐. 내가 잘랐다는 소리야?"

"아닙니다, 선생님. 그런 게 아니라…….”

"이 간나, 자기한테 달린 건 자기가 건사해야지. 누가 탈곡기에 손을 넣으라고 했어?"

"……."

주위가 조용했다. 점쟁이만이 계속 신음을 내면서 연신 몸을 비틀었다.

"스위치 넣어! 이 간나들 빨리 일 안 해?"

계호가 소리쳤다.

봄순은 공포와 분노로 아무 말도 하지 못했다. 우리도 사람인데 짐승만큼도 취급해주지 않다니. 살벌한 분위기에 탈곡기가 다시 돌아가기 시작했다. 실신한 점쟁이를 군의소로 보내라고 계호가 소리쳤다.

며칠 후, 점쟁이는 병보석으로 감옥을 나갔다. 감옥에서 나가려고 손가락을 탈곡기에 일부러 넣었다는 소문이 돌았다. 봄순은 번쩍 고개를 들었다.

'언니는 살아서 나간 거야.'

작업이 밤 열두 시까지 연장되었다. 감옥에서 만든 속눈썹과 가발이 중국시장에서 최고의 품질로 평가를 받으며 주문이 늘어난 것이었다. 계약 기간이 촉박해지자 노동 강도는 점점 높아졌다.

고된 노동은 수감자들을 하나둘 쓰러뜨렸다. 봄순도 점점 지쳐가고 있었다. 이러다가는 죽을 일밖에 남지 않았다는 생각이 들었다.

오후 작업이 시작되었다.

"아이고, 배야! 아이고……."

봄순은 갑자기 대굴대굴 굴렀다. 얼마나 아픈지 머리를 땅에 박고 신음했다. 숨이 넘어갈 것처럼 헐떡였다. 급성 위경련 같았다. 수감자들이 쓰러진 그녀를 둘러쌌다.

"일들 안 하고 뭐야?"

복도에서 당직 서던 계호원이 들어왔다.

눈도 뜨지 못하는 봄순의 손발이 뻣뻣해지면서 오그라들었다.

"왜 이 지랄이야? 너희들은 왜 일을 중단하고 있어?"

수감자들이 제자리로 돌아가자 계호가 말했다.

"치워버려."

두 명의 수감자가 봄순의 겨드랑이 한쪽씩을 끼고 끌고 나갔다. 복도 끝에 군의소가 있었다. 두 발이 바닥에 닿은 채 질질 끌리며 군의소로 옮겨질 때까지 봄순은 눈을 뜨지 않고 소리를 질렀다.

군의가 허리를 굽히고 봄순의 눈을 뒤집었다. 당장 죽을지, 며칠 있다 죽을지 진단하는 것이었다. 곧 그가 손짓을 했다. 중환자는 아니니 치우라는 것이었다.

"네, 군의 동지. 알겠습니다."

위생사였다. 그는 봄순을 방 한쪽에 눕혔다.

"나가서 물을 길어다 저 환자에게 끓여서 먹여. 수분만 보충하면 별일 없을 거니까. 어둡기 전 감옥으로 다시 보내고."

"네, 네, 그렇게 하겠습니다."

기계적인 대답을 반복하던 위생사가 문을 열고 나갔다. 물양동이가 부딪히는 댕그랑 소리가 점점 멀어져 갔다. 봄순은 벌떡 일어나 군의의 방문을 살며시 두드리고 성큼 들어갔다.

"……뭐야, 너? 일부러 쇼 한 거였어?"

"군의 동지…… 사실 저…… 전…… 군의 동지 만나려고 왔습니다."

"……"

군의가 놀란 듯 일어서서 봄순을 바라보다가 다시 의자에 앉았다.

"죄송합니다. 이렇게밖에는 군의 동지를 만날 방법이 없어서요."

군의가 전화기를 들었다. 계호에게 당장 끌어가라고 하려는 것이었다. 봄순은 숨을 잠시 고르고 애원했다.

"저희 집에 연락을 좀 할 수 없을까요?"

군의는 보지도 듣지도 않았다.

"전화만 해주시면 백 달러를 드릴게요."

그제야 군의는 한쪽으로 비스듬히 고개를 돌렸다.

"연락만 해주면 됩니다, 군의 동지. 연락만 된다면 집에서 면회를 올 거예요. 그러면 돈이 올 겁니다. 오빠가 큰 사업을 하거든요."

군의가 봄순의 얼굴을 찬찬히 보더니 들었던 전화를 내려놓았다.

"집에 전화는 있어?"

"네, 있습니다. 번호는……."

봄순은 거침없이 전화번호를 불렀다.

집에 전화가 있다면 잘사는 집이었다. 국가 체신성에서 평양과 대도시를 중심으로 유선 케이블을 설치하고 있었으나 비용이 너무 비싸 일반 주민은 설치하는 것을 꿈도 꾸지 못했다. 간부들과 돈주들만 집 전화를 사용하고 있다는 건 군의도 알고 있었다.

군의가 봄순의 집 전화번호를 수첩에 적었다. 그리고 빨간색 볼펜으로 동그라미를 쳤다.

"저…… 그리고 저를 위생사로 뽑아주시면 오백 달러 드릴게요."

봄순은 급하게 말했다. 우물우물할 시간이 없었다. 주사위는 던져졌다. 고기를 잡으려고 얼음 구멍을 뚫었다면 낚싯대를 던져야 했다.

"뭐라고 했어? 위생사를 하겠다고?"

"네. 수감자 중에서 위생사를 뽑는 것으로 알고 있습니다."

군의는 아무 말도 하지 않았다.

"전 거짓말하지 않아요. 오백 달러를 드리지 못한다면, 그때라도 제가 꾀병으로 계호를 속였다고 독방 처벌받도록 하셔도 뭐라 하지 않을게요."

군의가 봄순의 위아래를 훑어보았다.

"신입 생활 며칠 남았어?"

"일주일 남았습니다, 선생님."

"……면회 오면 약속을 지켜."

어차피 며칠 후면 위생사가 퇴소하게 돼 새로운 위생사를 뽑아야 했다. 뇌물을 줄 수 있는 수감자 중에서 위생사를 선발하려 했던 군의는 속으로 쾌재를 불렀다.

감옥에서 걸려온 전화는 봄순의 아버지가 받았다. 봄순에게 약이 필요하다는 전화였다. 무슨 약이냐고 물어볼 새도 없이 전화는 끊겼다. 이쯤 하면 알아들을 사람은 알아들어야 했다.

군의가 추천한 위생사 서류는 교화소 군의소 소장에게 제출되어 통과되었다.

봄순은 왼팔에 빨간색 십자 완장을 둘렀다. 위생사 표징이었다. 그제야 그녀는 감옥의 구석을 바라볼 여유가 생겼다. 계호들이 복도에 앉아서 졸거나 심심하면 땅콩을 씹어대는 모습도 보았다. 그들은 가끔 예쁜 수감자를 방으로 불러들이기도 했다.

일주일 후, 감옥 확성기에서 봄순의 이름이 나왔다. 면회를 온 것이었다.

"면회 가봐."

기다렸다는 듯 군의가 말했다. 누가 왔을까. 봄순은 초조했다. 가슴이 두근거렸다. 좁은 책상이 가로놓인 방문으로 들어간 그녀는 놀랐다. 동찬이었다.

"동찬아, 네가 어떻게……."

의혹과 두려움이 한꺼번에 밀려와 동찬의 어깨를 덥석 잡은 봄순이 물었다.

"아버지는? 어머니는?"

그의 입술이 힘겹게 열렸다.

"누이, 어디 아프진 않아요? 면회를 좀 더 빨리 오려 했는데…… 일이 좀 있었어요."

"난 아픈 데 없어. 일이라니, 무슨 일 말이니? 아는 대로 말해줘. 무슨 일이 생긴 건 아니지?"

"어머님이…… 어머님이 뇌출혈로 그만……."

그의 눈가에 어렴풋이 눈물이 보였다.

"그게 무슨 말이야? 어머니가 어떻게 되었다고? 뇌출혈로 어떻게 되었다고?"

동찬이 고개를 떨궜다. 봄순은 털썩 주저앉았다.

"설마…… 아닐 거야……."

그녀는 머리를 흔들었다.

"한 달 전…… 어머님이 누이 남편을 찾아가 내 딸을 살려내라고 통곡하시다가 졸도하셨는데…… 이틀 후에 그만……."

동찬은 목이 꽉 메어 꺽꺽거리며 말하고는 울었다.

슬퍼하는 봄순을 보는 것은 괴로운 일이었다. 그러나 그는 아직도 할 말이 있었다. 그의 입술이 실룩거리며 마저 하지 못한 말을 주저하고 있었다.

그 사건 이후, 우진은 아예 사라져버렸다. 동찬은 봄순이 우진을 사랑하고 있다는 사실을 알고 있었다. 그리고 감옥에서는 사랑하는 사람이 가장 그립다는 것도 경험으로 알고 있었다. 그러나 그는 입을 다물었다. 자기의 눈으로 두 번 타격받는 봄순을 볼 수는 없었다. 죄수복을 입고 있는 그녀를 보는 것만으로도 버티기 어려웠다.

"쓰러지면 안 돼요. 마음 약해지면 안 돼요."

시간이 흘러갔다. 동찬은 빨리 할 말을 해야 했다.

"아버님이 감옥에서 전화가 왔다고 했어요. 무슨 약이 필요하다고. 그 말을 듣고 알았어요. 감옥에서 전화를 한다는 게 상상이나 할 일인가요. 누이가 무슨 수를 써서 전화를 했구나 싶었어요. 돈이 필요하다는 신호라는 것을요."

감옥에서 십 년 가까이 수감자로 살았던 동찬은 봄순의 의도를 직감했던 것이다.

"얼마나 필요해요?"

"오백 달러……. 네가 어디서 그렇게 큰돈을 구할 수 있겠니."

자포자기한 봄순의 목소리가 잦아들었다.

"백 달러예요. 이것으로 당장 급한 것부터 메꾸세요."

"어디서 백 달러를 구했니?"

일반 사람에게는 백 달러도 큰돈이었다. 사막에서 오아시스를 발견한 것처럼 백 달러를 손에 쥔 봄순의 눈가에 또다시 눈물이 고였다.

"위생사가 되었네요."

동찬은 봄순을 바라보며 또박또박 말했다.

"누이, 이렇게 하세요. 감옥에서의 금전 거래는 교화소 소장이든 군의든 누구든 다 불법이에요. 면회실에서 돈을 받았다는 것도 알려지면 안 돼요. 군의도 믿지 말아요. 일이 터지면 죄수에게 죄를 뒤집어씌우고 형을 늘리거든요. 그러면서 돈을 계속 뽑아요."

동찬은 신중했다.

"이 달러를 내화로 바꾸어서 두툼한 뭉치로 군의에게 줘야 해요. 달러 한 장 주는 것보다 그게 나을 거예요. 그리고 남은 돈은 다음 면회 때 마저 준다고 하세요. 누이, 잠깐 기다려요."

그는 봄순을 일으켜 의자에 앉힌 후 면회소 문을 열고 급하게 달려갔다. 면회소 입구에 편의점이 있었다. 감옥에서 운영하는 편의점이라면 환전소도 분명 있을 것이다.

동찬은 편의점 문을 열고 들어갔다. 면회장에 나온 수감자들은 감옥으로 다시 들어갈 때 반드시 뇌물을 계호에게 바쳐야 했다. 그래서 감옥 편의점에는 각종 고급술과 담배 들이 진열장에 가득했고 과일과 빵, 당과류 등이 차려져 있었다.

"여기요! 책임자 없어요?"

동찬의 목소리가 울렸다. 물건을 진열하던 뚱뚱한 여인이 뛰어왔다. 판매원인 그녀는 교양소 소장의 아내이기도 했다.

"북데기 없나요?"

동찬이 말하자 그녀의 눈동자에 간교한 웃음기가 생글생글 돌았다.

"있어요. 얼마요?"

사람들은 조선 돈을 가치가 없고 부피만 크다고 해 '북데기'라고 불렀다.

"한 장, 한 장이요. 북데기로 환전해주세요."

동찬은 그에게 달러 한 장을 내밀었다. 달러를 받아 든 판매원의 손이 전등 가까이로 번쩍 올라갔다. 달러를 펼쳐 들고 유심히 바라보던 그녀가 웃음을 던졌다. 가짜 달러가 아니라는 것이었다. 엉덩이를 흔들며 매대 뒤로 돌아간 여인이 한참 있더니 뚱기적거리며 뛰어왔다.

"삼촌, 부자시네. 누구 면회 왔어?"

판매원이 돈뭉치를 내밀며 물었다. 동찬은 한 걸음 물러서서 돈을 세어보았다. 책장을 번지듯 지폐를 빠르게 넘기는 모습에 판매원의 입귀가 저절로 벌어졌다.

"장사 좀 해 봤네, 돈 세는 솜씨를 보니."

"팔십만 원이에요. 삼만 원이 비는데요?"

동찬은 잔돈을 떼어내려 애교를 떠는 판매원을 치떠보며 날카롭게 말했다. 판매원이 그제야 왼손에 쥐고 있던 삼만 원을 내어주면서 입을 삐죽거렸다.

동찬은 면회실로 뛰어갔다. 면회실 끝에서 수감자들을 감시하던 계호가 그를 바라봤다. 계호의 눈길을 의식한 동찬은 바지 지퍼를 올리고 내리고를 반복했다. 변소에 갔다가 오는 것이라고 생각한 계호가 눈길을 돌렸다.

그는 봄순이 앉아 있는 테이블로 걸어갔다. 가지런히 늘어선 테이블에서는 면회 온 가족들이 수감자들과 음식을 먹거나 이야기를 하고 있었다.

의자에 앉은 동찬은 테이블 밑으로 허리를 숙였다. 봄순의 두 발이 눈앞에 보였다. 신발 끈을 매는 척 두 손을 내린 동찬은 얼른 돈뭉치를 그녀의 신발에 넣어주었다. 봄순은 발뒤축을 살짝 들었다가 놓았다. 옆으로 밀어 넣은 돈뭉치가 발바닥 중심에 깔렸다.

면회가 끝났다.

"다시 올게요. 견뎌내야 해요."

동찬은 몇 번이고 몇 번이고 견뎌내라고 말했다. 면회실을 나가는 동찬의 뒷모습에 봄순은 가슴이 철렁했다. 그가 다시 오지 않을까 두려웠던 것이다.

발돋움으로 멀어지는 동찬을 보다 그의 눈과 마주친 순간, 봄순은 그만 울컥해버렸다. 저 강한 사나이가 봄순을 보면서 울고 있었다.

"동찬아!"

면회실 철문이 쾅 하고 닫혔다.

동찬이 준 돈은 고스란히 군의에게 갔다.

"나머지는 다음 면회 때 가져올 거예요."

한 달 후, 봄순은 다시 면회실로 달려갔다. 면회 시간이 세상을 얻는 것 같은 기쁨이 될 줄이야. 그녀에게 지금 세상의 출구는 동찬이었다. 면회소에 나타난 동찬을 반기며 다가서던 봄순은 걸음을 멈춰섰다.

"동찬아…… 왜 이렇게 얼굴이……."

봄순은 말을 잇지 못했다. 꺼무칙칙한 얼굴은 땀과 먼지로 얼룩져 있었고, 당장이라도 쓰러질 듯이 지친 모습이었다.

"아니에요. 오랫동안 차를 타서 멀미가 나서 그래요."

동찬은 애써 웃으며 거짓말을 했다. 사실 그는 여비를 아끼느라 순천에서 동림까지 절반 이상을 걸어와 체력이 다 떨어졌다. 발바닥에는 온통 물집투성이였다.

그는 다리를 절면서 봄순에게 다가왔다. 벗어놓은 배낭이 등에서 흘러내린 땀으로 젖어 있었다. 봄순은 먹먹한 마음을 누를 길이 없었다.

"동찬아, 걸어온 거지⋯⋯."

"누이, 그런 거 아니에요. 배고플 텐데 음식부터 들어요."

"아버지 건강은 어떻니?"

"아버님은 강하신 분이세요. 어머님이 돌아가시고 며칠 누워 계시다가, 일어나셔서 아이들을 가르치고 있어요. 누이가 퇴소할 때까지 버티고 있겠다고요."

그가 배낭을 헤치고 면회실 식탁에 비닐봉지를 꺼내놓았다. 계란과 인조고기밥이 담겨 있었다. 동찬이 계란 껍질을 벗겨 봄순에게 주면서 말했다.

"돈을 가져왔어요."

"그 돈을⋯⋯?"

기다리긴 했으나, 그렇게 큰돈을 어디서 구할 수 있을지 걱정이었다.

"구하기가 힘들었을 텐데……."

"지금은 그런 생각은 하지 말아요. 여기서 나갈 생각만 해야 해요."

동찬의 말소리는 천천히, 하지만 박력 있게 그녀의 마음에 그대로 꽂혔다. 주위를 둘러보며 그가 봄순에게 속삭였다. 얼마나 작은 목소리로 말했는지, 동찬의 입술을 보지 않았더라면 일부는 알아듣지 못했을 것이다. 봄순의 얼굴이 동찬의 코앞으로 닿을 듯 다가왔다.

"오백 달러 가져왔어요. 누이가 더 잘 알겠지만 말이에요, 이 돈을 군의소장에게 주는 게 어떨지 생각했어요. 제가 감옥 물은 좀 알아요. 감옥에서 위생사 직업이면 군의소장 만나는 게 어렵지 않을 거예요."

봄순의 눈이 커졌다. 고개를 끄덕이며 동찬은 말했다.

"네, 맞아요. 그렇게 해야 해요. 물론 군의가 알면 안 돼요. 오백 달러를 군의소장에게 주고 병보석으로 나가게 해달라고 해 봐요. 단번에 먹힐 거예요."

인조고기밥을 입으로 가져가던 그녀의 손과 입이 동시에 멎었다. 딸꾹질이 올라왔다. 봄순은 말을 잇지 못하고 계속 휘둥그레진 눈으로 동찬을 보았다.

동찬은 급히 물병을 봄순에게 주었다. 물을 마신 그녀가 잠시 있더니 흥분해서 말했다.

"병보석?"

"그래요. 군의소장 한마디면 병보석으로 감옥을 나가는 건 문제도 아니에요. 돈 한 푼 안 들이고 위생사까지 올라가는 누이의 수완이라면 할 수 있어요."

그녀는 동찬의 두 손을 꼭 잡았다. 동찬은 입술에 힘을 주며 다시 말했다.

"수감자가 돈을 가지고 있다가 들키면 독방에 가야 하고, 그러면 병보석도 물이 될 수 있으니 조심해야 해요. 누이는 할 수 있어요."

이번에는 동찬의 억센 손이 봄순의 두 손을 꼭 잡아주었다.

"살아서 나오는 거예요."

피눈물의 재도전

출소 후, 봄순은 참혹한 눈앞의 현실을 보았다. 살던 집도 없어지고 가산도 모두 사라졌다. 봄순이 감옥에 있는 사이, 남편 철욱은 봄순과 살던 집을 팔아버리고 바람난 여자와 새 살림을 차렸다.

봄순은 이혼부터 처리했다. 철욱과의 모든 인연은 이로써 끝이었다. 갈 데 없는 봄순은 본가에 얹혀살아야 했다. 어머니가 돌아가신 본가는 썰렁했다. 식당은 폐업되었고, 학원을 운영하던 아버지는 정신적 타격에서 벗어나지 못하고 다시 자리에 눕고 말았다.

이제 봄순은 늙은 아버지와 장애인 동생을 부양해야 했으나, 일전 한 푼 없었다. 동찬이 준 병보석 비용도 그녀에게는 갚아야 할 빚이었다.

불행 중 다행으로 텃밭에 지었던 주유소 건물이 남아 있었다. 그나마도 아버지가 완강히 나서지 않았더라면 철욱은 싸구려에 처분해버렸을 것이었다. 주유소 마당은 연탄재가 잔뜩 쌓여 쓰레기장이나 다름이 없었다. 연료 창고 철문은 도둑이 뜯어가고 벽만 덩그러니 남아 그녀의 심장에 소금을 뿌렸다. 피땀으로 일떠세운 주유소가 이렇게 난도질을 당하다니. 그녀의 손으로 이룬 모든 것이 파괴돼버렸다.

이제부터 무엇을 해야 할까. 봄순은 거지 신세였다. 커다란 번뇌가 바위 같은 무게로 그녀를 압도해 숨조차 마음대로 쉴 수 없었다. 남순이 다리를 절며 다가와 언니에게 말했다.

"언니, 속상해하지 마……. 언니가 울면 나도 울고 싶어."

울먹한 목소리로 남순이 봄순을 껴안았다. 봄순은 압박감 속에서도 정신만은 짓눌리지 않으려고 고개를 쳐들었다.

'무너지면 안 돼. 이대로 무너지면 아버지도 동생도 죽을 수 있어. 안 돼.'

물렁했던 흙 반죽이 소성로에 들어가 빨간 벽돌로 단단하게 소생하듯, 불가마 속에 뛰어들어서라도 기필코 일어서야 한다는 결심이 번쩍 들었다.

갑자기 소낙비가 쏟아졌다. 장마가 시작된 것이다. 땅을 두들기며 쏟아붓는 빗줄기가 봄순의 가슴에 파고들었다. 이까짓 장마가 무슨 상관이란 말인가. 아무것도 하지 않고 하루를 보내는 것은 죄악이다. 물론 주머니에는 돈 한 푼 없다. 그러나 무엇이든 해야 했다.

돈을 꿔 연료 장사를 다시 시작하려 했지만 희망이 없었다. 봄순이 감옥에서 병보석으로 출소했다는 소문이 퍼지면서 누구도 그녀에게 돈을 꿔주려고 하지 않았다. 병보석은 언제든 재수감될 수 있었기 때문이다.

항생제를 만들어보려고도 시도했으나 이것 또한 허사였다. 감옥에 가기 전만 해도 봄순을 반갑게 맞이하던 제약공장 책임 기사는 그녀를 보자 부들부들 떨었다. 처음에는 아예 만나려고 하지도 않았다. 봄순이 국가 보위부에 잡혔다가 안전부로 넘어갔다는 소문을 들은 그는 자신의 간덩이가 붙어 있는 것도 놀라울 정도라고 생각했다. 그녀가 불법 항생제 장사에 대해서 한마디라도 흘린다면 그녀에게 항생제 농축액을 팔아넘긴 자신은 출당 철직이었다. 그래서 봄순이 감옥에 수감되었다는 말을 들었을 때야 마음을 놓았다. 그런데 이렇게 시퍼렇게 살아나와서 항생제 농축액을 외상으로 달라고? 그는 까무러칠 듯한 표정으로 거절했다.

장마가 지나고 매미 우는 소리가 귀 따갑게 울렸다. 하늘은 높고 푸르렀으나 뜨거운 햇빛은 여전히 쏟아졌다.

우선은 먹을 것부터 마련해야 했다. 텃밭의 채소라도 시장에 팔아야 했다. 그러자면 자전거가 필요했다.

자전거를 찾아야 했다. 설마 남편이란 작자가 자전거도 팔았다면……. 안 된다. 그것마저 없다면 영원히 우진을 못 볼 것 같다는 쓰라림이 밀려왔다. 사랑에 미련이 남은 봄순은 아직도 언젠가 우진을 만날 수 있다고 생각했다.

그녀는 남편이 새로 살림을 차린 집 주소를 알아냈다. 시내 변두리에 새로 지은 주택이었다. 당장 달려가 초상화 금고에서 빼돌린 달러를 내놓으라고 하고 싶었으나 그러면 안 되는 처지였다. 병보석 기간에 싸움을 하거나 물의를 일으키면 재수감될 수도 있었다. 재수감이라니, 끔찍한 일이다.

이른 아침, 그녀는 철욱의 집 대문을 박차고 들어갔다. 짧은 파마머리의 여인이 나왔다. 통통한 몸매지만 키가 늘씬했다.

"누구세요?"

"누구세요? 내가 누구냐고?"

봄순은 그녀가 철욱의 후처임을 알고 있었다.

"누구…… 아…… 그……."

후처도 이내 남편의 전처라는 것을 알아차렸다.

"저…… 지금 집에 없는데요."

철욱이 초상화 금고에서 빼돌린 돈으로 중국과 무역하는 회사를 차렸다는 것을 봄순은 알고 있었다. 후처를 훑어보며 봄순은 문을 열고 집 안으로 들어갔다. 냉장고며 액정티브이며 온갖 가전제품이 차려져 있었다. 심장이 뛰면서 분노가 올라왔으나 겨우 참았다.

남편의 전처가 막무가내로 들어오자 후처는 당황했다. 자존심이 상한 후처가 봄순을 흘금흘금 쏘아보았다. 봄순은 휙 돌아서서 후처에게 다가섰다.

"네가 그 선전대 처녀니?"

후처의 얼굴이 달아오르더니 몸을 곧추 세웠다. 머리끄덩이를 잡고 싸움을 걸어오면 방어할 태세였다. 하지만 봄순은 이제 후처에게도 철욱에게도, 눈곱만큼의 관심도 없었다.

봄순은 자전거를 들고 마당으로 나왔다. 후처는 아무 저항도 하지 않았다. 봄순이 자전거에 몸을 싣고 마당에서 나올 때, 늘어진 빨랫줄에서 남자 옷이 떨어져 자전거 뒷바퀴에 그대로 밟히자 뭐라고 뒤에서 한마디 소리를 질렀을 뿐이었다.

봄순은 자전거를 타고 본가 텃밭에 자라고 있는 채소를 팔러 다니기 시작했다. 다행히 텃밭에서 가지를 따니 십 킬로그램은 될 것 같았다. 봄순은 가지를 보따리에 싸서 들고 시장에 나갔다.

시장 입구 길가에 앉아 가지를 팔아 옥수수 국수 이 킬로그램을 샀다. 아껴 먹어야 했다. 봄순은 시장에서 산 눅은 배추

한 포기를 썰어 국수사리와 함께 끓였다. 국수 죽만 먹으면 배가 차지 않지만, 배추를 가득 넣어 양을 불리면 그런대로 세 식구의 끼니는 되었다. 굶지 않으려면 이렇게라도 해야 했다.

어렸을 때 읽었던 『로빈슨 크루소』가 생각났다. 생존하기 위해서 무인도의 먹을 것들을 찾아다니고 각종 도구를 만든 그. 봄순도 못할 것이 없었다. 게다가 여기는 무인도도 아니고, 자신은 혼자가 아니었다.

하지만 며칠이 지나자 텃밭의 채소가 다 떨어졌다. 몸져누운 아버지에게 국수 죽마저 대접할 수 없었다. 봄순에게 있어 자신이 살아 있는 한, 아버지와 동생을 굶긴다는 것은 있을 수 없는 일이었다.

캄캄한 밤, 그녀는 오 킬로미터를 걸어 농장 채소밭으로 들어갔다. 막물 오이가 주렁주렁 달려 있었다. 봄순은 무작정 손에 잡히는 대로 오이를 따 배낭에 넣었다. 생전 생각도 못했던 도둑질이었다.

그날 밤, 이십 킬로그램이 넘는 오이를 등에 지고 그녀는 집으로 걸어왔다.

다음 날, 봄순은 오이를 보자기에 싸들고 시장으로 나갔다. 추적추적 비가 내리기 시작했다. 빗물이 질퍽해 앉을 자리가 없었다. 벽돌 몇 장을 주워온 봄순은 진창길에 듬성듬성 벽돌을 놓고 길가에 뒹구는 판자를 주워다 벽돌 위에 놓았다. 그리고 그 위에 오이를 곱게 펴놓았다. 갑자기 자전거가 지나가며 오이에 진탕 물을 튕기자, 그녀는 얼른 보자기 한끝으로 오이에 얼룩진 흙탕물을 닦아냈다.

그때였다.

"어머, 이게 누구야? 봄순이가 아니야?"

파란 우산을 한 손으로 높이 쳐든 여인이었다. 봄순은 눈길을 들어 여자의 얼굴을 찬찬히 봤으나 누구인지 알 수 없었다. 빈정대는 표정을 지으며 그녀가 또 말했다.

"감옥에 갔다더니 언제 나왔어? 어머, 이건 뭐니? 오이를 팔고 있네. 세상에…… 사람 일은 누구도 모른다더니, 천하의 봄순이가 진창길에 앉아 채소를 팔다니……."

그제야 봄순은 그녀를 다시 보았다. 귀에 익은 목소리였다. 연료 장사할 때 시비를 걸어 오던 그 말투. 봄순의 주유소에 소금을 뿌리며 망하라고 빌던 혜숙이었다. 한때는 경쟁자였던 봄순이 이렇게 되다니. 혜숙은 매우 고소해했다.

"사지 않을 거면 가줄래?"

"내가 안 사주면 미안해서 어쩌니?"

혜숙의 입가에 비웃음이 넘쳤다. 이제는 자기가 승리자가 되었다고 우쭐대고 싶어 어쩔 줄을 몰랐다. 호들갑스러운 그녀의 목소리에 주변 상인들의 눈길이 쏠렸다.

"감옥에 갔던 여자래."

"젊은 여자가 감옥에는 왜?"

수군수군 말소리가 봄순의 귓가에도, 혜숙에게도 들렸다. 그 말들은 껑다리 여자를 만족시켰다. 그녀는 조금 더 봄순을 자극하고 싶었다. 허리를 숙이고 봄순이 팔고 있는 오이 한 개를 손으로 빙글빙글 돌려보던 그녀가 말을 시작했다.

"이 오이는 얼마일까? 어머, 이런 건 늙어서 맛이 없을 텐데……."

그녀가 누런빛이 도는 오이를 높이 들었다. 봄순은 벌떡 일어나 오이를 낚아챘다.

"안 사겠으면 가던 길 가주라."

"아휴, 성깔은 여전하네. 그래 가지고 장사해먹겠어?"

혜숙은 옛날에 당했던 분풀이를 하려고 마음을 먹었다. 그래서 이번에는 봄순의 옆에서 오이를 팔고 있는 여인에게 옮겨갔다.

"오이는 이래야지. 새파랗고 가시가 뾰족해야 생신한 오이거든. 이거 통째로 살게요. 집까지 배달해줘요."

봄순의 속이 부글부글 끓었다. 재수 없는 날이었다. 그날은 채소를 절반도 못 팔았다. 노곤한 몸을 끌고 봄순은 바삐 집으로 걸어갔다. 아버지와 동생에게 저녁을 해줘야 했다.

집에 거의 도착했을 때 벽만 남은 주유소 건물 옆에 한 남녀가 서 있는 것이 보였다. 그들은 봄순을 보자 그녀를 향해 걸어왔다.

"아니, 네가 왜?"

시장에서 만났던 혜숙이었다. 옆에는 그녀의 남편이 함께
있었다.

"어머, 이제야 오네. 하루 종일 채소 파느라 힘들었겠다, 그
치?"

혜숙은 정이 넘치는 목소리로 말을 걸었다. 아침과는 너무
나 판이한 표정이었다.

"무슨 일이에요?"

봄순은 팔다 남은 채소가 든 보따리를 움켜쥐고 쏘아붙였
다.

"좀 웃어……. 아휴, 참. 내가 말이야, 너를 도와주고 싶
어 왔어. 네가 채소 장사나 할 여자는 아니잖아. 한때는 우리
가 연료 장사를 함께하면서 싸우기도 했지만 그것도 다 정
이잖아. 그래서 말이야, 네가 밑돈 없어 그러고 있는 게 딱해
서…… 아휴, 네 얼굴 좀 봐. 아직 부종이 안 내렸네…… 제대
로 먹어야 할 텐데 말이지."

출소한 지 몇 달이 지났지만 봄순의 얼굴에는 붓기가 남아
있었다. 혜숙은 봄순의 허름한 옷차림에도 눈길을 박았다. 그
들의 옷에 비교하면 거지나 다름없었다. 동정의 눈길을 애써
짓고 있는 아내를 대변하듯 그녀의 남편이 다가섰다. 네모난

얼굴에 두드러진 주먹코가 시뻘건 색에 가까웠다. 쌍꺼풀이 진한 두 눈에는 영리함이 드러났다.

"사는 모습이 안타깝네요. 그래서 우리가 도와주고 싶은데요. 저 주유소 건물을 사려고 해요."

그가 한 발자국 다가서며 말했다.

"뭘 사겠다고요? 지금 뭐라고 했어요?"

"저 건물을 사겠다고요. 솔직히 건물이라는 게 지붕도 변변하지 못하니까 부지를 산다고 해야겠죠."

"맞아. 건물이야 다 헐어빠졌고…… 저 부지를 사려는 거야. 언제까지 채소 장사할 수는 없잖아. 밑돈만 있으면 당장다른 장사를 시작할 텐데 말이지. 사겠다는 사람 나타났을 때얼른 팔아. 맞돈을 줄 거니까."

봄순은 이들 부부를 번갈아 보았다. 허리까지 올라오는 잠바를 입은, 팔짱 낀 남자가 왼 다리를 뻗치고 봄순을 넌지시보고 있었다. 거드름에 가까운 자세였다.

혜숙 부부는 저축한 돈이 꽤 늘어나게 되자 또 다른 주유소를 세우려고 부지를 물색했다. 우선 길목이 좋아야 했다. 하지만 마땅한 부지를 찾아볼 수가 없었다. 길목이 좋으면 가격이 비싸고, 가격이 적당하면 구석진 곳이었다.

그러던 중 혜숙은 채소를 팔고 있는 봄순을 만났다. 봄순을 한껏 놀려주고 집으로 온 그녀는 자신의 쾌감을 남편에게 말했다. 단순한 그녀가 생각하지 못했던 절호의 기회를 영리한 남편은 단번에 떠올렸다. 봄순의 주유소가 망해버렸다면, 주유소 부지는 남아 있을 게 아닌가. 봄순이 감옥에서 출소해 알거지가 되었으니 지금이야말로 노른자위 부지를 싸게 매수할 절호의 기회였다. 잘하면 절반 값에 살 수 있다고까지 생각했다.

봄순은 얄밉게 웃으며 자신을 보고 있는 둘에게 눈을 홉뜨고 천천히 말했다.

"……안 팔아요."

봄순의 말끝이 떨렸다.

"자존심도 돈이 있어야 지킬 수 있어요."

남자가 봄순의 생각을 흔들었다.

그때 동생 남순이 지팡이를 짚고 나타났다.

"언니, 왜 이렇게 늦었어? ……이 사람들은 뭐야?"

남순의 물음에 혜숙이 동정 어린 목소리를 내며 다가갔다.

"네가 소아마비로 장애인이 되었다는 동생이구나. 너희 어머니도 돌아가시고, 아버지도 아프시다며? 동생도 말이 아닌데 네 언니는 자존심만 지키느라……."

낯선 사람들이 가족에게 시비를 걸자 남순은 언니에게 바싹 다가섰다. 물집이 터진 봄순의 상처가 쓰라렸다. 목이 꽉 메어오는 느낌과 동시에 참고 있던 눈물이 흘러내렸다. 그녀의 자존심은 완전히 무너지고 말았다.

"얼마에 사겠어요?"

봄순은 모든 것을 포기한 듯 물었다. 당장 저 건물을 팔아넘겨 동생과 아버지를 돌봐야 한다고 자기를 위로했다. 지금은 다른 것은 생각하지 말자.

"생각 잘했어. 우선 사람이 살고 봐야지. 그래도 아버님을 부양하고 장애인 동생까지 돌봐주는 마음씨를 생각해서 말이야, 가격은 잘 쳐줘야지."

혜숙이 봄순의 표정을 잠깐 엿보며 뜸 들이는 사이에 그녀의 남편이 말했다.

"오백 달러 주겠소."

"뭐라구요? 오백 달러요?"

봄순이 소리쳤다.

"차라리 거저 달라고 하죠!"

봄순이 분노하자 멋쩍어진 혜숙의 남편이 입을 다물었다.

"왜요, 내가 출소하고 이렇게 거지꼴 되었으니 푼돈을 받고라도 팔 줄 알았어요?"

혜숙은 남편에게 눈치를 주며 봄순을 얼렸다.

"뭐 그렇게 화를 내면서 그래. 우리 서나(남편)가 장사 물정 몰라서 그러잖아."

그녀가 어깨에 메고 있던 가방을 열었다.

"후하게 줄게. 천 달러, 천 달러면 어때? 이거면 잘 주는 거야."

자그마한 가방에서 백 달러 열 장이 부채처럼 펼쳐졌다. 달러를 바라보던 봄순은 혜숙에게 한 발자국 더 다가섰다. 분노가 폭발할 듯 그녀의 입술이 경련을 일으켰다. 혜숙은 한발 물러섰다.

"안 팔겠다고. 알아들었으면 꺼져."

"천 달러에도 안 판다고? 하하, 너 후회하지 마."

"그래. 후회할지 몰라. 그래도 너에게는 안 팔어. 오이 한 개로 끼니를 잇고, 그마저 떨어져 맹물을 마시며 버텨서라도 이 부지는 팔지 않아. 이 부지에 아파트를 세울 거야. 그 아파트 살림집 한 채, 한 채마다 만 달러에 팔 거니까, 그때 살림집을 사겠으면 사든지 말든지 해."

"뭐? 아파트를 짓는다고? 허허…… 살림집 한 채에 만 달러? 미쳤구나."

"당신들이 미쳤지, 우리 언닌 미치지 않았어요! 당장 나가요."

지팡이를 짚고 버티고 서 있던 봄순의 동생이 소리쳤다. 허름한 주제의 자매를 바라보며 혜숙의 남편이 나섰다. 그는 얼굴을 찡그리며 씁쓸하게 뇌까렸다.

"주제 파악이 잘 안 되나 보군……."

혜숙의 남편이 비아냥거렸지만 봄순은 웃음으로 흘렸다.

"아버지, 저 아파트를 지을 거예요."

집으로 돌아와 결심한 듯한 봄순의 말을 듣고 아버지 영민
은 크게 놀랐다. 딸이 감옥에 갔다 오고, 이혼하고, 어미도 죽
어서 혹시 머리가 잘못된 것인가?

"저 미친 거 아니에요. 주유소 건물 터가 신축 아파트 부지
가 될 거예요. 이 근방에서는 이 땅이 제일 가치 있어요."

아버지는 멍하니 봄순을 보았다.

"낡은 주유소를 헐어버리고 그 자리에 아파트를 지어 부동
산시장에 분양해요."

텃밭의 옥수수가 여물어갔다. 옥수수로 식량을 대체하면
서 건물 해체 공사도 시작했다. 이 작업은 봄순이 무슨 일을
하든 지지하고 밀어주는 봄순의 아버지가 하기로 했다. 자리
에 누워 있던 영민은 아파트 건설을 계획하는 딸에게 잘 생각
했다며, 전쟁 용사처럼 일어나 기와를 벗기고 서까래를 해체
했다. 그러면 봄순은 쓸만한 기와와 목재를 한쪽에 정리했다.
주유소 벽을 헐고 주변을 정돈하는 작업은 닷새 정도 걸렸다.

허울마저 사라진 주유소 터전을 마주하고 나서야 봄순은
현실을 깨달았다. 기초공사를 하고 아파트를 건설하려면 철
근과 시멘트, 모래 등 건설 자재가 필수로 필요했다. 인력도

있어야 했다. 그러자면 자금이 필요했다. 그러나 어디서 자금을 구해야 할지 막막했다.

'무슨 수가 있을 거야. 아파트를 건설할 땅이 있는 것만 해도 행운이 아닌가. 땅은 결코 썩지 않는다. 이것은 큰 자본이다. 희망을 잃지 말자.'

자신의 의지가 단단해지도록 봄순은 주문을 걸었다.

하지만 이제는 시장에 내다 팔 채소도 없었다. 그래서 봄순은 수레를 끌고 역 앞으로 나갔다. 역 공터에 선 개인 버스에서 내린 장사꾼들이 혼자서는 들지 못할 무거운 짐들을 짐꾼을 불러 목적지까지 가져가고 있었다.

첫날, 봄순은 나이 많은 여성의 장사 배낭 세 개를 수레에 실었다. 역에서 시장까지 오 킬로미터 거리를 손수레로 날라주고 짐삯을 받으니 세 식구가 하루 먹을 식량 값이 나왔다.

다음 날, 봄순은 또다시 새벽부터 수레를 끌고 역 앞으로 나갔다. 버스가 막 공터에 들어서고 있었다. 설탕 마대를 버스에서 내리는 여성이 보였다. 봄순은 제꺽 그 옆에 수레를 세우고 물었다.

"어디까지 가나요?"

"금산동까지요. 그런데 이걸 끌겠어요?"

"괜찮아요. 갈 수 있어요."

오십 킬로그램짜리 마대가 수레에 가득 쌓였다. 다섯 개의 마대를 실었으니 이백오십 킬로그램 무게였다. 수레는 무겁게 움직였다. 봄순의 얼굴에 비지땀이 흘렀다. 이렇게 무거운 수레는 처음 끌어보았다.

"조금만 더…… 조금만 더……."

얼마나 힘을 썼는지 벌개진 관자놀이에 핏줄이 튀어나왔다. 그래도 봄순은 이를 악물고 걸었다. 목적지에 도착해 이 짐을 부리고 돈을 받게 되는 것만 상상했다.

이날 짐꾼 일로 벌어들인 얼마간의 돈으로 봄순은 돼지고기 비계도 한 덩어리 샀다. 덕분에 기름이 들어간 반찬과 옥수수밥을 아버지에게 대접할 수 있었다. 원기를 회복한 봄순의 아버지는 봄순과 함께 수레를 끌었다.

그러던 어느 날, 아버지가 말도 없이 사라져버렸다. 봄순은 속이 덜컹했다. 어디에 가셨단 말인가. 찾아다니려고 해도 아버지가 갈 만한 곳이 없었다. 아버지는 순천에 친척이 없다. 형제들은 모두 중국에 있다.

"설마……?"

봄순은 중국을 떠올렸다. 국경 지역에서는 탈북하는 사람들이 많다는 이야기를 들은 적이 있었다. 그녀는 불길했다.

'그게 정말 맞다면…… 혹시라도 국경을 넘다가 붙잡힌다면……. 아, 안 돼. 아버지까지 잃을 수는 없어.'

봄순은 매일 수레를 끌어 번 돈으로 쌀을 샀다. 오늘은 아버지가 오실까. 오시면 꼭 이밥을 대접하리라. 불쑥 누군가 집 주변에 나타나도 불길한 소식을 갖고 온 사람 같아 가슴이 철렁했다. 동생에게는 아무 말도 하지 말도록 당부했다.

보름 후, 아버지가 나타났다. 그는 어깨에 큰 배낭을 메고 있었다.

"아버지! 어디 갔다 오셨어요? 얼마나 걱정했는지 알아요?!"

영민은 아무 말 없이 봄순에게 무엇인가를 내밀었다. 모택동 사진이 중심에 박혀 있는 빨간색 중국 돈이었다. 백 위안 지폐가 열 장이나 있었다.

"아……그럼…….."

봄순은 너무 놀라 두 손으로 입을 막았다.

'만약을 생각해서 조용히 다녀오셨구나.'

"친할머니랑 친할아버지는 뵀어요? 큰아버지는요?"

봄순은 국경을 넘어 중국에 갔다 온 아버지를 보면서 흥분했다. 어떻게 그런 용기를 내셨을까. 자신은 아직 대동강도 헤엄쳐 건너보지 못했는데, 아버지는 고생하는 딸을 위해 두만강을 건너 죽을지도 모르는 탈북을 선택한 것이다.

그는 개혁 개방으로 나날이 발전하고 있는 중국 땅, 부모의 묘가 있는 땅에서 살고 싶었으나 그럴 수 없었다. 딸들은 영민의 피와 살이었다. 자기 하나 잘살겠다고 중국에 남는다면 그것은 죄악이라고 생각했다.

끝끝내 다시 떠나겠다는 영민에게 형제들은 이천 위안을 챙겨 주었다. 천 위안은 두만강을 건너게 해준 국경경비대 군인에게 도강비로 주고, 남은 천 위안을 가지고 온 것이었다. 아버지의 배낭에는 중국 고모가 보내준 남조선 한복이 들어 있었다. 연녹색 한복에 수놓아진 꽃들이 금방이라도 피어날 것 같았다.

"정말 곱네요."

봄순은 아버지가 마련한 천 위안 중 일부로 식량을 샀다. 수레를 끄는 일은 계속했으나 이제는 짐꾼으로서가 아니었다. 대동강의 모래를 수레로 운반했다. 아파트를 건설할 모래를 장만하려고 결심한 것이다. 강기슭에서 모래를 걷어 양동이에 담아 수레에 옮겼다. 그렇게 두 시간이면 손수레에 모래가 그득히 쌓였다.

푹 젖은 모래가 담긴 수레를 끄는 일은 손님들의 짐을 끌 때만큼 쉽지 않았다. 그러나 봄순은 짐꾼을 하면서 수레 끄는 요령을 배웠다. 먼저 수레 앞채 안에 몸을 들이밀었다. 배꼽 중심을 수레 앞채에 대고, 양손으로는 수레 채를 다잡고 걸으면 뱃심에 의해 수레가 한결 잘 굴러갔다. 일하는 봄순은 마치 황소 같았다.

"봄순아, 쉬면서 해라. 그러다 쓰러질라."

땀으로 범벅이 된 딸에게 아버지가 말했다.

"저는 괜찮아요."

아버지가 따라나섰다. 강기슭에 도착한 봄순은 아버지를 수레 앞채에 앉아 있도록 했다. 모래를 담으면 한쪽으로 무게가 쏠리기 때문이었다.

어느덧 강기슭에 퍼낼 만한 모래가 적어졌다. 봄순은 강기슭에서 조금 더 깊이 들어갔다. 삽으로 힘껏 모래를 퍼올려 양동이에 담아 가득 차면 수레까지 들고 걸어가 쏟았다. 수레에 모래가 가득 차면 수레 앞채는 봄순이 끌고 뒤에서는 아버지가 밀었다.

어떤 날은 아버지가 앞채를 끌기도 했다. 모래를 잔뜩 실은 수레가 둔덕길에 들어서면 앞채를 그러쥔 아버지의 팔뚝에서 굵은 핏줄이 튀어나왔고, 머리를 땅에 박고 두 손으로 힘껏 수레 뒤를 미는 봄순의 얼굴은 벌개지다 못해 비틀렸다.

나이 많은 아버지는 결국 허리디스크가 도졌다. 그는 더 이상 수레를 밀지 못했다. 깊은 밤이면 잠자리에서 아버지의 신음이 새어나왔다.

"아버지, 안 되겠어요. 수레를 끌면 안 돼요. 그러다 또 쓰러져요."

봄순은 눈물을 훔쳤다.

"이젠 혼자 천천히 모래를 운반할게요."

봄순은 혼자서 수레를 끌었다. 한 달이 지나자 주유소 부지에 모래더미가 조금씩 쌓이기 시작했다. 지나가던 사람들이 모래더미 앞에서 발걸음을 멈추고 감탄했다.

"악바리 집안이네."

"개미역사라더니⋯⋯. 한 구루마 한 구루마 소처럼 끌더니 벌써 한 차는 되겠네."

"뭐 하려고 모래를 이렇게 죽을 둥 살 둥 강에서 끌어올까."

"아파트 짓는다지 않아요."

"세상에, 그게 가능할까? 개인이 아파트를 짓는다고? 희한하네⋯⋯."

사람들이 수군거리는 것도 점점 익숙해질 무렵, 당장 공사를 시작할 수 있을 정도로 자갈과 모래가 충분해졌다.

"저 정도면 기초공사에 쓸 자갈이나 모래는 이제 충분한 것 같아요."

"그래. 시멘트만 있으면 기초공사를 시작해도 되겠어. 물론 철근도 있어야 할 테고."

아버지의 한숨이 황량한 들판에 몰아치는 바람처럼 슬프게 들렸다.

"무슨 방법이 있을 거예요."

봄순에게도 딱히 이렇다 할 방법이 있는 것은 아니었다. 시장에 나가 보면 수레에 시멘트를 가득 실은 상인들이 줄을 지어 서 있었다. 그러나 그들도 시멘트를 팔아야 가족이 하루 버틸 식량이 해결되므로 외상을 요구하는 손님이 나타나면 두 눈을 부릅뜨고 쫓아냈다. 목재와 철근은 말할 것도 없었다.

그날도 봄순은 날이 밝기 전 강가로 나갔다. 그렇게 세 번째 수레를 끌고 있을 때, 갑자기 허기증이 밀려왔다. 강가를 벗어나 도로에 올라선 봄순은 잠깐 수레를 멈추었다. 머리가 떵 해지며 아지랑이 비슷한 동그란 점들이 벌떼처럼 밀려왔다. 도로 위를 걷고 있는 사람들도 빙글빙글 돌았다. 그녀는 수레 채를 꽉 잡고 눈을 감았다. 감긴 두 눈 위로 벌건 터널이 확대되더니 그녀를 덮쳤다.

시간이 얼마나 흘렀을까. 웅성거리는 말소리들이 아주 멀리서, 혹은 가까운 곳에서 간간이 들렸다. 얼키고설킨 소음 속에서 귀에 익은 음성이 들려왔다.

"누이, 누이!"

점점 그 소리가 똑똑하게 들렸다. 봄순은 정신은 들었으나 눈을 뜨기가 힘들었다. 겨우 힘겹게 눈을 뜨니 사람들 무리가 흐려진 시야에 안겨왔다. 자신을 둘러싼 사람들의 표정이 보였다. 그러다 한곳에 멈춰 선 그녀의 눈이 번쩍 뜨였다. 버드나무 잎처럼 진한 눈썹에 가느다란 눈, 오뚝 선 콧날 밑에 두툼한 입술, 그 입술 사이로 격하게 외치는 목소리. 동찬이었다.

"정신 차려요!"

고개를 들면서 그녀가 일어나려 허우적거렸다.

"네가 어떻게……? 내가 여기에 얼마나…….."

놀란 표정으로 주위를 둘러싸고 있는 사람들을 둘러보며 봄순이 말했다. 그때야 비로소 수레를 끌다가 쓰러진 기억이 떠올랐다.

동찬이 그녀를 일으켰다.

"가야 돼…… 저, 저기…… 주유소로……."

그녀가 수레 채를 잡으려고 손을 뻗쳤다.

"이 무거운 수레를 혼자 끌고 있는 거예요?"

봄순의 손에서 수레를 빼앗으며 동찬이 말했다. 수레에 실려 있는 모래 밑에서 물이 빠져나와 흘러내렸다. 그 물이 고스란히 동찬의 발잔등을 적셨다. 그는 수레 위의 모래를 반듯하게 토닥이고서 입고 있던 상의를 그 위에 폈다. 그러고는 봄순을 안아 그 위에 앉혔다.

"아니야. 그러지 말아. 사람들이 보면 어쩌려고 그래."

"사람들이 보면 어쩔 건데요. 사람이 사람을 태우고 가겠다는데. 여기를 꼭 잡고 있어요."

그가 등에 지고 있던 배낭끈을 하나 뽑아 수레 양옆에 붙어 있는 쇠고리에 팽팽하게 맸다. 배낭끈을 봄순이 손잡이로 사용할 수 있도록 하기 위해서였다. 동찬은 한 번 더 봄순을 돌아보고 수레를 천천히 끌며 걸었다.

수레에 모래가 쌓여 있고 그 위에 여자가 앉아 있는 모습, 그리고 그 수레를 남자가 끌고 가는 광경은 이 도시에서 보기 드물었다.

"어머, 저기 좀 봐. 남자가 여자를 모시고 가다니……."

서로 초면인 여인들이 가던 길을 멈추고 마주 서서 대화를 했다. 시샘과 부러움이 굴러가는 수레에 화살처럼 박혔다. 남자들은 한심하다는 듯 흘겨보거나 얼굴을 찡그렸다. 그들은 보폭을 늘려 빠르게 손수레 옆을 지나가며 시비를 했다.

"치마폭에 놀아나는 새끼."

"저것도 남자라고…… 바보 같은 게."

새로운 광경이 펼쳐지는 길가에서 남자와 여자 들은 서로 다른 감정을 드러냈다.

"바보는 무슨, 저런 남자가 진짜 남자지."

"저런 남자 어디 또 없나."

목소리는 여자들 쪽이 조금 더 컸다.

남자든 여자든, 봄순과 동찬에 대한 관심은 주유소 터전에 수레가 도착해 봄순이 내리는 순간까지 이어졌다. 그들은 한 손으로는 수레 채를 잡고, 다른 한 손으로는 봄순이 편하게 내리도록 손을 잡아주는 동찬의 행동을 영화의 한 장면인 양 주시했다. 그러다가 탄성을 질렀다.

"정말 멋있다, 저 남자. 여자를 공주 모시듯 하다니……."

"저 여자 당장 죽어도 원이 없겠다야."

여인들은 킬킬거리며 부러움을 드러냈다.

"간나들아, 구경할 게 없어서 저런 걸 구경하나!"

자전거를 타고 가던 중년 남자가 도로를 막고 있는 여자들 사이로 지나가며 말했다. 거칠게 들이닥치는 자전거 바퀴에 부딪힌 여자들이 비틀거리며 넘어질 뻔했다.

"뭐 저딴 게 다 있어? 저런 남자들은 뒷산 호랑이가 콱 물어가기나 하지."

여자들이 소리를 질렀다. 그들은 쌍스러운 말로 남자들을 욕하며 흩어져갔다.

동찬은 주변을 돌아봤다. 주유소 건물은 사라지고 모래더미들이 산처럼 쌓여 있었다. 이 많은 모래가 손수레로 끌어온 모래란 말인가. 이 모든 것이 저 자그마한 여자가 벌려놓은 일이 맞단 말인가.

"여기에 무엇을 건설하려구요?"

"아파트를 세울 생각이야. 삼 층짜리 고급아파트를 세워서 분양하면 수익이 괜찮을 거야. 그러자면 자재도 있어야 하고 인력도 있어야 하는데, 뾰족한 방법은 없지만⋯⋯. 방법이 나겠지."

"개인이 아파트를 건설해 팔아도 괜찮아요?"

"나도 처음에는 걱정했는데, 여기저기 좀 알아보니 인허가는 어렵지 않더라. 국영공장 명의로 아파트를 건설하고 그 공장에 아파트 판매한 수익금을 얼마 정도 바치면 돼. 국가가 공장 노동자들에게 주택 공급을 못 하고 있어 노동자들이 알아서 살림집을 사야 되니, 국가에서 허용하는 거지. 앞으로 부동산시장이 다 그렇게 흘러갈 거거든."

마치 점쟁이처럼 앞일을 알고 말하는 듯한 봄순의 말에 동찬은 어이가 없었으나 그녀의 범상함을 믿었다.

"살림집 설계는요?"

"아, 설계?"

동찬의 질문에 봄순의 목소리가 자신 있게 울렸다.

"내 전공이 건설 설계잖아. 살림집 평면도는 문제없어. 그런데 국가 살림집 설계에서 벗어나야 될 것 같긴 해. 주방에 싱크대를 설치하고 문턱도 없애야 안정감이 있거든. 창문도 통유리로 설계해서 우아한 분위기를 살려주어야 돈 있는 사람들의 관심을 끌 수 있어. 가장 중요한 건 화장실 변기를 신식으로 해야 한다는 거야. 아무튼 그건 나중에…… 나중에 생각할 거야."

동찬의 눈빛에 감탄이 어렸다. 이상적인 여성을 봤을 때 드러나는 본능적 희열이 넘실거렸다. 참하고 순종적인 여성이 아니라 거침없는 도전으로 남성을 능가해 남자들이 외면하는 여자. 그러나 동찬은 시대에 역전하는 봄순 같은 여자야말로 남자들의 사랑과 존경을 받아야 할 현대판 신여성이라고 생각하고 있었다.

"당장은 인력이 필요하겠군요."

"필요하지. 그런데 지금은 내 처지가 인력을 고용할⋯⋯."

봄순의 말을 들었는지 말았는지 동찬은 진지하게 말했다.

"내일부터 기초공사를 시작할게요. 땅을 파는 작업은 사나이 힘과 삽이면 되니까요. 기초부터 파놓고, 자갈이랑 모래는 이미 해결되었으니 시멘트만 있으면 되겠네요. 겨울 전에 기초공사 끝내고 볏짚을 씌워놓았다가 내년 봄에 골조 공사 들어가면 될 것 같지 않아요?"

"당장 기초를 파겠다고?"

봄순의 입에서 수심 어린 말투가 튀어나왔다. 동찬에게 자신이 빚을 지고 있다는 마음에서였다. 지금 처지로서는 그 돈을 갚을 기약도 할 수 없는 형편이었다.

"감옥에서 진 빚도 갚지 못했는데⋯⋯. 네가 여기서 일해도 난 지금 한 푼도 줄 능력이 없어."

봄순은 자기가 그를 고용했던 주인이라는 사실을 의식하고 있었지만, 그 앞에서 초라한 자신을 드러냈다.

"누이, 그 돈은 빚이라고 생각하지 말아요. 내가 그 돈을 벌 수 있었던 건 오갈 데 없던 저를 주유소에서 일할 수 있도록 누이가 받아준 덕이에요."

동찬은 퉁명스럽게 말했다. 하지만 진심이었다. 그가 이 도시에서 새로운 직업, 못 받은 돈을 받아주는 직업을 가질 수 있었던 것은 봄순의 주유소 일공으로 일했기 때문이었다. 돈을 꿔주고 받지 못해 안달이 난 사람들이 주유소에서 동찬을 보았을 때, 그의 야성미와 힘은 어느새 무형의 자본으로 부상했다.

동찬에게 의뢰하면 석 달 이내로 돈을 받을 수 있었고, 그 대가로 동찬은 십 퍼센트 수수료를 현금으로 받았다. 봄순의 병보석 비용으로 가져왔던 오백 달러도 보위부 간부의 아내에게 수수료로 받은 돈이었다. 보위부 간부가 저축한 돈 중 오천 달러를 고리대금업자인 그의 아내가 무역업자에게 꿔주었다. 그런데 일 년이 넘도록 본전도 못 받자 그녀는 동찬에게 부탁했고, 동찬은 그 돈을 받아주며 십 퍼센트의 수수료를 받은 것이었다.

"일단 일공을 모집해올게요."

"일공을? 어디서?"

그녀가 연이어 물었다.

"역 앞이나 시장 주변에 가면 품팔이꾼들이 많아요. 일공을 구하는 건 어렵지 않죠."

"그렇지만, 그렇지만…… 일공 비용을 줘야 하지 않겠니?"

"농민 일공을 쓰면 당장 돈이 없어도 돼요. 농민들이 요즘

도시로 밀려오고 있어요. 국영농장에서 일 년 꼬박 일해 봐야 알곡 삼백 킬로그램도 받기 어렵거든요. 국가에서 시키는 대로 농사를 지어도 명절날이나 자식들 생일에 입쌀떡 한번 실컷 먹지 못하니…… 그래서 머리가 깨고 용기 있는 농민들이 도시에서 품팔이꾼으로 돈을 벌고 있는데, 너무 많이 밀려와서 일자리가 없어요. 후불제 일공으로 고용하겠다고 하면 좋아할 거예요. 고용된 것만 해도 땡 잡은 거라, 가자 하면 두 팔벌려 환영하며 뛰어올걸요."

"그럼 다섯 명만 모집해줘. 후불제 임금 노력으로 계약한다고 말이야. 일공들을 고용하면……."

갑자기 봄순은 말을 끊었다. 농민들은 다른 지역에서 오는 것이니 숙박을 제공해야 했다. 그래야 공사 속도도 빨라질 수 있었다.

'천막을 치고 임시 숙소를 만들어야 하나.'

그녀는 골똘히 생각했다.

'아니야. 당장 겨울이 다가오니 천막으로 만든 숙소는 춥고, 거기에 연탄을 땐다면 비용이 맞지 않아.'

봄순의 시선은 어머니가 운영하던 식당으로 향했다. 일공들의 식사를 보장하려면 식당의 연탄 화구를 살려야 할 것이다. 그러면 연탄 화구와 온돌을 연결해 일공들의 침식도 보장할 수 있게 될 것이다.

"저기에서 일공들의 숙식을 해결해야겠어."

그녀는 빠르게 걸음을 옮겼다. 봄순의 뒤를 따라 동찬도 식당 건물을 눈여겨보았다.

폐업된 식당은 한산했다. 연기가 사라진 굴뚝 위에서 참새들이 앉아 조잘거렸다. 이글이글 타오르던 석탄 화로 주변에는 부지깽이, 불삽, 갈고리 등이 녹이 잔뜩 슨 채로 빗겨 세워져 있었다. 여기저기 어귀가 들려 있는 지붕 기와가 이 빠진 노인처럼 보기 흉했으나 수리하면 될 것이다.

출입문을 열려고 손을 대던 봄순은 화들짝 놀랐다. 뿌옇게 먼지 오른 문 구석에 거미줄을 쳐놓고 날벌레를 기다리던 왕거미를 본 것이었다. 손잡이로 이어진 거미줄을 쳐버리자 죽은 듯이 옴츠리고 꼼짝도 안 하던 거미가 황급히 벽으로 기어 올랐다.

그녀는 문을 활짝 열었다. 통풍이 되지 않아 습기 찬 냄새가 불쾌하게 코를 덮쳐왔다. 안으로 들어서서 주변을 둘러보니 옛날 일들이 불쑥 떠올랐다. 주유소로 밀려오던 운전사들이 밥을 먹던 이곳. 냉면을 함께 먹던 우진의 숨결도 그대로 느껴졌다.

'살려내야 한다. 이 모든 것을 살아 숨 쉬던 그 자리로 돌려놓아야 한다.'

그녀의 작은 손이 고양이 발톱처럼 오므라들었다. 지금 봄순에게 감옥살이보다도 큰 재앙은 자신의 파산과 가난이었다. 또다시 성분이니 뭐니 떠들어대는 시시한 것들에게 눌려 살아야 한다는 생각이 들자, 온몸이 떨리기 시작했다.

"임자, 언제 왔나……! 어서 들어오게."

집에서 나오던 봄순의 아버지가 동찬을 보면서 반색했다. 그는 언제나 동찬을 양아들처럼 대했다.

"지금 오는 길이에요, 아버님. 도로에서 우연히 누이를 만나 함께 들어왔어요."

그는 봄순이 길거리에서 정신을 잃고 쓰러졌던 것에 대해서는 말하지 않았다.

"오빠 왔네."

물에 젖은 두 손을 치마에 문지르며 남순도 나왔다. 남순은 동찬을 오빠라고 불렀다.

소박한 밥상이 들어왔다. 옥수수밥에 배추 시래깃국이었다. 곤쟁이젓갈에 밀가루를 섞어 되직하게 찜을 한 반찬도 있었다.

"술 한잔해야지."

영민은 일어나 비상용으로 보관해두었던 농태기 한 병을 들고 나왔다.

"아버님, 제 배낭에 술이 한 병 있어요. 그거 드릴게요."

"네 술 내 술이 어디 있나. 이것도 마시고 그것도 마시면 되지."

"좋아요."

동찬은 술병을 받아 들고 영민의 술잔에 가득 부었다. 동찬의 술잔에도 술을 가득 부으니 금세 술병 바닥이 드러났다.

"쭉 드세나. 캬…… 그렇지. 술은 그렇게 마셔야지."

말끔하게 술잔을 비운 동찬을 본 영민의 얼굴이 흐뭇해졌다. 동찬은 배낭에서 꺼내 든 술병을 기울여 봄순의 아버지가 든 술잔에 부었다.

"누이도 한잔하지 않을래요?"

"난 괜찮아."

봄순은 가볍게 손을 저었다.

"주량이 도량이라는 말이 있잖나. 자, 쭉 내자구……."

어느새 아버지의 얼굴에도 동찬의 얼굴에도 술기운이 퍼졌다.

"기초를 내일부터 파려고 하는데, 일공을 쓰려고 해요. 식당 건물을 숙소로 쓰면 어떨까 해서요."

밥을 먹던 봄순이 아버지에게 말했다. 식당은 본가의 터전이므로, 아버지의 허락을 받는 것이 도리였다.

"마다라스 깔아 놓고 정리를 하면 일공 숙소로 좋을 거 같아요. 내년 봄 골조 공사 시작하면 일공들이 더 많이 필요할 거 같고요."

"버려진 건물이 숙소로 사용되면 더없이 좋지."

딸이 하는 일이라면 영민은 언제든 찬성이었다.

"그런데·일공들을 부리려면 밥은 먹여야 할 게 아니니. 거기 들어가는 식량도 적지 않을 텐데⋯⋯."

"'그 돈'에서 이백 위안은 일공들의 식량을 사도록 할게요."

아버지가 중국에서 가져온 돈을 두고 하는 말이었다. 천 위안 중 오백 위안은 비상금으로 쓰지 않고 간직하고 있었다. 고개를 끄덕이며 아버지는 묵묵히 술잔을 기울였다.

"건설 자재 자금도 만만치 않을 것이고⋯⋯. 저 전화를 팔아라. 그러면 건설 자재는 해결될 것 같구나."

유선 전화를 팔라는 것이었다. 주유소와 식당이 하나의 사업체로 성수기를 맞았을 때 칠백 달러라는 큰돈을 들여 설치한 전화였다.

봄순은 윗방으로 올라가는 문지방 옆에 놓인 전화기를 보았다. 불현듯 그것이 세상을 함축한 마술적인 무언가처럼 보였다. 사람과 사람이 통신으로 이어지고, 돈과 돈이 하나로 합쳐지는 마술. 더 큰 돈을 모으려고 해도 전화는 필수였다. 그뿐인가. 감옥에서도 저 전화가 한몫했다.

"전화는 있어야 해요. 팔지 않겠어요."

울컥, 목으로 무엇이 올라오는 기분에 봄순은 더 이상 말을 하지 않았다. 봄순의 가족은 가난에 직면할수록 약속이나 한 듯이 봄순을 중심으로 똘똘 뭉쳤다. 어떤 일이든 그녀에게 복종했으며, 그녀가 원하면 피를 팔아서라도 돈을 끌어오려고 할 만큼 애정이 넘쳤다. 봄순이 언제든 가족을 구원할 능력이 있다고 믿기 때문이었다.

아파트 공사가 시작되었다. 봄순은 수중에 있던 오백 위안으로 당장 기초공사에 필요한 자재부터 샀다. 식량과 석탄도 구해야 했으나 자금을 구하는 게 쉽지 않았다. 영민은 두말없이 살림집 윗방을 천 달러에 팔아 그 돈을 그대로 봄순에게 주었다. 이제는 아랫방에서 세 식구가 살아야 했다.

"아버지, 집이 좁아서 괜찮겠어요? 저까지 이렇게 얹혀서 사는데……."

"사람은 집이 좁아 못 사는 것이 아니라 마음이 좁아 못 산다. 걱정 말아라."

젊은 일공들도 현장에 도착했다. 동찬이 데려온 다섯 명의 남자들은 모두 평원농장의 농민들이었다. 이들은 무엇보다 숙식이 제공된다는 것을 무척 좋아했다. 먹고 자는 것 걱정 없이 일만 하면 농촌에서는 꿈도 꾸지 못할 현금을 한번에 쥘 수 있었다. 그들의 의욕은 부풀어 있었다.

봄순은 측량을 시작했다. 기초를 파야 하는 부지에 말뚝으로 표시를 하고, 선을 그었다. 그녀의 뒤를 따라 동찬은 하얀 횟가루를 뿌렸다. 그곳에 일공들이 첫 삽을 박으며 기초공사가 시작되었다. 봄순은 작업 순서를 지시했으며, 동찬은 작업장과 일공들을 관리하는 책임자를 맡았다.

가을바람이 시원하게 불었다. 삽과 곡괭이를 번갈아 쓰면서 기초를 파고 있는 일공들의 얼굴에는 비 오듯 땀이 흘러내렸다. 상의를 벗고 삽질을 하는 동찬을 보고 일공들도 모두 상의를 벗고 땅을 팠다. 구덩이가 점점 깊어질수록 일공들의 삽질은 더 많은 힘을 필요로 했고, 그만큼 식욕도 늘어났다.

일공들의 식사는 남순이 맡았다. 짬이 있을 때마다 봄순이 도왔으나, 대부분 남순의 몫이었다. 남순의 왼손은 장애로 쓸 수 없었다. 그럼에도 한 손으로 쌀을 씻고 마비된 팔목으로 쌀 함박을 지탱하며 가마에 쌀을 넣는 일을 용케 해냈다. 채소를 다듬고 국을 끓일 때도 마비된 팔목으로는 채소를 누르고 쓸 수 있는 손으로 칼질을 했다.

남순은 비장한 마음으로 일공들의 식사를 차렸는데, 이는 봄순에게 헌신하는 순수한 마음에서 우러나온 것이었다. 남순은 언니가 하루빨리 돈을 잘 버는 사업가가 되기를 간절히 바랐다. 물론 지팡이를 짚은 채 연탄을 갈고 밥을 하는 일은 남순에게 쉬운 일은 아니었다.

"언니, 나 혼자 할 수 있어. 신경 쓰지 마. 할 수 있다니까."

걱정하는 언니에게 남순은 말했다.

"오빠들, 간식 잡숫고 하라요."

오후 세 시면 남순은 어김없이 증기 빵과 냉국을 작업장으로 가져갔다. 봄순의 지시였다. 돈이 부족해 밀가루 대신 옥수숫가루로 만든 빵이었으나 소다를 넣고 숙성시킨 반죽을 시루에 익혀 부풀린 것이어서 구수했다.

"어, 이거 뜨끈할 때 먹으니 정말 찰떡보다 맛있네요."

일공들은 손에 묻은 흙을 바지에 문지르고 커다란 빵을 덥석 쥐고서 한입에 물었다. 잡곡밥이지만 하루 세 끼 식사도 배불리 먹었다. 끼니 때마다 기름에 볶은 반찬과 두붓국이 제공되니, 일공들은 최선을 다해 성실하게 일했다.

기초공사에 속도가 붙었다. 자갈을 깔고, 콘크리트 혼합물이 다져지는 가운데 철근을 박았다.

공사가 한창 진행되던 어느 날, 여러 명의 남자들이 공사장에 찾아왔다.

"저…… 우리도 여기서 일할 수 없을까요?"

후불제로 자기들도 고용해달라는 것이었다. 숙식 조건이 좋다는 소문에 달려온 사람들이었다. 아파트가 건설되니 적어도 임금을 떼먹히거나 밀리는 일은 없을 것이라고 생각한 그들은 어떻게 해서든 여기서 일을 해야 돈을 벌 수 있다는 생각에 말뚝처럼 서 있었다.

"지금은 인력이 필요 없어요. 봄철이 되면 다시 공사 시작하니까 그때 와 봐요.”

동찬은 단호하게 잘랐다. 추위가 벌써 시작되고 있었다. 게다가 무턱대고 인력을 받을 형편도 아니었다. 지금 있는 일공들도 12월이면 보내야 할 판이었다.

“날씨가 추워지면 공사판에서 할 일이 없어지는 건 알지 않아요?”

동찬은 그들의 기분이 거슬리지 않도록 다시 말했다. 옛날 자기의 처지가 떠올라 을러메듯 말한 자신의 행동이 미안했던 것이다. 그러나 그들은 그대로 서 있었다. 저기서 콘크리트와 모르타르를 다지고 있는 일공들보다 자기들이 훨씬 일을 잘할 수 있다는 표정이었다. 눈빛이 너무도 간절했다. 목숨이라도 바칠 듯 결연함을 보이는 남자도 있었다. 한쪽에서 기초 휘틀에 모르타르를 넣던 체격 좋은 일공이 새로 온 일공들이 자기의 일자리를 뺏을 것 같았는지 날카로운 눈초리로 그들을 흘금흘금 치떠봤다.

“무슨 사람들이니?”

봄순이 작업장에 들어서며 물었다.

“이 사람들이 일공으로 일하겠다고 그러지 않아요.”

“일공?”

“네. 이젠 기초공사도 거의 끝났고⋯⋯ 날씨도 추워지니 일공이 필요 없습죠.”

동찬은 퉁명스럽게 말했다. 그러나 눈빛에는 그들을 동정하는 기운이 역력했다.

공사판에 나타난 젊은 여자가 공사의 주인이라는 것을 알게 된 남자들이 우르르 봄순을 둘러쌌다. 뒤집어 수선한 낡은 군복을 헐렁하게 입은 나이 많은 남자가 봄순의 턱까지 바싹 붙어 섰다. 이마에는 주름이 깊게 패었으나 몸집과 키가 작은 탓인지 얼굴만 가리면 소녀 같았다. 다른 남자들도 동찬이 선발한 농민일공들보다 모두 몸집이 작았다.

"일 톤짜리 수레를 끌 수 있겠어요? 혼자서요."

봄순은 그들에게 겁을 주었다.

"수레라니요. 그보다 더한 것도 끌재야."

"일만 시켜준다면 진짜 잘함다."

"니 어쩨 입을 다물고 있니? 입이 붙었니? 할 어찌라니?"

형제로 보이는 키가 큰 남자가 옆에 있는 동생을 쿡쿡 찌르며 눈을 부라렸다.

"야는 고급 미장공임다. 니 좀 말해라. 꿀 먹은 벙어리니? 어쩨 입 다물고 있재?"

억양이 높은 사투리가 함북도 말투였다. 제 딴에는 조용히 말한다고 하였으나 고용주 앞에서 스스로를 빨리 어필하라는 듯 형이 더 크게 말했다.

"우리 동생이 좀 있잖스까, 어지바리 같아도 기술자임더."

형의 성화에 조개 턱의 동생이 입술을 열고 말을 하려는데 고수머리에 눈이 큰 남성이 성큼 끼어들었다.

"내는 5급 축조공이요. 시멘트공장 싸이로 축조공이란 말이오."

봄순의 오른쪽에 붙어 있던 남성이었다. 박력 있는 목소리가 말싸움에서는 질 것 같지 않았다. 건설에서는 축조 기술자가 기본이라는 자신감도 있었다.

동찬은 봄순을 보았다. 봄순이 무슨 생각을 하는지 가늠할 수 없었다. 이들을 일공으로 받는다면 일공이 총 열 명으로 불어날 판이었다. 필경 지금은 안 된다고 말할 것이라고 예상하고 있는데, 봄순의 지시가 날아왔다.

"이들을 일공으로 받아. 숙소도 넓고 아직 식량도 얼마간 있으니."

담담한 목소리였다. 동찬은 봄순에게 한 발자국 다가섰다. 그리고 남자들이 들으면 기분이 상할까 봐 웅얼거리듯 조용히 물었다.

"당장 무슨 일을 시키려고요? 일이 없는데요. 그냥 먹여주고 재워주고 할 수는 없잖아요."

봄순은 동찬의 말에 귀를 기울이면서, 그러나 시선은 남자들을 보며 나직하게 말했다.

"네 말이 맞아. 겨울에 공사는 진척할 수 없어. 하지만 겨울

동안 아무것도 안 할 수는 없지 않겠어? 골조 공사에 쓸 자갈과 모래도 장만해야 되고. 대동강이 1월 전까지는 얼지 않을 거니까, 그사이에 모래를 채취할 수 있는 대로 채취해야 될 거야. 강이 얼어붙은 다음에는 그 모래로 블로크(벽돌)를 찍어놓고 양생시키면, 그러면 봄철 골조 공사가 빠르지 않을까?"

말을 마친 그녀가 동찬을 정면으로 바라보았다. 공감해주기를 바라는 미소가 눈에 들어왔다. 동찬은 그녀의 미소에 왠지 모르게 얼굴을 붉혔다. 괜히 기분이 좋아져 고개는 끄덕였지만, 여전히 의구심을 거두지는 않았다.

"물론 겨울에 준비를 잘 해놓으면 내년도 공사가 빠르겠지만……."

그의 작은 눈이 더 작아졌다.

"나이 든 아바이가 수레를 끌고 블로크를 찍고 하는 육체노동을 꽤 해낼까요."

긴장해 서 있던 이들이 동찬의 입 모양을 주시했다. 동찬은 그들에게 자신의 얼굴이 보이지 않도록 완전히 돌아섰다. 봄순은 그의 행동이 귀여운 듯 웃으며 말했다.

"힘도 필요하지만, 앞으로는 미장공이나 축조공이 더 필요하거든. 저 아바이가 고급 미장공이라 하지 않았어. 내부 공사에 들어가면 기술 노력이 더 필요해."

"아…… 기술 노력…… 맞아요."

"물론 기능공이 맞는지는 시험을 쳐야지."

"시험이요? 아, 내가 왜 그 생각을 못했을까요."

동찬은 그제야 막혔던 도랑이 탁 트인 느낌으로 공감했다. 그 짧은 순간에 봄순은 벌써 공사의 마감을 내다본 것이다. 그녀의 말은 옳았다. 인력도 육체노동과 기술노동으로 분류해야 했다. 몸이 약하다고, 나이가 많다고 무작정 외면하면 손해를 볼 수 있었다. 골조 공사에 들어가면 축조공이 필요하고, 내부 공사가 시작되면 고급 미장공과 전공 기술자가 필요했다. 그리고 봄순의 말대로 시험을 쳐, 꼼수를 부렸다면 자르면 되지 않는가.

"날 따라와요."

동찬은 씨엉씨엉 걸으며 말했다. 고용된 일공들을 숙소로 안내하기 위해서였다.

"내일부터 대동강에서 모래를 채취할 거예요."

뒤를 돌아보면서 그가 말했다. 취업이 확인되자 형제 일공들이 어린아이처럼 서로를 부둥켜안았다. 그러고는 앞서 걸어가는 동찬의 뒤를 껑충거리며 쫓아갔다.

"고마워요, 형님."

키가 큰 일공이 큰 소리로 말했다.

"형님?"

동찬은 그의 얼굴을 훑어보았다. 얼핏 보아도 자기보다는 이십 년 이상 나이가 들어보였다. 고개를 돌리는 동찬의 어깨가 으쓱해졌다.

그때 총알처럼 핀잔이 날아들었다.

"철딱사니 없다구야……."

키가 작은 일공이 혀를 끌끌 차면서 키가 큰 형제들을 손으로 찌르며 눈살을 찡그렸다. 인사를 제대로 하라는 눈치였다.

"주인님, 정말 고맙습니다."

그가 저만치 서 있는 봄순을 향해 허리를 숙였다. 멋쩍은 표정들이 배시시 웃으며 그 일공을 따라서 저마다 허리를 모로 굽혀 빠르게 인사하고 동찬을 따라갔다.

일공이 열 명으로 늘어났으니, 이제는 모래를 채취하는 법도 달라져야 했다. 봄순은 분업을 할 수 있도록 작업 과정을 나누었다. 일공들을 모래 운반조와 공사장에서 자갈과 모래를 선별하는 조로 나누고, 젊고 힘이 센 일공들은 강가에서 전문적으로 모래를 채취하도록 했다. 모래는 자갈과 모래를 삽으로 양동이에 퍼담아 비스듬히 세워놓은 모래 체 아래에서 위로 훑어던지는 방식으로 선별했다. 체 넘어에 모래가 가득 쌓이면 옆으로 이적했다. 쇠 그물을 나무틀에 단단하게 끼워 만든 모래 체는 동찬의 솜씨였다.

동찬은 바빠졌다. 늘어난 일공들의 하루 노동 시간과 실적을 장부에 기록해야 했다. 그 장부는 일주일에 한 번 봄순에게 가져갔다. 봄순은 장부의 숫자를 월급 서류에 꼼꼼히 기록했다. 물방울이 떨어져 숫자가 혹시 흐려질까 봐 유성 볼펜으로 반점 하나도 틀리지 않게 적었다. 실적이 많은 일공에게는 보너스를 주었다.

보너스가 적용되자 일공들의 창발성이 눈에 띄게 나타났다. 이를테면 모래 채취량이 점점 적어지자 모래 채취조 일공들은 트럭에 사용되는 타이어 튜브를 구해왔다. 개인이 운영하는 차 수리소에서 운전사가 한눈을 파는 사이에 아이들이 날쌔게 훔쳐 온 것을 싸게 샀다는 이야기가 돌았다. 고무 튜브 두 개를 나란히 연결하고 바람을 넣으면 그럴싸한 배 못지않았다. 튜브 선박은 대동강에서 모래 선박으로 이용되었다. 일공들은 대동강 깊은 곳에 배를 멈추고 도르래로 모래를 끌어 올려 마대에 담은 후 강가로 날라왔다. 모래 채취량이 두 배로 늘어나자 일공들의 일당도 두 배로 계산되었다.

잠자리에 들기 전 일공들은 베갯잇 안에 끼워놓은 수첩을 꺼내들고 자기의 일당을 소수점 하나도 틀리지 않게 정확히 적고, 그 수첩을 다시 베갯잇 안으로 깊숙이 감추고서야 코를 골았다.

새해가 밝았다. 1월의 날씨는 몹시 추웠다. 대동강이 하얀 빙판으로 변했다. 더 이상 모래를 채취하기는 힘들었다.

봄순은 강이 녹는 동안 벽돌을 만들기로 했다. 숙소 화구의 폐열을 이용해 화구 주변에서 벽돌을 찍도록 했다. 마당에 찍어놓은 벽돌이 얼지 않도록 밤에는 볏짚나래를 두 겹으로 씌워놓았다. 그러면 화구 변두리 열로 인해 벽돌이 단단하게 굳었다. 이렇게 만든 벽돌은 숙소 앞마당과 본가 마당에 높이 쌓아 놓았다.

입춘이 지나자 서슬 퍼런 추위는 누그러들었다. 한낮에 들어서면 처마에 주렁주렁 달려 있던 고드름이 슬슬 몸을 풀면서 녹아내렸다. 봄이 오고 있었다.

봄순은 일공들의 명절 음식을 준비했다. 2월 16일은 국가 공휴일, 김정일의 생일이었다. 여기저기 뛰어다녀 석 달 후에 가격을 좀 더 주기로 약속하고 반 외상으로 돼지고기를 마련해왔다.

그런데 음식상에 고기가 오르고 간식으로 과자를 내주어도 웃지 않는 일공이 있었다. 길주에서 왔다는 삼십대의 젊은 일공이었다. 그는 고기도 먹지 않고 과자도 먹지 않았다.

다음 날 아침, 그 일공이 봄순을 찾아왔다. 주저하던 그가 간절하게 말했다.

"저…… 집에 좀 갔다 오면 안 될까요?"

"집에 갔다 오겠다고요?"

"네…… 솔직히 고기와 과자를 보니 아이들이 생각나서 어젯밤 한잠도 못 잤어요……. 색시도 어떻게 살고 있는지 모르고…… 둘째 아들 출산하고 젖이 안 나와 고생하는 거 보면서도, 족발을 먹으면 젖이 나온다는데도 난 그거 하나 사줄 돈이 없어서…… 이런 남편이 살아서 무엇하나, 하고 나를 죽도록 원망하다가 무작정 품팔이 떠나 여기로 온 거예요. 세 살배기 아들이랑 출산한 아내가 무엇을 먹고 있을지…… 고기를 보니 마음이 아파서…… 이러는 저를 이해해주세요. 아내와 아기에게 고깃국을 조금만 먹이면 죽어도 한이 없겠어요."

봄순은 가슴이 찌릿했다. 부성애를 가진 아빠, 아내를 사랑하는 애처가가 현실에 존재한다는 게 새롭고 감동스러웠다. 눈물이 나올까 봐 말을 떼지 못하는 봄순을 보고 일공은 자기를 미욱한 놈으로 보는 것으로 오해했다.

"알고 있어요. 사내새끼가 이러는 거 아닌데 말이오."

"아니에요. 그런 게 아니에요."

한 점의 고기를 자기보다 아내와 자식들이 맛나게 먹는다면 행복할 것 같다는 남자의 마음을 들은 봄순은 깨달았다. 남자들도 이제는 가부장제에서 벗어나고 있다는 것을.

"집에 갔다 와요. 집이 어디라고 했던가요?"

"길주예요."

"길주군이군요. 그럼 벌이 차를 타야겠네요."

"벌이 버스는 비싸서…… 기차 빵통(화통) 타고 고원까지

가서, 거기서 차 잡이 하면서 가려구요. 그러면 벌이 버스보다 여비가 절반밖에 안 들어요."

"그래도 버스를 타고 가요. 평성 버스터미널에 가면 전국으로 가는 버스가 있어요. 잠시만요, 여비가 필요하겠군요."

봄순은 집으로 들어가 잠시 후 나왔다.

"이 돈을 가지고 가요."

봄순은 삼만 원을 내밀었다.

"가다가 고기 좀 사 가지고 가서 아내에게 먹여요."

"……"

지금까지 무뚝뚝하게 일만 하던 일공이 눈물을 흘렸다.

"3월부터 다시 공사를 시작하니까, 일주일 동안 쉬다가 와요."

하지만 일공은 돈을 받아 쥐고 눈물을 흘리면서도 좀처럼 움직이지 않았다.

"왜 그래요?"

봄순은 일공을 보았다. 그는 돌처럼 굳어져 아까보다도 초조해 보였다.

"제가 갔다 올 때까지 다른 일공을 제 자리에 넣지 않을 거죠?"

"아, 그런 걱정이라면 마음 놓고 갔다 와요."

그제야 일공은 안도의 한숨을 쉬며 길을 떠났다. 나흘 후,

봄순은 그의 아내가 직접 만든 빨간 지갑을 선물로 받았다.

눈비가 내리던 2월의 마지막 날이었다. 모래와 벽돌이 여기저기 쌓여 있는 공사장에 털이 북실북실한 스웨터를 입은 여자가 찾아왔다. 사십대 초반의 여성이었다. 스웨터 앞섶에는 반짝이는 구슬이 포도송이 모양으로 박혀 있었다. 움직일 때마다 구슬과 털실이 햇빛에 반짝여 그녀의 부티를 돋워주었다. 마치 귀부인 같았다.

봄순은 그녀에게 다가갔다. 여자가 다가서는 봄순에게 미소를 지었다. 하얀 피부에 발랄한 웃음을 타고난 듯 해맑은 인상이었다.

"여기 주인이 누구인가요?"

작업복을 입고 있는 봄순을 바라보며 그녀가 물었다.

"저예요. 무슨 일로 왔어요?"

흐트러진 머리칼을 쓸어넘기며 봄순은 웃었다.

"어머, 몰라봤네요. 미안해요."

당황한 여자의 눈동자가 커지며 봄순의 자태를 훑었다.

'아파트를 건설하는 업주가 맞는가?'

의아한 표정이었다. 그녀의 눈에는 화장기가 전혀 없는, 주근깨가 햇볕에 선명하게 보이는 봄순의 얼굴이 유독 눈에 띄었다. 입술은 부르터 고역에 시달리는 농부처럼 칙칙했다. 진홍색 립스틱을 윤기 나게 바른 여자는 자기도 모르게 입술을 오므렸다. 겸손한 억양으로 여자가 말했다.

"여기에 아파트를 짓는 것 같아서요."

"맞아요. 고층 아파트는 아니고, 3층짜리 살림집 아파트를 세우고 있어요."

"마음에 들어요. 그런데……"

"뭐가요?"

"승인은……"

"아, 국토부요? 그런 걱정은 안 해도 돼요."

"네, 네. 정말 고슴도치처럼 일 처리를 잘할 것 같네요."

기계적인 말투로 말하던 여자가 신발 바닥으로 땅을 밀면서 말했다.

"여기가 마음에 들어요. 길목이 좋고 집터가 동쪽을 향하고 있어서 좋은 것 같아요."

출입문이 동쪽으로 향하면 집안이 흥한다는 점쟁이의 말이 문득 기억나 봄순은 웃었다. 돈주 여자도 따라 웃었다.

"살림집 한 채에 얼마에 팔려고 해요?"

"아직 가격은 정하지 못했어요. 내부 공사까지 끝나면 그때 가격을 정해 팔려고 해요. 역세권인데다가, 아지미도 알다시피 길목이 좋잖아요. 평이 넓고 설계도 잘되어 있어 적어도 이만 달러는 받으려고 해요."

봄순은 꾸미지도 않고 자기의 생각을 그대로 전달했다.

"선불할게요. 절반 가격에 팔라요."

"선불이요?"

봄순은 놀랐다. 이제 막 골재를 세우려는 살림집을 사겠다고? 여기까지는 미처 생각하지 못했다. 솔직히 처음 듣는 말이었다. 보통은 살림집 공사가 완전히 끝나고 입사증까지 준비가 되어야 세입자가 사는 것이 절차였다.

"그럼……."

"제가 선불하면 당신은 자재 비용을 해결해 좋고, 나는 이 아파트가 완공되었을 때 가격이 올라도 지금의 절반 값에 사니까 서로 손해볼 거 없잖아요."

봄순은 옛날 자신의 모습을 보는 것 같았다. 연료를 살 때, 항생제 농축액을 살 때의 모습과 너무도 흡사해 흥분되었다. 어쩌면 시장은 사람들에게 봄순이 배운 것과 똑같은 수업을 가르쳐주고 있는지도 모른다.

"입사증은 없어도 돼요?"

"그런 거 걱정하지 말아요. 입사증은 제가 해결할게요."

돈이 있고 권력이 있으면 입사증도 문제없을 것이었다. 봄순에게 있어서도 선분양은 행운이었다. 봄순은 주저하지 않고 대답했다.

"만 달러요. 선불하면 만 달러, 딱 절반 값에 팔게요."

만 달러면 아파트를 완공할 자재를 전부 사들이는 것은 물론 일공들의 식량까지 살 수 있었다. 여자는 생긋 웃으며 달러를 꺼냈다. 테이프로 묶은 만 달러였다.

선분양으로 마련된 달러는 공사 속도에 불을 붙였다. 3월에 들어서자 아파트 골조는 하루가 다르게 올라갔다. 외부 공사가 순식간에 마무리되고 본격적인 내부 공사에 들어갔다. 살림집 윤곽이 점점 드러났으며 창틀과 출입문도 설치되었다. 주방과 화장실에 타일을 붙이는 작업에는 키가 큰 일공들이 한몫을 했다.

5월, 내부 인테리어가 끝나자마자 3층짜리 아담한 아파트는 완판되었다. 층마다 살림집 세 채가 있었다. 총 아홉 채의 살림집 중 선분양한 한 채를 제외하고 인허가 대가로 지방정부에 두 채를 바쳤다. 그리고 나머지 살림집 여섯 채를 부동산시장에 팔았다.

봄순은 일공들에게 일 년 남짓 쌓인 월급을 달러로 한 번에 지급했다. 그날, 일공들의 숙소에서는 밤이 새도록 노래가 흘러나왔다. 일공들은 집으로 돌아가 가족이 일 년 동안 배불리 먹고도 남을 식량을 사들였다.

봄순의 순수익은 십만 달러였다. 하지만 봄순은 달러를 조선 돈으로 전혀 바꾸지 않았다. 앞으로 다가올 큰일 때문이었다. 그 일은 전쟁처럼 나라를 뒤흔들 것이었다. 많은 이가 자살하거나 미칠 거였다. 그래서 봄순은 수많은 지인들을 단도리하고 조심시켰다. 그리고 마지막으로 철욱을 떠올렸다.

어느 날, 봄순은 조용히 일어나 버스정류장으로 향했다. 해주로 가기 위해서였다. 그곳에 봄순의 전 남편, 철욱이 있었다. 그는 봄순에게서 삐돌린 달러를 밑천 삼아 동해주시장에 외화벌이 무역 회사를 차렸다. 해주에서 각종 조개를 캐내거나 양식해 그것을 수출해 돈을 버는 것이었다.

버스는 세 시간여 만에 해주역에 도착했다. 봄순은 그곳에서 멀지 않은 바닷가로 걸어갔다. 썰물이 밀려나 무연하게 펼쳐진 거대한 갯벌이 풍경을 이루고 있었다. 그 갯벌 위에는 쭈그리고 앉은 사람들이 팥알을 뿌린 듯 깔려 있었다. 그들은 손에 쥔 갈고리로 잠잠하게 입을 다문 갯벌 몸뚱이를 열심히 들춰냈다. 그리고는 캥거루마냥 앞섶 주머니에 열심히 조개를 주워 담았다. 엉덩이를 공중으로 쳐들고 남보다 빠르게 손목을 움직이며 펄을 파내는 아낙네도 있었다. 아낙네는 펄 속에 오른손을 깊숙이 들이밀고 무언가를 끄집어내더니 헤벌쭉 웃었다.

"이거 완전 일등품 조개다야!"

두 발을 떡하니 갯벌에 박고서 만세를 부르듯 젊은 아낙네가 소리를 쳤다. 혼자 소리치고 혼자 웃고 있는 아낙네의 몸뚱이가 진흙투성이었다. 그럼에도 조개가 인생의 전부인 듯이 웃어대는 모습이 사춘기 소녀 같기도 했다.

갯벌 위 사람들은 마치 로봇 같았다. 갯벌에서 캐낸 조개를 망태기에 담고 다시 또 파내고를 무한히 반복하고 있었다.

바다 저쪽으로 해넘이가 시작되자 조개 캐던 사람들이 일어나기 시작했다. 썰물이 곧 시작되기 때문이었다. 다들 조개가 담긴 망태기를 어깨에 메거나 가대기 끌듯이 하며 허리를 구부리고 걸어나왔다. 그들은 곧바로 그것을 들고 정해진 장소로 직진했다. 조개를 넘기기 위해서였다.

시장 주변에 창고인지 천막인지 모를 건물들이 다닥다닥 붙어 있었고, 그 주변으로 갯벌에서 걸어 나온 사람들이 줄지어 섰다. 그들은 각자 다른 줄에 섰는데, 파란 천막 주변에 유달리 사람들이 몰려 있었다. 그 속에서 한 남자의 앳된 말소리가 들렸다.

"이게 왜 십오 킬로그램밖에 안 되나요? 다시 저울에 떠봐요."

펄 묻은 바지를 무릎까지 올린 총각이 하소연 비슷하게 말하고 있었다. 그 앞에 저울대를 앞에 놓고 의자에 앉아 있는, 얼굴이 시멀건 중년 남성이 보였다. 발이 젖을까 무릎까지 올라오는 장화를 신은 그가 소리쳤다.

"인마, 이게 어디 이십 킬로그램이야? 감모를 안 보고 떠도 십팔 킬로그램밖에 안 나가잖아. 이게 이십 킬로그램이라고?"

갯벌에서 캐낸 바지락조개를 넘긴 총각이 두 손을 모아 사정하듯 애원했다.

"그래도 오 킬로그램이나 감모 보는 건 너무하지 않아요? 조금만 더 올려줘요."

하루 종일 갯벌에서 캐온 조개이니, 펄과 수분을 제하더라도 십팔 킬로그램은 잡아달라는 것이다. 의자에 앉아 있던 남자가 벌떡 일어났다.

"씨발, 재수 없이. 쪼그만 놈이 어디서 토를 달아? 이 새끼야, 돈 벌게 해주니까 시비 치는 거야?"

그가 저울대에 올려져 있던 조개 마대 양 끝을 손아귀로 와락 쥐고 바닥에 뿌렸다. 떼를 쓰던 총각이 손 쓸 사이 없이 조개가 바닥에 뿌려졌다.

"마대를 왜 던져요?!"

열불 난 총각이 주먹을 불끈 쥐고 대들었다. 당장이라도 남자를 칠 것 같았다. 그러거나 말거나 남자는 저울대 앞에서 소리를 쳐댔다.

"다음, 다음 사람. 빨리 올려놔."

또 다른 마대가 저울대에 올랐다.

일공들은 불만을 참는지 찌푸린 인상으로 돈을 받아쥐고

서 돌아섰다. 침을 퉤 뱉으며 돌아서는 남자도 있었다.

"저 시건방진 새끼."

그 광경을 지켜보던 봄순은 자기도 모르게 중얼거렸다. 그러고는 콘크리트 바닥에서 조개를 줍고 있는 총각에게 다가가 흩어진 조개를 담아주었다. 총각이 고개를 들고 봄순을 바라보았다. 설움을 참고 있던 총각의 눈에 눈물이 고였다. 펄이 묻어 있는 옷소매를 올려 그가 눈물을 닦았다.

"이 조개 팔면 얼마인가요?"

총각은 아무 말도 하지 않고 흩어진 조개를 한 개도 남김없이 마대에 담고 일어났다. 봄순은 가방을 열고 돈을 세어보았다. 그러고는 돌아갈 여비만 남기고 나머지는 총각의 주머니에 넣어주었다.

그때 누군가 그녀의 팔을 붙잡았다.

"여기가 처음인가요?"

"……."

낯모를 여인이었다. 펄에 얼룩진 옷을 입고 있으니 조개 캐는 여인이 틀림없었다.

"냅둬요. 괜히 한 방 맞지 말고……."

"무슨 소리 하는 거예요?"

"여기 일하러 온 것 같은데, 찍히면 좋을 게 없어요. 눈만 뜨면 벌어지는 일이에요."

여자는 봄순을 조개 캐러 온 풋내기 일공으로 짐작하고 있었다. 그녀의 말에도 일리는 있었다. 사람들은 봄순처럼 오직 조개를 뜨고 있는 저울대 숫자에만 관심이 쏠려 있었다. 커다란 저울대에 조개 마대를 올리고 무게가 확인되면 바로 옆에 쏟았다. 그러면 저울대에 앉아 있는 중년 남자가 현금을 주고, 그 돈을 받은 사람들은 어디론가 사라져 버렸다.

"저 남자 뭐 하는 사람이에요?"

"누구요?"

"저기, 저울 뜨는 남자요."

조개 마대를 던지던 남자를 봄순이 가리켰다. 허리가 휘도록 조개 캐는 사람들이 저런 놈팡이에게 천시를 받다니.

"무역회사 도적놈들이지."

여인이 퉁명스럽게 말했다.

"도적놈이요?"

"그치, 도적놈이지, 저것들…… 바다 통째로 독차지하고 조개를 캐다가 중국에 팔아먹는 국가 도적놈이에요."

여인은 입에서 '도적놈'이라는 말이 튀어나올 때 입술에 특이하게 힘을 줬다.

"저런 도적놈들 해주 바닥에 깔렸어요. 길거리 도적은 양심이라도 있어 몰래 훔치지, 저것들은 당의 방침이요 뭐요 하면서 무역회사 떡하니 차리고 혼자 해 처먹고 있거든요."

말투 사나운 여인은 해주를 손금처럼 알았다. 1990년대 말부터 숱한 무역회사들이 해주에 죽치고 있다며, 그중에서 어느 놈이 쓸 놈이고 못 쓸 놈인지 알지도 못하는 이름을 마구 불러댔다.

"저것들은 무역 와크(수출입허가권)가 있으면 넓은 바다에 씨조개 뿌리고 조개 양식하거든요. 저기 연평도 가기 전까지 서해는 와크쟁이들이 주무르지. 그거 없으면 대가리 기웃 못 해요."

군부와 당 기관이 외화벌이를 하겠다며 서해를 장악했다는 말이었다.

"아지미도 조개 캐러 온 거 아니에요?"

"아니요. 일이 있어 잠깐 들렀어요."

봄순은 철욱을 찾아야 했다.

"여기 대기집(숙박집)이 어딘지 혹시 알아요?"

조개물이 질퍽한 바닥에서 기고 있는 새우를 집어 들며 여인이 말했다.

"대기집이야 뭐 널리고 쌓였지. 같이 가요. 우리 집 옆집도 대기집이에요."

봄순은 여인을 따라 동해주시장을 걸었다. 눈앞에 온통 바지락이 쌓여 있었다. 바지락을 트럭에 싣고 있는 사람들도 보였다. 이십 톤 트럭이다. 그 뒤에는 또 다른 트럭이 대기 중이었다. 상차공들은 모두 남성이었다.

"바지락은 어디로 실어가요?"

"조개처럼 생긴 건 다 항구로 가요. 해주 룡당동이 중심 항구인데, 거기는 중국 배들이 쫙 늘어서 있거든. 거긴 또 거기대로 남자들이 조개 상선해주고 일당벌이 해요. 상선 시간이 제한되어 있으니까 힘센 남성들을 돈을 주고 사지. 일본이나 자본주의 나라에 비싸게 팔려면 조개가 살아 있을 때 움직여야 하니까 그래요."

봄순은 룡당동을 머릿속에 새겼다. 그곳이 중심 항구라면 그곳에 철욱이 있을까 싶었다. 바지락, 꽃게, 해삼, 전복, 키조개 등 서해 해산물이 수출되는 해주항구가 하도 넓으니 알 수가 없었다.

"여기서 조개 수출 크게 하는 회사를 알 수 있나요?"

봄순은 철욱의 이름을 말할까 하다가 입을 다물었다.

"어떤 회사? 와크 있는 회사? 그런 대가리는 얼마 안 돼요. 매봉회사가 있고 39호실 대성회사, 총참모부 강성회사…… 기껏 잡아야 열 개도 안 될걸요. 그 밑에 외화벌이 기지가 붙어 있는데, 거긴 어림잡아 사오백 곳은 넘지."

여인의 목소리가 점점 올라갔다.

"그러니까 이렇지. 무역회사 밑에 기지가 있고, 기지 밑에 분기지가 있고 분기지 안에 조개 생산 관리자가 있거든요. 수

출 가격은 무역회사 상부가 중국 대방과 정해요. 그러면 하부
로 내려갈수록 가격이 농간된단 말이에요. 어떻게 해서든 일
등품 조개를 이등품 조개로 후려쳐야 돈을 떼먹을 수 있으니
까……. 국가 도적놈이지.”

이렇게 상황을 잘 아는 것을 보면 이 여인은 해주 토박이가
분명했다. 토박이라면 혹시 철욱을 알지 않을까.

동해주시장을 거의 벗어나려는데 길에 다리를 꼬고 앉아
담배를 피우는 남성이 보였다. 그의 앞에도 역시 동글동글 납
작하고 예쁘게 줄이 간 바지락이 쌓여 있었다. 그 옆에는 파란
색 마대가 쌓여 있었다. 그 뒤로 나지막한 단층건물이 보였다.

“저기! 저기가 바지락을 거의 독점한 회사예요. 데꼬(거간)
면 데꼬, 수출이면 수출.”

해주 여인이 저만치 보이는 남자를 가리키며 말했다.

“거간꾼이네요.”

이제는 봄순도 말귀를 알아들어 맞장구쳤다. 해주 바다의
물정이 느껴졌던 것이다.

“하하하, 맞아 맞아. 거간꾼, 거간꾼이지. 그 말 신통하다
야.”

여인이 손뼉까지 치면서 통쾌하게 웃었다. 그 바람에 봄순
도 큰 소리로 웃었다. 입술을 여닫으며 담배 연기를 날리던
남성이 고개를 돌렸다. 지나가며 웃어대는 여인네들이 거슬

렸던 것이다. 그가 눈살을 세우고 여인들을 바라봤다.

빠르게 걷던 봄순은 반사적으로 고개를 돌렸다. 멀리에서 보았지만 남자의 자태가 너무나 낯익었다.

허우대가 쭉 빠진 체격에 긴 목이며 목이 아플 때면 습관처럼 기울이는 저 남자. 담배를 피울 때는 두 손가락으로 담뱃대를 돌리며 흔드는 행동까지. 그녀의 심장이 뛰었다. 봄순은 걸음을 멈췄다. 잘못 본 걸까. 아니다. 오른쪽 눈꺼풀에 경련이 일었다. 전 남편이었다.

"야, 너…… 맞지?"

그도 전처를 알아보고 마주 걸어왔다.

"여기 왜 왔어?"

시비 치는 말투였다. 해주 땅에서 전처를 보리라고 상상이나 했으랴.

봄순은 자신을 반말로 불러대는 전 남편의 목소리에 비로소 분노가 되살아났다. 그녀의 상처는 스스로 생각했던 것 이상으로 깊은 곳에서 곪고 있었다. 치밀어 오르는 화 때문에 그녀의 얼굴이 벌겋게 달아올랐다. 결국 봄순은 거친 목소리를 뱉고야 말았다.

"너 지금 야라고 했어? 어디서 반말이야?"

칼 벼르듯 달려드는 전처에게 철욱은 눈알을 세웠다. 자신이 기세등등하게 걸어가면 전처는 반드시 무서워 뛰거나 피해야 했다. 그러나 봄순은 벼락을 각오한 고목보다 더 빳빳이 서 있었다. 해주 여인이 당황해 철욱을 막아섰다.

"아저씨, 왜 그래요? 지나가던 여자를 왜 치려고 해요?"

생뚱맞게 자기 앞을 막아선 여인에게 삿대질을 하면서 철욱이 소리쳤다.

"이건 또 무슨 떨거지야? 넌 빠져."

"뭐, 뭐라구요? 떠…… 떨거지요?"

해주 여인이 허, 하고 웃었다. 아니, 웃는 게 아니었다. 갑자기 일어난 분노로 그녀의 두 눈이 커졌다.

"떨거지라고?!"

그녀가 다시 외쳤다. 일공으로 고용되어 조개나 캔다고 거지 취급받는 것에 적개심이 일어났다. 무역회사를 등에 업은 나부랭이가 나를 떨거지라고 하다니. 가진 자에 대한 없는 자의 분노는 잠잠하다가도 누군가 건드리면 무섭게 폭발하는 뇌관과 같았다.

"내가 떨거지면 아저씨는……! 맞어, 나 떨거지야. 근데 아저씨는 도적놈이잖아요? 저울대 농간하고 하품 조개 박스에 일등품 조개는 눈곱만큼 깔고 중국에 전부 일등품이라고 속여 팔며 돈 벌어먹는 도적놈!"

해주 여인의 성화에 지나가던 사람들이 꼬이기 시작했다. 밥 먹듯 일어나는 말싸움이라면 그냥 스쳐 지나갈 일이다. 그런데 이 상황은 무엇인가. 멀리서 딱 봐도 남자 한 명에 여자 두 명 아닌가.

"불륜하다 들켰나 봐."

불륜녀 얼굴이나 구경하자고 헤헤 웃으며 사람들이 모여섰다. 그런데 잘 들어보니 바지락이 어떻고, 누가 누구 돈을 떼먹고 하는 소리다. 서로의 팔꿈치를 툭툭 치며 사람들이 수군댔다.

"바지락을 저렇게 팔아먹나 보네요."

"그걸 몰랐어요? 우리 같은 사람들이 일 년 꼬박 조개 캐야 손에 쥐는 돈을, 저런 사람들은 하루에 벌어요."

"하루가 뭐야, 한 시간도 안 되지……."

"해주 시내 고급 식당 가 봐요. 우리가 일 년 동안 벌어도 외화벌이 회사 간부들 마시는 꼬냑 한 병 값도 안 돼요."

철욱의 머리 뚜껑이 열렸다. 요즘은 상선기여서 바지락을 사들이고 수출 항구로 넘겨주며 특수를 노려야 했다. 하지만 정직하게 장사를 하면 도저히 큰돈을 벌기가 어려웠다. 그래서 그는 삼등품 조개를 일등품 조개로 속여 판매하거나 조개 마대에 돌을 넣는 방식으로 무게를 늘여 대방의 주머니를 손쉽게 털어냈다. 몇 번 속아본 중국 대방이 항구에 주둔하며 조개 마대를 상선하기 전 선택 검열했지만 소용이 없었다. 그 모든 것이 자기만의 기술이고 비밀이었는데, 이 여자가 지금

그걸 전부 크게 지껄이고 있지 않은가?

화가 치민 그가 해주 여인의 옷자락을 와락 움켜잡고 내동 댕이쳤다. 힘이 약한 여인이 그대로 너부러졌다. 이 모든 일이 순식간에 벌어졌다. 당황한 봄순은 급하게 달려가 넘어진 여 인을 일으켜 앉혔다. 그러고는 홱 돌아 철욱 앞으로 돌진했다.

"어디다 손을 대? 여자에게 손대는 게 업이냐?"

봄순은 철욱의 면상을 있는 힘껏 후려쳤다. 남자 귀뺨 쳐보 는 건 살면서 처음이었다. 심장이 빠르게 툭툭 뛰고 있었다. 후려친 손바닥은 후끈 달아올랐고 흥분한 그녀의 몸도 화끈 달아올랐다.

철욱 역시 여자에게 귀뺨을 얻어맞는 것은 머리털 나고 처 음이었다. 그에게는 패가망신 급의 일이었다. 길가에 굴러다 니는 작대기를 손에 들고 철욱이 봄순에게 다가섰다.

"니들이 오늘 쌍으로 돌았구나."

한 번에 조질 태세였다. 작대기를 움켜쥔 그의 두 손이 홈 런 치듯이 높이 들렸다. 이때 사이로 불쑥 들어와 작대기를 빼앗는 남자가 있었다.

"이 아줌마한테 손대지 말아요. 머리카락 한 오리라도 다치 게 하면 가만두지 않을게요."

봄순은 그를 알아보았다. 시장에서 보았던, 저울대 앞에서 수모를 겪고 흐느껴 울던 그 총각이었다. 봄순의 전 남편도 그를 알아보았다. 일공에 불과한 게 자기한테 맞서다니.

"이 새끼, 너 이거 못 놔? 하룻강아지 범 무서운 줄 모른다
더니. 너 해주 바닥에서 다시 일 못할 줄 알어!"

해주 바닥 일대에서 일공으로 채용되어 돈을 벌려면 자기
같은 사람한데 찍혀 좋을 게 없다는 소리였다. 그러나 총각은
여전히 젊은 손아귀로 철욱의 멱살을 그러쥐고 있었다.

사람들이 더 몰려들었다. 이들은 겹겹이 둘러쌓인 어깨너
머로 머리를 들이밀었다.

"내가 여기 온 것은 작별 인사를 하러 온 거예요."

조용한 말투로 봄순이 말하자 철욱이 비웃었다.

"짧게 말할게요. 당장 이 장사 접지 않으면 큰일이 날 거예
요."

지난 삶에서였지만, 그는 잠시나마 미애의 아빠였다. 미애
와 함께 웃고 울던 철욱이 떠올랐다. 그래서 마지막으로 그
에게 정보를 주려고 온 거였다. 미애도 아빠를 그리워할 테
니까. 저승에서 새로운 부모를 찾고 있을 미애를 위한 마지막
일이었다.

하지만 철욱은 봄순이 드디어 미쳤나보다 싶었다. 가슴 한
구석에서는 영리한 봄순의 말에 무슨 뜻이 있나 싶어 덜컥 겁
이 나기도 했지만, 그것도 잠시였다.

"뭣도 없는 너 같은 게 나한테 이래라저래라 해? 감히 내

앞에서? 백수가 된 주제에, 감옥에 갔다 온 주제에 누구 앞에서 건방진 소리야? 볼 것도 없는 주제에!"

여전히 그의 입은 성분 타령을 할 뿐이었다.

철욱은 봄순의 말을 듣지 않고 조개 수출을 계속했다. 그리고 6개월 뒤, 그의 회사는 망했다. 수백 톤의 조개를 중국 대방에 넘기고 외화를 받았을 때, 하루만 더 기다렸어도 화폐교환 폭탄을 피했을지 몰랐다.

하지만 일본 회사에게 이틀 이내로 천 톤의 조개를 배송할 것을 주문받은 철욱은 회사 비자금으로 저축했던 달러를 총동원해 조선 돈으로 바꾸었다. 조개를 제 기일에 수출하려면 일공들의 일당을 그때그때 주면서 더 많은 조개를 캐오도록 해야 했기 때문이었다.

그러나, 외화를 전부 조선 돈으로 바꾸고 난 다음 날 오전, 화폐교환 정책이 발표되었다. 조선 돈은 모두 종잇조각이 되었다.

회사가 부도나고 중앙정부에 바쳐야 하는 충성자금도 제대로 바치지 못한 철욱은 직위에서 해임되었다. 정신적 타격을 받아 웃다가 갑자기 우는 등 정신이상 증세를 보이던 그는 결국 49호 병원에 갇히고 말았다.

그의 후처는 철욱을 기다리지 않고 본가로 돌아갔다. 그녀가 좋아하는 철욱은 능력 있고 멋진 남자지, 정신병원에 갇힌 남자가 아니었던 것이다.

화폐개혁 전쟁

2009년 11월 30일 오전 열한 시, 화폐교환 정책이 발표되었다. 조선중앙방송 소리가 크게 울리기 시작했다.

"여러분, 화폐교환을 선포합니다. 이 시각부터 기존 화폐는 사용하지 못합니다. 구 화폐는 모두 새 돈으로 바꾸어드립니다. 교환 한도는 십만 원, 1인당 십만 원……."

걸어가던 여인도, 자전거에 짐을 싣고 달리던 남자도, 시장 매대에서 상품을 펼쳐놓고 사세요, 사세요, 하며 호객행위 하느라 웃음 짓던 상인들도 돌처럼 굳어졌다.

"저게 무슨 소리지?"

"돈 바꿔준다고 하는 것 같은데요."

"아니, 뭐라고? 십만 원 한도라고……?"

여기저기에서 비명이 새어나왔다.

혹시라도 못 들은 사람이 있을까 방송차가 골목골목 확성기로 안내하며 다니기 시작했다.

"주민 여러분, 이 시각부터 기존 화폐는 어딜 가든 사용하지 못합니다. 새로운 화폐로 바꾸어야 합니다. 교환 한도는 십만 원, 1인당 십만 원입니다. 가족이 다섯 명이면 오십만 원 교환이 가능합니다."

"이게 무슨 날벼락이냐. 교환 한도가 십만 원이라니?"

"그럼 내 돈은, 내 돈은……? 먹지 않고 항아리에 저축했던 내 돈은 어떻게 되는 거지?"

갑자기 닥쳐온 화폐교환 소식에 집으로 뛰어가는 사람들이 부딪치고 넘어지고, 밟히고 일어서서 또다시 뛰어갔다. 모두 제정신이 아니었다.

십만 원도 백 대 일 비율로 교환해줘 천 원을 주는 것이 전부였다. 천 원짜리 한 장을 손에 달랑 쥐고 돌아오는 사람들은 온몸의 피가 얼어붙었다.

거리마다 골목마다 곡성이 넘쳤다. 장사로 저축했던 피 같은 돈이 하루아침에 휴짓조각이 되었다. 사람들은 김일성 초상화가 정면에 찍힌 오천 원 지폐를 마대로 메고 나와 도로 한가운데 파지처럼 쏟고 불을 달았다. 뽀얀 연기 속에 타버린 재가 훨훨 날아다녔다. 동네마다 자리한 오물장에도 찢어진 지폐가 수북이 쌓였다.

화폐교환은 말 그대로 전쟁이었다. 물가는 급상승했다. 이백 원에 판매되던 두부 한 모가 만 원까지 급등했다. 며칠 전만 해도 이십 원이었던 사과 한 알이 오천 원, 아니 오만 원까지 불렸다. 1995년 아사자가 널렸었던, 시체 운송 전담반이 거리를 메웠던 그 시절 성장한 청년들은 거의 폭동을 일으킬 기세였다. 그들은 장마당 장사로 어렵게 일어선 엄마의 돈뭉치가 휴지가 되는 것을 그저 지켜봐야만 했다. 가정이 또다시 가난에 빠진 것에 이성을 잃은 청년들은 고함을 질렀다.

"아, 이것들아! 이것들아…… 총만 있었으면……."

무서운 말이었다. 하지만 그들은 굶주리는 고통보다 더 무서운 것은 없다고 생각했다. 사방에 깔린 국가 보위부의 비밀 성원들도 주민들의 소요에 대응할 수 없었다. 그들은 그저 거리와 골목, 시장을 거닐며 사람들의 불만과 아우성을 보고 기록했으며, 그것을 정리해 국가에 보고했다.

달러로 저축했던 사람들은 안도의 한숨을 쉬었다. 재산을 지킨 것이었다. 하지만 이것도 며칠뿐, 이제부터는 외화를 사용하지 못한다는 사회 안전성(경찰청)의 포고가 나붙었다. 이제는 달러를 보유하고 있는 사람들도 공포에 떨었다. 새벽부터 방송차가 다니며 포고문 내용을 방송했다.

"주민 여러분, 주민 여러분, 조선중앙방송입니다. 개인이 달러를 보유하고 있다면, 열흘 이내 전부 국돈으로 바꿔야 합니다. 미제국주의 달러는 더 이상 사회주의 나라인 조선에서 사용하지 못합니다. 달러는 화폐 기능을 상실했습니다. 중앙정부의 정책에 반항해 달러를 끝까지 내놓지 않고 국돈으로 환전하지 않는다면, 해당 주민은 국가반역죄로 처벌받을 것입니다."

역과 상점, 시장 입구와 마을 담장 등 사람들의 발길이 닿는 곳곳마다 포고문이 나붙었다.

그런데 이 포고문들이 갈가리 찢어져 바람에 날렸다. 그 바람에 또다시 비상사태가 발생했다. 국가 포고문을 찢어버린 범인을 잡아내라는 중앙의 지시가 내려온 것이다. 포고문이 붙어 있던 자리에 새로운 포고문이 더 크게 나붙었다. 포고문에 이어 방송차가 더 자주 거리를 누비며 확성기로 외쳤다.

"달러를 국가에 바치지 않고 버티다 발각되면 포고문을 찢은 범인으로 처벌할 것입니다. 달러를 빨리 은행에 바쳐야 합니다. 국돈으로 환전해야 합니다. 그러지 않으면 반역자로 처형될 수 있습니다."

"이러다 반역자로 총살당하면 어찌하죠?"

"달러하고 목숨을 바꾸기는 더 무서워요."

사람들은 포기했다. 장롱에 감춰놓았던 달러를 은행에 바치려고 줄을 섰다. 중앙은행 간부들은 더 많은 사람이 짧은 기간 안에 달러를 국가에 바칠 수 있도록 아예 이동 업무를 시작했다. 그들은 사람들이 다니는 도로와 길가마다 테이블을 대충 세워놓고 달러를 바치는 사람들에게 조선 돈으로 환전해주었다. 국가환율은 백 달러에 이백 원이었다.

"백 달러에 국돈 삼십만 원이었는데, 이백 원이라니요?"

"이건 너무한 거 아닌가요? 껌값이 아닌가요?"

한 여성이 화가 올라 은행원에게 대들었다. 그러자 주위에 대기하고 있던 사복 입은 국가 보위부 요원이 그녀를 끌고 사라졌다.

"이런 강도가 어디 있단 말인가. 백 달러에 이백 원을 주다니요."

그 광경을 본 후 조선 돈을 받고 돌아서는 사람들은 나지막이 울분을 토했다.

"천벌을 받을라……."

노인들이 쿨럭쿨럭 기침을 하면서 침을 뱉었다.

반대로 봄순은 가지고 있던 십만 달러라는 거금을 더 깊숙이 숨겨놓았다. 지난 삶에서의 일이 떠올랐기 때문이었다.

사회주의란 원래 변덕이 많은 사회다. 돈을 벌려면 이 사회 생리부터 배워야 했다. 그러니 광풍이 지나갈 때까지 기다려야 했다. 달러는 가장 큰 위력을 가진 화폐다. 달러가 없으면 무역을 할 수 없고, 그래서 정부는 달러가 필요하다. 그리고

앞으로는 일반 사람들도 달러가 없으면 쌀도 살 수 없는 시대
가 올 것이었다. 화폐개혁이 이런 식으로 일어나니 조선 돈을
믿을 수가 없기 때문이었다.

일 년 후, 봄순의 짐작대로 달러는 시장 화폐로 다시 유통되
었다. 국가에서 생필품을 공급할 능력이 있었다면, 그리고 그
것을 주민들이 소비했다면 내수자금이 국고를 통해 순환되었
겠으나 국가는 공급력이 부족했다. 다시 중국에서 수입된 식
품과 생필품, 의류 들이 시장으로 유통되었다. 이쑤시개도 중
국산이 아니면 볼 수 없었다. 그러니 무역회사도, 무역회사에
게 물품을 넘겨받는 중개업자도, 중개업자에게 물품을 받아
시장에 넘기는 도매상인들도 달러나 위안화만 요구했다.

농촌에서 고구마 농사를 짓는 할머니도 달러를 주어야 고
구마를 팔았다. 달러 바람은 전국을 휩쓸었다. 화폐교환으로
개인 자금을 국고로 끌어들여 국가 경제를 살려보려던 중앙
정부의 정책은 실패했다. 상점이든, 시장이든, 길거리 구멍가
게든 무언가를 판매하는 상인들은 절대로 조선 돈을 받지 않
았다. 농촌 사람들도 농사지어 모은 돈을 가지고 도시로 나와
달러를 사들였다. 달러 환율은 백 달러에 팔십삼만 원으로 치
솟았다. 마침내 끝까지 달러를 갖고 있던 보이지 않던 사람들
이 돈주로 부상했다.

중앙정부 정책도 시장을 인정하고 확대하는 유화정책으로 전환되었다. 우리식 경제관리방법이 발표된 것이다. 이제는 국영 기업소가 시장에서 필요로 하는 상품을 생산 지표로 계획하고 시장에 판매할 수 있게 되었으며, 공장 지배인이 노동자 월급을 인상할 수 있도록 권한을 더 주었다. 개인 자금을 국가 경제에 끌어들여서라도 국영기업을 살릴 수 있도록 시장경제를 도입한 것이었다.

시대가 또 한 번 변화하고 있었다. 검은 고양이든 흰 고양이든 쥐만 잘 잡으면 그만이었다. 또다시 사회가 자본주의 과도기에 진입한 것이었다. 봄순의 야망은 한 단계 더 커졌다.

'권력을 가져야 한다.'

평범한 돈주는 정부의 희생양이 될 수 있었다. 돼지는 키워서 잡아먹는 게 이 나라의 정치 수법이 아닌가.

봄순은 이제 권력이 절실해졌다. 십만 달러를 가지고 있는 돈주의 위상보다 무일푼 간부의 위상이 아직은 훨씬 안전하고 높음을 알았다. 이는 성분 제도가 사회의 근간을 움직이기 때문이며, 이것은 결코 무시할 수 없다는 것을, 또 권력은 자신의 재산을 지키기 위해서는 반드시 가져야 할 무기라는 것도 깨달았다.

"성분을 개조하자. 이 사회의 성분을 내 것으로 만들어야 한다."

몇 번이고 봄순은 이 말을 되풀이했다. 아픈 추억들이 그녀를 자극했다. 그것을 떨쳐버리려고 봄순의 두 손이 주워든 꼬챙이를 딱딱 꺾었다. 지나간 일들은 잊어버리자고 고개를 흔들며 눈길을 돌렸다. 자신이 일떠세운 아파트가 보였다.

　문득 아파트를 짓느라 바친 뇌물이 떠올랐다. 주유소 부지에 아파트를 건설하려면 토지 용도를 변경해야 한다는 국토부에게로 수천 달러가 빠져나갔다. 주택 설계는 국가 설계 방식을 이용해야 한다고 도시설계사업소가 트집을 잡아서 그곳에도 뇌물을 바쳤다. 게다가 아파트를 다 지은 후 살림집 두 채를 지방정부에 공짜로 바친 것을 계산한다면, 권력은 역시 권력이었다.

　이전에 권력은 바라보면서도 가질 수 없는 태양과 같았다. 하지만 태양 빛을 이용해 발전소를 건설하듯 여자라고, 봄순이라고 권력을 못 가진다는 법이 어디 있는가. 세상에 저절로 되는 것은 아무것도 없다. 시장이 발달하며 세상이 변해도 피가 타게 고민하며 노력을 해야 변화한 시대를 자기의 것으로 만들 수 있다고, 봄순은 다짐했다.

　'사회주의도 아니고 자본주의도 아닌, 특색 있는 기업을 만들어야 한다.'

　그것이 봄순이 성분을 쟁취하는 방법이 될 것이었다.

봄날의 기차는 출발한다

    그해 봄, 봄순은 신의주로 떠났다. 시장 조사가 목적이었다. 돈과 물류가 보이지 않는 손에 의해 움직인다 하지만, 그 시작은 바로 평양과 맞닿은 신의주였다. 해외무역의 80퍼센트 이상이 중국 단동과 마주하고 있는 신의주 세관에서 이루어지고, 여기서 다시 전국시장으로 물류가 유통되고 있었다. 하루에도 수십만 달러가 움직이는 도시, 평양 다음의 금융도시로써 시장의 최전선이라는 것이 봄순의 마음을 끌었다.

    두만강—평양행 기차를 타고 순천에서 평성으로 들어서기 바쁘게 증명서 검열이 시작되었다. 평양은 수도이므로 승인번호가 있는 여행증명서가 있어야 했다. 서평양역에서 봄순은 환승했다. 평양—신의주행 기차에 오르니 검열이 또 시작되었다. 신의주는 국경 지역이므로 단속이 더 엄격했다. 봄순은 암시장에서 산 여행증명서가 있어 검열마다 통과할 수 있었다. 증명서가 없는 사람들은 의자 밑에 숨거나 군복으로 갈아입는 등 검열을 재간껏 피했다.

그런데 검열보다 더 답답한 것은 기차 속도였다. 기차는 좀처럼 속도를 내지 못했다. 순천에서 평양까지는 네 정거장이어서 연착이 없었다. 그런데 평양에서 출발한 기차는 짜증이 날 정도로 연착되었다.

염주까지는 그런대로 가더니 동림역에서 두 시간이나 정차했다. 정전이었다. 두 시간 후 덜커덩거리며 출발했으나 정주역에서 한 시간 또 정차했다.

"평양―신의주 기차도 이 모양인가."

"기차도 밥을 먹어야 갈 게 아니요? 전기가 없으니 평양이든 평양 할애비든 재간 있나요?"

"세상이 어떻게 되려고 이러는지 원, 쯔쯔……. 왜정 때도 이보다는 나았을 거요."

맞은편 좌석에서 아이를 안고 있던 할아버지가 투덜거렸다. 아들 집에 간다는 할머니 옆에서 그가 계속 말했다.

"왜정 때는 경의선 기차가 연착이라고는 없었지."

"나가요, 영감. 가슴만 답답합네."

할머니가 가슴을 쓸어내리더니 일어났다. 할아버지도 일어나 나갔다.

"단동으로 들어가는 국제열차도 연착되는 판인데요, 뭐. 평양 기차라고 셈판 있겠나요."

책을 읽고 있던 대학생이 한마디 던졌다. 그 옆에 일행으로 보이는 대학생들이 보였다. 그들은 마주 앉은 채 의자에 다리를 뻗어 서로 올려놓고 기다렸다는 듯 농담을 주고받았다.

"폭, 칙칙폭폭 칙칙폭폭. 하하하. 차라리 옛날처럼 증기기관차도 좋지. 전기가 언제 풀리겠어?"

"맞어. 그런 기차 봤어, 옛날 영화에서. 제목이 뭐더라?"

"〈기관사의 아들〉."

"맞아! 〈기관사의 아들〉. 노을 비긴 철길 위에 젊은 기관사 ……."

그 옆의 대학생이 영화의 주제가를 노래하며 의자에 기댄 채 시선을 멀거니 저 멀리 던졌다. 구시대의 기차를 상상하는 듯했다. 배낭에서 인조고기를 꺼내 들고 간식 삼아 찢어먹던 한 아주머니가 신경이 곤두선 날카로운 목소리로 말했다.

"그 영화에서 나오는 기차처럼 석탄을 화로에 퍼 넣으면 기차가 달린다고? 전기기관차보다 빠르진 않겠지만 그래도 연착되는 꼴보다는 나을 수도 있겠네요."

"석탄은 있나요? 중국에 수출할 석탄은 있어도 기차를 움직일 석탄은 없을걸요. 지하자원이 다 중국에 넘어가는데……."

나이가 지숙한 안경 쓴 남자가 끼어들었다.

"하기는 강가 거마리까지 중국에 수출하는 판인데. 이 나라가 통째로 중국에 넘어가지 않는 게 신기하지. 지하자원 다 팔아먹고 나중에는 손가락 빨지도 모른단 말이오."

얼굴이 넓적한 남자가 말했다.

"차라리 디젤유 기관차를 운행하든지…… 특별열차는 디젤유 기관차로 운행하거든요."

그러자 호위국 차림의 군복 입은 남성이 그 말에 호응했다. 제대 군인이었다.

"그 말 맞아요. 특별열차는 1호 열차(김정은의 전용 열차)잖아요. 가다가 정전으로 멎으면 호위국이든 철도국이든 다 목 잘려요. 전기기관차로 운행하면서도 디젤유 기관차 견인기를 앞뒤에 달고 가거든요. 거차령 고개처럼 고바위 고개에 난 철도로 기차가 달리다가 기관차 견인기 마력이 떨어지면 비상으로 쓰는 거예요. 전기기관차보다 속도도 완전히 빠르죠."

"아, 그거 딱 소리 나겠네. 정전 걱정 없다는 소리 아니오. 차라리 나라 기관차를 디젤유 기관차로 바꾸고 말지, 안 그래요?"

몸집 좋은 체격에 볼살이 늘어진, 가방을 메고 있던 아낙네가 불평을 했다.

"아니 아줌마, 디젤유 기관차가 좋은 걸 누가 모르겠소? 연료가 없어 그렇지. 그 디젤유를 누가 댄단 말이오? 나라가 가난해서 방법 없어요, 없어."

안경쟁이 남자가 한심한 소리는 하지 말라는 듯 편잔을 주었다.

"디젤유만 있으면 기차를 운행할 수 있다고요?"

봄순이 안경쟁이 남자에게 넌지시 물었다. 안경쟁이 남자는 젊은 여자가 친구마냥 물어보는 것에 친근하게 대꾸했다.

"당연하지…… 디젤유만 있으면 되지 왜 안 되겠소? 디젤유 기관차가 있거든요."

갑자기 그가 부채를 손에 들고 마구 흔들었다. 그러더니 안경을 벗어 수건으로 닦으며 입을 헤 벌리고 능청스런 웃음으로 봄순을 보았다. 또 물어보라는 표정이었다.

'디젤유 기관차라고?'

봄순의 머릿속에서 뇌관이 터졌다. 그토록 고민하던 사업의 윤곽이 선명하게 떠오른 것이었다. 막혔던 생각이 밀물처럼 밀려오기 시작했다. 디젤유는 그녀에게 익숙한 용어였다. 주유소 흐름은 손금 보듯이 파악하고 있다.

'디젤유야 돈만 있으면 살 수 있지 않은가. 그렇다면 무엇부터 시작해야 하지? 기차를 움직이려면 디젤유 기관차가 있어야 한다는 말이 아닌가. 그러면 철도역장과 사업해야 하나?'

철도에 대해서는 아는 것이 없었다. 어디서부터 손을 대야 할지, 누구부터 만나야 할지 도무지 갈피가 잡히지 않았다.

눈을 감고 그녀가 고심하고 있을 때 가늘고 애처로운 어린 아이 목소리가 귓가에 들렸다.

"노래 불러 드릴게요. 좋아하는 노래 말해 보라요."

눈을 뜬 봄순은 고개를 돌렸다. 작은 남자애가 좌석 옆에서 그녀를 보고 있었다. 무릎까지 내려오는 헐렁한 옷을 입은, 겨우 다섯 살이 될까 말까 해 보이는 아이였다. 아이는 봄순과 눈이 마주치자 두 손을 가볍게 포개어 동냥하듯 그녀 앞에 내밀었다. 그 옆에 두 명의 남자애가 더 있었다. 꽃제비들이었다. 습관처럼 그들은 주위를 두리번거렸다. 겁을 먹은 눈빛이었다.

순간 봄순은 유산된 아이가 떠올랐다. 아, 그 애가 태어났더라면 딱 저 아이와 나이가 같았을 것이다. 떨리는 목소리로 봄순은 물었다.

"엄마가 없니?"

"있어요."

콧물을 훔치며 작은 남자애가 즉답했다.

"형이랑 나랑 역 앞에 세워놓고 변소 갔다 오겠다고 가서는 아직……"

엄마가 자식을 버렸다는 말이었다.

"아……."

봄순의 입에서 자기도 모르게 탄식이 나왔다. 어떻게 자식을? 그게 가능할까. 한창 배울 나이에 노래를 팔면서 살게 하다니. 언제 올지 모르는 엄마를 기다리는 아이라니……

"이제 엄마가 돈 많이 벌어서 꼭 올 거야. 엄마는 아들을 사랑하거든."

아이에게 희망을 주어야겠다는 생각으로 봄순은 애써 거짓말을 했다. 꽃제비를 동정하는 듯 말하고 있었으나 사실 그녀는 자신의 마음을 동정하고 있었다. 내 아이가 살아 있었다면 엄마를 위해 무슨 노래를 불러줄까.

갑자기 어머니 생각이 났다. 딸이 감옥에 갇힌 게 얼마나 억울했으면 그 원한이 뇌출혈이 되어 돌아가셨을까. 결혼 이후에도 어머니의 생일날에 봄순은 항상 〈우리 엄마 팔베개〉를 불렀었다.

'우리 엄마 팔베개는 잠자는 베개. 베고 자면 자장자장 꿈 많은 베개……'

눈물이 흘렀다. 모성애에 기반한 그녀의 죄책감은 영원히 아픔으로 남을 것 같았다. 어린아이의 눈가에도 눈물이 글썽글썽했다.

"좋아하는 노래가 뭐니? 불러 봐."

봄순이 애절하게 말했다.

까만 때가 얼굴에 얼룩져 있어도 헤벌쭉 웃는 게 귀여워 안아주고 싶었다. 남자애의 선창에 옆에 있던 형과 키가 큰 남자애가 함께 노래를 불렀다. 후렴 부분의 노래 곡조를 뽑는 앳된 목소리가 산울림처럼 기차에 울렸다.

눈 오는 이 아침 우리 장군님 그 어데 찾아 가시옵니까
찬 눈을 맞으며 가시는 길에 이 마음 따라 나섭니다
이 땅의 눈비를 우리가 다 맞으리니
장군님, 장군님 찬 눈길 걷지 마시라

수령을 찬양하는 노래였다. 배가 고파 방랑하는 아이들이, 부모가 자식을 길가에 버리는 사회적 책임의 원인을 제공한 나라의 영도자를 흠모하는 노래를 부르다니. 세상의 모순에 서글프게 웃으며 봄순은 그들에게 박수를 보냈다. 노래를 끝낸 꽃제비들이 넙적 엎드려 봄순에게 절하며 '장군님'을 삼창했다.

"장군님, 장군님, 장군님."

주변에서 박수를 치면서 폭소를 터트렸다.

봄순은 당황했다. 일어난 그들이 자그마한 두 손을 나란히 붙이고 정중히 내밀었다. 돌연 사람들의 눈길이 그 손으로 쏠렸다. 봄순은 선창한 꼬마에게 오천 원 지폐를 한 장 주었다.

옆에 앉았던 안경쟁이 남자도 천 원을 한 장, 그 옆에 아줌마는 오백 원짜리를 한 장 놓아주었다. 돈이 없는 노인은 중간에 먹으려고 배낭에 넣었던 밥 덩이를 꺼내어 주었다.

드디어 열차가 느리게 움직이기 시작했다. 봄순은 기차에 탄 사람들을 유심히 보았다. 보통 사람들과는 옷차림이 달랐다. 밝은 색상의 셔츠를 입고 짙은 색상의 코트를 걸친 여자들이 많았다. 남자들은 대부분 연회색 잠바에 반코트를 걸쳤다. 가슴에는 모두 쌍상을 달고 있었다. 쌍상 배지는 정부에서 당 간부들에게 선물한 배지다.

봄순은 새로운 것에 눈을 떴다. 평양─신의주행 기차는 일반 기차와 달랐다. 예전에 봄순은 라진─사리원행 기차를 타고 국경도시 온성에 간 적이 있다. 라진─사리원행 기차 승객들은 장사할 짐을 나르느라 옷차림이 대부분 어두웠다. 그런데 평양─신의주행 기차에는 권력층과 돈주 들이 주로 타고 있었다.

이런 사람들에게는 시간이 곧 돈이라는 사실을 봄순은 경험으로 잘 알고 있었다. 그렇다면 이들은 제시간에 도착하는 기차를 목마르게 기다릴 것이 아닌가.

하지만 나라의 동맥인 철도는 전기난으로 동맥경화에 걸려 있다. 동맥을 뚫어야 수송을 맡은 철도가 살아나 나라의 경제가 허리를 펼 수 있지 않겠는가. 그러나 전기가 문제였다. 전기를 생산하는 수력과 화력발전소는 설비가 낡아 생산되는 전기가 많지 않았다. 그리고 전기를 생산할 설비를 혁신할 자금도 나라에는 없다.

국영철도가 정상화되려면 경제를 완전히 개방하고 해외투자를 끌어들여야 하지만, 그것은 사회주의를 포기하는 것이기에 정부로서는 부담이었다. 그래서 국내에서 시장의 확장을 장려하고, 국영기업들이 개인 돈주를 끌어들여 나라의 경제를 살리도록 부추겼다. 사회주의도 지키고 국가 경제도 살리고 민심도 챙기려는 전략이었다.

심 봉사가 눈을 뜨듯, 봄순은 번쩍 눈이 뜨였다. '철도 마비'라는 커다란 구멍을 들여다보니 황금덩이가 쌓여 있었다. 그것도 평양—신의주행 기차라면 차원이 다르다. 평양은 수뇌부, 신의주는 중국과 마주한 최대 교역 도시다.

'음, 평양—신의주행 기차라.'

누구도 밟지 않은 하얀 눈길이 봄순의 눈앞에 펼쳐졌다. 철도야말로 미개척지였다. 별의별 장사가 세상을 휩쓸어도 기차만은 그 누구도 손을 대지 않고 있었다. 아니, 감히 못 대고 있는 것이다.

그녀는 철길을 달리는 '봄순의 기차'를 상상했다. 희열이 용솟음쳤다. 하지만 가능한 것일까에 대해 생각하지 않을 수 없었다. 왜 아직 누구도 기차에는 손을 대지 않았을까? 그만큼 높은 산을 넘어야 할 것이었다. 이유가 무엇인지 그녀는 몰랐다.

'복잡하게 생각하지 말자. 그러면 아무것도 할 수 없어.'

봄순은 물병을 꺼내 들고 걸탐스레 마셨다. 마치 결전을 각오한 모양새였다.

'누구나 손을 댈 수 있다면 돈벌이가 아니라 밥벌이에 불과한 거야.'

그녀는 입속으로 자기의 말들을 곱씹어보았다.

기차는 연착을 반복하며 신의주에 도착했다. 원래대로라면 두 시간이면 도착할 거리였다. 그러나 봄순이 탄 기차는 오십 시간 만에 신의주에 도착했다.

신의주는 자본주의 시장을 방불케 했다. 세관을 중심으로 거대한 물류와 수많은 사람이 거미줄처럼 복잡하고 정교하게 분초를 다투며 움직이고 있었다.

날이 밝으면 평북 번호를 단 수백 대의 트럭들이 세관 일대에 줄을 지어 섰다. 트럭들은 압록강 철교를 넘어 중국 단동으로 행진하는 부대마냥 열을 지어 나갔다. 그리고 오후 다섯 시면 세관을 거쳐 온갖 물품을 싣고 신의주로 들어왔다.

"여기로요! 여기로요! 이 차는 채하시장으로 가요."

누군가 소리를 지르자 트럭에 쌓여 있던 물품들은 물류창고에 내려지거나 전국 도매시장으로 유명한 채하시장으로 발동을 걸었다. 채하시장으로 들어가는 길가에는 중국산 물품들이 여기저기 산더미처럼 쌓여 있었다. 그 물품들을 가로타고 앉아서는 벙글벙글 웃으면서 차떼기로 넘겨주는 여인들이 옷자락을 휘날렸다.

시장 모퉁이에서 봄순은 잠깐 걸음을 멈췄다. 각이한 원단이 통구리로 쌓여 있는 곳에서 몸집이 좋은 여인이 계산기를 두드리고 있었다. 계산이 끝나면 빠르게 돈뭉치가 가방에 들어갔다. 이윽고 트럭에 원단이 실렸고, 그 차가 출발하자 여인은 손전화를 귀에 대고 소리를 질렀다.

"빨리 오라요. 트럭째로 원단을 받겠다지 않아요."

상대방이 제대로 대답하지 않는지, 여인이 급하게 어디론가 걸어갔다. 이내 그녀는 마라톤 선수처럼 보폭을 넓혀 냅다 뛰었다.

신의주는 순천과 사이즈가 달랐다. 사람들은 더 빠르게 움직이려고 콜택시를 부르거나 오토바이를 애인처럼 항상 옆에 끼고 이용했다. 그리고 물류를 움직이는 무역 간부들이나 사금융을 움직이는 큰손들, 이들과 연계된 상인들이 최종적으로 평양―신의주행 기차를 이용한다는 사실은 봄순에게 신선한 충격을 주었다.

"술 한잔할까?"

봄순은 스마트폰으로 어딘가에 전화를 걸었다. 한 달 전 새로 나온 평양 스마트폰은 구식 폴더폰보다 음질이 좋았다. 이제는 유선전화 시대가 옛말이 되었다.

"오늘이요?"

전화 너머에서 반기는 목소리가 들렸다.

"응, 지금 시간 가능해?"

"누이라면 언제든지요."

"응, 식당에서 봐. 먼저 가 있을게."

"네, 누이."

봄순은 대동강 근처의 외국인호텔로 향했다. 중식과 양식 식당이 그곳에 있었다.

"룸 있어요?"

봄순을 맞이하는 접대원에게 봄순이 물었다.

"네, 비용은 따로 계산됩니다."

"안내해주어요."

"몇 명인가요?"

"두 명이요."

접대원이 두 손으로 방향을 정히 가리키며 봄순을 안내했다. 그녀가 안내한 곳은 지하였다. 강아지 무리가 들판에서 놀고 있는 커다란 보석 풍경화가 무리등 불빛에 반짝였다. 칸칸이 들어선 방들 가운데 세 번째 방의 접이식 문이 스르르 열렸다.

"여깁니다."

연보라 들국화가 테이블 한가운데 놓여 있었고, 수저가 흰천 위에 세팅되어 있었다. 은은한 분위기가 마음에 들었다. 테이블 한쪽에 포개져 있는 메뉴판을 훑어보며 봄순이 말했다.

"낙지회는 맵게 해줘요. 신선로 전골하고……."

자그마한 거치대에 집게로 누른 종이들을 한 손에 받쳐든 접대원이 봄순이 주문하는 음식을 꼬물꼬물 볼펜으로 써내려 갔다.

"봉학맥주 있어요? 병맥주요."

"병맥주는 다 나가고 깡통 맥주만 있습니다."

"위스키는요? 영국산이요. 그런 거 좀 가져다 놓지…… 그럼 인삼 술로 주세요."

접대원이 다소곳이 인사하고 나갔다.

잠시 후, 동찬이 들어왔다. 반색하는 목소리가 룸 밖에 울렸다.

"누이, 얼마 만이에요?"

가르마를 타 빗어 넘긴 머리가 버드나무 잎 모양의 검은 눈썹과 조화를 이루어 성숙한 자태를 돋워주었다. 처음 본 날의 동찬의 모습, 앳된 얼굴의 더벅머리 총각은 이제 없었다. 동찬은 남루한 허울을 벗고 변신한 호랑나비가 되었다. 넓어진 어깨와 살이 오른 체격에 차려입은 옷맵시가 야성미에 한껏 매력을 더해줬다.

"오랜만이네. 근데 정말 멋있어졌는데? 멋진 남자가 됐어."

동찬의 어깨를 그녀가 툭 치며 칭찬해주었다. 그의 작은 눈이 반짝거렸다. 멋진 남자라고? 동찬은 약간 삐드러진 하얀 앞니를 잇몸이 보이도록 한껏 드러내며 벙글벙글 웃었다.

"원래 잘생겼죠, 뭐. 바보 온달이 멋있는 남자가 될 줄 누가 알았겠어요."

동찬의 거침없는 농담을 들은 봄순은 웃으며 앉으라고 손짓했다.

"그동안 어떻게 지냈어?"

"화폐교환 때문에 정신이 없었어요."

"그럼 그 돈이 휴지장 되었니?"

상반신을 내밀며 그녀가 물었다.

"아니요. 그게……."

아파트 공사가 끝나고 살림집을 분양한 후 봄순은 공사 책임자인 동찬의 임금을 높게 계산했다. 그리고 무엇보다 감옥에서 자기를 진심으로 도와준 그 마음을 새겼다. 지금도 감옥 면회소에서 꼬깃꼬깃 구겨진 돈을 그녀의 신발에 넣어주던 모습을 떠올리면 뭐라 할 수 없는 뜨거움이 마음에 북받쳤다. 그렇게 만 달러를 동찬에게 주었으나 석 달 후, 화폐교환 사건이 터졌다.

봄순도, 동찬도 정신이 없었다. 봄순이 달러를 감추고 들키지 않으려고 노심초사했다면, 동찬의 경우는 달랐다. 그는 봄순에게 받은 만 달러 중에서 오천 달러를 밑천으로 낙지 장사에 뛰어들었다. 청진에서 들어오는 마른낙지를 수 톤 사들였다 되넘기는 장사였다.

11월 30일 아침, 차편으로 들어온 낙지를 통째로 넘겨받은 것으로 그쳤다면 얼마나 다행이었을까. 하지만 동찬은 낙지를 싣고 온 차량을 순천시장으로 끌고 갔다. 그곳에서 낙지를 도매하는 물주 세 명에게 낙지를 되넘기며 조선 돈을 받았다. 그로부터 정확히 한 시간 후, 화폐교환 정책이 선포되었다.

'1인당 교환 한도가 십만 원이라니…… 안 돼.'

동찬에게는 천오백만 원의 현금이 있었다. 급히 농촌으로 이동해 가난한 농민들을 수십 명 모집한 동찬은 구 화폐 십만 원을 그들에게 주면서 새 화폐로 바꿔 오면 십 퍼센트의 수수료를 주기로 약속했다. 그래도 절반의 구 화폐가 남아 있었다. 그는 고향, 평북 염주로 급히 달려갔다. 친척과 그의 친구, 친구의 친구들을 동원해 최대한 빨리 구 화폐를 새 화폐로 바꾸도록 나누어주었다.

그렇게 겨우 대책을 세웠으나 새 화폐를 다시 거두어들이는 것도 속이 썩는 일이었다. 새 화폐를 받아든 사람들은 스

스로 동찬에게 그 돈을 주려고 하지 않았다. 화폐교환에 동원
했던 사람들의 집 주소를 수첩에 적어놓고 집집마다 찾아가
그 돈을 받아내는 데 오 개월이 걸렸다. 그러면서 동찬은 원
래 해왔던, 못 받은 돈을 받아내는 직업의 요령을 완전히 터
득했고 깡도 함께 키워냈다.

"전 이젠 그 일이 완전 자리를 잡았어요."

거칠고 완력 있는 동찬은 이제 지역시장 영역을 주무르는
거두가 되었다. 그의 밑에 여러 명의 주먹꾼, 즉 특수훈련을
받은 제대 군인들도 고용되어 있었다.

"무슨 일이 있어요?"

동찬은 봄순의 얼굴에 언뜻 비쳤다가 사라지는 수심을 눈
치챘다. 그녀의 눈빛에 진지함이 깊게 배어 있을 때면 봄순이
필경 무슨 일을 계획하고 있다는 것을 동찬은 알고 있었다.

"누이, 무슨 일을 계획하고 있죠?"

예민한 감으로 동찬은 다시 그녀에게 물었다.

"음식 나왔습니다."

접대원이 들어와 낙지회를 먼저 테이블에 놓았다. 이어서
신선로 위에 돼지고기와 버섯, 두부, 쑥갓 등을 담은 전골냄
비가 놓였다.

"서비스입니다."

피자 조각이 올려진 접시가 놓였다. 마지막으로 커다란 인

삼이 투명하게 보이는 각진 술병이 테이블에 올랐다.

봄순은 술병을 손에 쥐고 마개를 열었다. 두 개의 술잔에 인삼 향이 넘치는 술이 가득 차올랐다.

"일단 술 한잔 마시자."

그녀가 동찬의 술잔에 가볍게 건배했다. 그들은 술잔을 비웠다. 조용하게 들리는 노랫소리에 술맛이 좋았다. 하지만 여전히 동찬은 그녀의 대답을 기다리고 있는 듯 의구심 가득한 눈빛을 던지고 있었다. 동찬이 다시 봄순의 술잔에 술을 가득 부었다. 그 술을 한 모금 들이마신 봄순이 낙지회를 집으며 서두를 뗐다.

"너하고 논의할 게 있어."

"무슨 일인데요?"

봄순은 자신의 계획을 털어놓았다. 왜 하필 이 문제를 자기가 고용했던 일공과 토론하고 싶어졌는지는 봄순도 알지 못했다. 분명한 것은 그녀가 알고 있는 남자들과 동찬은 다르다는 점이다. 지금도 미련을 버리지 못하고 있는 우진과 비교해도 너무나 판이했다. 우진은 감성이 풍부하고, 도덕의식이 강하고, 인격을 중시하는 내성적인 남자다. 그래서 봄순은 우진 앞에서는 할 말과 하지 말아야 할 말을 구분하고, 고상하고 도덕적인 여자가 되려고 노력했다.

반대로 동찬은 직설적인 말투에 감성적이라기보다는 거칠

고 외향적인 남자라는 인상이 강하다. 특히 실리를 위해서는 도덕적인 부분에 구애받지 않는다. 그래서 동찬 앞에서는 어떤 말을 하더라도 부담이 없었다. 화가 치밀면 품격 따위 신경 쓰지 않고 마음껏 소리칠 수 있었고, 그것이 전혀 도덕적 가책으로 느껴지지 않았다. 오히려 동찬은 그녀의 막말을 흔쾌히 받아주고 이해해, 법이나 도덕에 얽매이지 않고 자신의 목표를 끝까지 밀고 나가는 봄순에게 더없는 안식처가 되어주었다.

"기차에 손을 대야겠어. 내가 직접 기차를 운행하려는데, 네 생각은 어때?"

"기차요?"

"응, 디젤유 기관차를 임대해 기차를 운영해 볼 생각이야."

"벌이 기차를 운영하겠다는 말이네요."

"벌이 기차, 맞어. 아직 누가 손을 대지 않은 사업이라서 두렵기는 해. 국가철도에 뛰어든다는 게……."

"두려운 게 아니라 묻혀 있는 노다지를 남에게 뺏길까 봐 조바심이 나서 그럴 거예요."

"조바심이라고?"

"그럼요. 그렇지 않다면 누이가 이렇게 급하게 서두를 필요가 없을 게 아니에요?"

"그렇긴 하지만……."

믿지 않은 시선으로 동찬을 흘겨보며 그녀가 수긍했다.

"너는 뭐든 직설적으로 명확하게 판단하는 게 맘에 들어. 맞어. 기차를 운영해야겠다고 마음을 먹으니 어디서부터 시작해야 할지 솔직히 조급하긴 해."

시시각각 변화하는 혼란스러운 시대에 남자들도 못하는 사업에 손을 대 성공한다면, 그것이 사회적으로 모욕을 들을지 아니면 존경을 받을지 봄순은 알지 못했다. 그리고 그러면 우진이 좋아하던 고상한 여자는 사라지지 않을지, 지금도 갖고 싶은 사랑을 잃지는 않을지 두려운, 바보 같은 미련도 그녀가 우려하는 것 중 하나였다. 애수에 잠긴 그녀의 표정이 흐릿해졌다. 어째서 자신은 주위에 사람들이 많아도 외로움에 흔들리는지 이해되지 않았다.

입술은 웃고 있지만 먼 곳에 있는 연못을 보듯이 초점을 잃은 눈초리. 그것이 외로운 여자에게 흔히 보이는 표정임을 동찬은 알고 있었다. 그래서 그는 봄순을 위로하듯이, 혹은 화가 난 듯이 진심이 담긴 말을 쏟아버렸다.

"누이, 사업에 성공하려면 잡을 수 없는 사랑이나 감정은 버려야 해요. 성공한 여자들은 외로울 거예요. 왜요? 이 시대가 요구하는 법이나 규정을 어기거나 그것에 도전해야 성공할 수 있으니까요. 그것이 너무도 강한 이미지로 보여서 남자들이 접근하지 못하니까 늘 혼자일 수밖에 없어요. 남편하고 살아도 외로운 건 같아요. 돈주 여성들이 외로워하는 것도 그런 이치예요. 누이도 마찬가지죠. 말이 통하는 여자가 없으니 장사치들 말고는 여자들조차도 누이를 탐탁지 않아 하겠죠. 그렇다고 지금도 누이가 잊지 못하고 사랑하는 그 남자가 누이를 사랑할까요? 현모양처 같은 여자를 사랑할지는 몰라도 도전성이 강한 사업가 여성을 사랑할 담력은 없을걸요. 그래서 누이를 피하고 숨어 다니죠."

봄순의 흡뜬 눈이 동찬을 보았다. 그의 말이 그녀의 아픈 곳을 깊숙이 찌른 것이다. 봄순은 술잔을 기울이며 고개를 끄덕이다 이내 억지로 웃었다. 동찬의 말대로, 지금은 그런 것에 에너지를 소비할 여유가 없었다. 봄순은 다시 본론으로 돌아갔다.

"아무튼 기차를 내 것으로 만들고 말 거야."

"……제가 무엇을 도와드리면 좋을까요?"

동찬이 끓고 있는 전골을 그릇에 담아 봄순에게 주었다.

"무엇부터 시작해야 할지 잘 모르겠지만…… 우선 디젤유 기관차를 임대하려면 어떻게 해야 하는지 알아야겠어. 그것을 잘 아는 철도기관 간부를 만나야 할 것 같아. 다만 아직 생각뿐이고, 그래서 고민 중이야."

"아, 철도 간부라면 내가 한번 만나보고 물어볼게요."

동찬은 그가 하는 일, 그러니까 그의 직업이 되어버린 돈을 받아주는 일을 하다 보니 돈주들과의 인맥이 꽤 넓은 편이었다. 돈주 중에는 간부 아내들이 많았다. 그들은 사기를 당하거나 큰돈을 잃으면 언제든 동찬을 찾았으나, 동찬의 도움으로 자신의 고민을 해결한다는 사실은 창피하게 생각했다. 간부의 아내라는 품격이 손상되기 때문이었다. 그렇지만 무슨 일이든 교양있게 처신해야 한다는 간부 아내의 품위를 지켜야 할수록, 법 따위에 침을 뱉어버리는 주먹꾼이 필요했다. 불법이나 비법적으로 해야 할 일들이 많기 때문이었다. 그래서 간부 아내들은 동찬과 적당하게 거리를 두면서도 동찬이 자신을 멀리할까 걱정도 했다.

그중 철도역장의 아내가 있었다. 화물을 취급하는 대건역 역장의 아내. 역장의 아내와 인연이 닿은 것은 돈 때문이 아니었다. 역장에게는 석탄공업대학에서 공부하는 이십대 아들이 있다. 평성역과 멀지 않은 곳에 대학이 있어 역 앞 장마당에는 대학생들이 술이나 음식을 사려고 자주 왔다.

어느 날, 역장의 아들은 역 앞 장마당에서 술과 두부밥을 사들고 기숙사로 들어가는 길에 젊은 남자들과 마주쳤다. 차림새가 말끔한 역장 아들의 주머니를 털려는 패거리였다.

"좋게 말할 때 돈을 내놔."

패거리들이 그의 주머니를 뒤지기 시작했다. 현금은 없었다. 그러자 그들은 팬티만 두고 옷을 전부 벗겼다. 역장의 아들은 반항하였으나 얼굴이 터지도록 얻어맞기만 했다. 피멍이 든 얼굴로 집으로 돌아온 아들의 모습에 역장의 아내는 분을 참지 못했다. 아들을 폭행한 패거리들을 찾아내 이 수모를 갚고 싶었다. 그래서 그녀는 동찬을 찾아가 부탁했으며, 동찬은 이 일을 손쉽게 처리했다. 오리동 골목에서 패치고 돌아가던 청년들이 동찬이 보낸 남자들의 주먹에 몇 달간 운신을 못하고 있다는 얘기가 들려왔다. 그 빚이 그대로 남아 있었다.

다음 날, 동찬은 역장의 집으로 갔다. 콘크리트 모르타르를 곱게 뿌려 놓은 울타리 한가운데 우개를 씌워 놓은 철문이 보였다. 손잡이를 당겼으나 잠겨 있었다.

철문을 두드리자 문에 매달린 작은 종이 흔들렸다. 달랑달랑 종소리에 안에서 누군가 문을 열었다.

"잘 있었어요?"

"아니, 삼촌…… 무슨 일로 갑자기 왔어요?"

동찬을 알아본 역장의 아내는 반색하는 것도 잠깐, 얼굴이 놀라 굳어졌다. 불안한 표정이었다. 남들이 본다면 좋은 일은 아니었다. 동찬은 눈치껏 열린 대문으로 냉큼 들어갔다.

"역장을 만날 수 있을까요."

"남편을요?"

"네, 오늘 주말이어서 집에 계실 것 같아서요."

"주말이 어디 있어요? 사무실에 나갔는데……."

말을 하다 말고 역장의 아내가 되물었다.

"빵통이 필요해서요?"

지레짐작해 묻는 그녀의 질문에 동찬은 어이가 없어 씩 하고 웃었다. 기차 화통을 임대해달라고 상인들이 얼마나 찾아왔으면 그럴까. 화통 임대는 불법이기에, 화통이 필요한 장사꾼들은 뇌물을 들고 역장의 집으로 찾아가곤 했다.

"그런 거 아니에요. 혹시 역장에게 연락해줄 수 있나요? 그래요. 제가 사무실에서 만날 수 있도록 전화 한 통 해줘요."

역장의 아내는 그를 바라보았다. 아들을 살려준 그의 요구를 거절할 수 없기도 했지만, 그녀의 마음은 엉뚱한 부분에서 움직이고 있었다. 주먹꾼인 동찬에게 이렇게 애원하는 눈빛이 있는 것에 쾌감 비슷한 감정이 솟았다. 그녀는 즉시 남편에게 전화했다.

동찬은 지름길을 따라 뛰다시피 걸어가 역장 사무실에 도착했다. 역장 사무실은 역사 2층에 자리 잡고 있었다. 가쁜 숨을 몰아쉬며 문을 두드렸으나 응답이 없었다. 외출 중이라는 문패가 보였다. 기다려야 했다.

기다리는 동안 동찬은 역장과 만나면 어떻게 말을 해야 할지 고민했다. 국가기관 간부와 공식적으로 만나는 것은 처음이었다. 지역시장은 자기 마당이어서 어딜 가나 말발이 살아났으나, 딱딱한 규정을 따라야 하는 공기관 간부와 마주 서는 것은 서툴었다. 그는 오직 봄순을 돕겠다는 마음으로 물불을 가리지 않고 뛰어든 것이었다.

그때, 복도 한끝에 문이 열린 곳에서 볼멘소리가 터져 나왔다. 여인의 목소리였다. 지루하던 찰나 동찬은 그쪽으로 슬금슬금 다가갔다. 화물지도원 방이었다.

"아니, 나 참, 신경질나게스리. 빵통 준 거예요, 아니면 소달구지 준 거예요? 사람 우습게 보지 말라요. 전쟁판에 쓰던 빵통도 저 빵통보다는 낡지 않았을 거예요. 정광(광석)을 실으면 말을 안 한단 말이에요. 시멘트를 실어야 하는데 구멍이 뚫린 빵통을 주면 가는 도중 다 새고 뭐가 남겠어요?"

"아주머니, 낸들 그러고 싶어서 그러는 줄 알아요? 새 빵통은 국가수송계획에 다 물렸어요. 그것도 겨우 뽑아준 건데 ……."

"무슨 말라빠진 국가 계획이에요?"

여인이 악을 쓰며 되받아쳤다.

"풀칠이 약하면 약하다고 속 시원히 말해요. 대사 망치게 하지 말고. 거시기 달구 쩨쩨하게 이랬다저랬다……."

여인이 남성의 그것까지 모욕하면서 투덜거렸으나 화물지도원은 들은 척도 안 했다.

"새우들은 모르니까 윗대가리 보고 말해요."

오히려 새 화통을 받으려면 철도역 사령장을 찾아가라며 빈정댔다. 사실 이 여인은 이미 삼백 달러를 사령장에게 뇌물로 바치고 화통 한 대를 받기로 했었다. 그런데 낡은 화통이 배당되자 화가 오른 것이었다. 하지만 화물지도원은 자기는 일 달러도 받은 게 없으니 싫으면 그만두라는 식이었다. 그는 긴 다리를 건들거리며 책상 위에 올려놓고 여인의 속을 박박 긁었다.

　"대가리는 무슨 윗대가리? 여기서 배정하는 거 다 알거든요. 뻐다구(고집) 쓰지 말라요."

　열불 난 여인이 목소리를 더욱 높였다.

　"아 글쎄, 지금 없다니까. 이 아줌마래 왜 날 보고 큰소리야? 며칠 기다리든지, 그럼."

　"통일될 때까지 기다려요? 세월아 네월아 하구요? 빨리 새 빵통으로 바꿔줘요."

　여인이 백 달러짜리 한 장을 화물지도원의 다리가 올려져 있는 책상에 놓았다. 남자가 히죽 웃더니 건들거리던 두 다리를 내렸다. 그는 군수공장에 배정했던 새 화통을 돌려준다며 화통 번호를 여인에게 말했다. 이윽고 사십대 여인이 바람을 일으키며 방에서 나오더니 동찬의 앞을 쌩 하고 지나갔다.

　마치 영화를 보는 것 같았다. 철도 간부들이 여객열차보다 화물열차로 배치되려 한다더니 일리가 있었다. 여객열차는 열차 암표를 팔거나 장사 짐을 날라주며 내화 몇 푼 버는 것이 전부지만, 화물열차는 국가계획으로 기업소와 기관에 화차를 배정하며 달러 뇌물을 보란 듯이 챙길 수 있었다. 수요는 많고 공급할 화통은 없어서 가능한 일이었다. 철도역 사령실에서 화통을 여기 달아라 저기 달아라 하는 것들이 모두 달러로 계산되는 화통 편성이었다.

'이 나라는 불법 천국이야. 합법적으로 무언가를 하려고 하는 것이 이상한 거지. 움직이는 모든 것이 불법이야.'

복도 창문으로 머리를 내밀고 담배를 피우던 동찬은 피식 웃었다. 유리창에 비친 자신의 얼굴을 보고 '이게 내가 맞나?' 눈여겨보기도 했다. 그때 누군가 지나가는 모습이 창에 비쳤다. 동찬은 급히 고개를 돌렸다. 다부진 남자가 역장실로 들어갔다.

'역장이구나!'

동찬은 급히 그의 뒤를 쫓아가 최대한 정중한 태도로 역장실로 들어가 인사를 했다. 역장은 아내의 전화를 받아 그가 아들을 도와준 남자임을 알고 있었다.

"기관차를 임대한다고?"

"네, 역장 동지. 디젤유 기관차를 임대해서 기차를 운영하려고 하는데 어떨지 해서요."

"허허…… 살다 처음 듣는 소리군요."

역장은 세상 물정 모르는 철부지를 바라보듯 동찬을 보았다. 동찬은 당황했다. 자기가 용무를 말하면 역장이 알아서 철도국 간부를 소개해준다거나, 아니면 어떻게 해야 할지 말해주리라 믿었다. 칼처럼 자르는 이런 말은 뜻밖이었다. 그래서 그는 다음 말을 어떻게 조리 있게 해야 할지 생각이 나지 않았다. 이미 무작정 기관차를 임대한다느니, 기차를 운영한다느니 딱딱한 말투로 서두를 떼버렸고 이를 역장이 허허 웃어넘겼으니, 동찬은 얼굴이 벌겋게 달아올랐다.

"여객열차를 디젤유 기관차로 운영해보겠다, 이 말이죠?"

"네…… 네…… 맞습니다."

"여기는 화물역이에요."

"압니다. 그래서…… 저, 그래서…… 그…… 기관차를 임대해줄 수 있는 간부를 좀 소개받을 수 없는지 해서 왔습니다."

"철도를 모르는군……. 기관차는 역장이나 사령이 손을 대지 못해요. 개인이 시멘트를 운송하거나 정광을 수출하려면 빵통이 필요하잖아요. 빵통을 개인에게 임대해주는 것도 불법이지만, 국가에서 철도역에 자재와 자금을 대주지 못하니 암묵적으로 허용하는 거죠. 그런데 디젤유 기관차? 그런 거 꿈도 꾸지 말아요."

알아들으라는 듯 역장은 손으로 무언가를 내리치는 흉내를 내며 잘라 말했다. 정중하게 포개져 있던 동찬의 두 손이 어느새 풀어졌다. 안 된다는 역장의 설명을 알아들은 그는 손을 주머니에 깊숙이 찌르고 역장을 쏘아보았다. 하지만 그와 더 마주해봤자 소용이 없었다.

동찬은 역장실에서 나왔다. 포기할 수 없었다. 동찬은 자기가 알고 있는 돈주들 중에서 철도 간부와 인맥이 있는 사람을 찾아다녔다. 그의 첫마디는 간단했다.

"혹시 철도국 간부 중에 아시는 분 있으면 소개해줄 수 있나요?"

"철도국이라면 모르지요."

대부분 철도국이 생소한 듯 도리머리하면서 처음부터 그의 말을 듣지 않으려는 눈치였다. 주먹꾼인 그가 철도국 간부를 만나려 하는 것에 겁이 난 것이다.

우직한 동찬은 계속 돌아다녔다. 거의 열흘 동안 오토바이 타이어가 펑크 나도록 순천에서 개천으로, 개천에서 정주로 백 리 이상을 매일 달리고 또 달렸다. 하지만 어딜 가도 시원한 해결책은 없었다. 애매한 대답만 되돌아왔다.

함박눈이 내리던 어느 날, 동찬은 다시 개천으로 갔다. 그곳에서 십 년 전에 알고 지냈던 파동 장사꾼을 만났다. 그녀에게 기대를 하진 않았다. 하지만 철도 마을에서 살고 있으므로 무엇이든 알지 않을까 싶었다. 한때는 파동을 밀수하며 잘 살았으나 밀선이 단속되어 쫄딱 망하고 거간을 하면서 산다는 소문이 문득 기억났다. 그러나 동찬은 지금 지푸라기라도 잡는 심정이었으므로, 어떤 말이든 듣고 싶었다.

"아이고야, 이게 동찬 아니야. 몇 년 만이니?"

"기관차를 임대하는 방법이 있을까요? 그…… 있잖아요, 빵통을 임대하는 것처럼 말이에요."

동찬은 여전히 단조롭고 성급하게 말했다.

"차근차근 말해. 어디 가서 그렇게 콩밭에 서슬치는 식으로 무섭게 말하면 정신 나간 사람 취급 받아. 기관차를 임대하다니, 그런 생각조차 하는 사람 없지만…… 그래도 무슨 계획이 있을 거 아니야?"

"그게……."

입을 열던 동찬은 봄순의 계획이 알려질 것 같아 재빨리 입을 다물고 단답으로 물었다.

"아무튼 기관차를 임대하려면 어디 가야 할까요?"

"맨입에?"

그녀가 앵돌아서 말했다.

"정말 아는가요?"

동찬이 바싹 붙어섰다.

"그거 잘 아는 사람 소개해줄게."

그녀가 오른손을 뒤집어 동찬 앞에 내밀었다. 소개비를 내라는 의미였다. 노골적이었다.

"백날 고생해 봐, 중개자를 만나면 단박에 알 것을 말이야. 철도 물정은 내가 좀 알잖아. 어느 바보가 내가 임대해주겠소, 하고 국가철도에서 장사를 할까."

"아…… 그러니 아줌마가……?"

"이제야 느낌이 오나 보네."

여인이 큰 소리로 웃었다. 철도 마을 토박이인 그녀는 소문대로 은밀히 간부들과 상인들을 연계해주면서 수익을 챙기고 있었다. 화통을 임대하려는 상인들을 철도 사령장이나 수송처장에게, 혹은 간부의 아내에게 알선해주면서 수수료를 받는 것이었다.

동찬은 주머니에서 돈을 꺼내 그녀에게 내밀었다.

"기관차 임대는 철도역장이 아니라 철도국 승인을 받아야 해. 빵통과 다르거든. 철도국 간부를 직접 뚫든지 아니면 철도 검찰소를 끼면 더 빠를 거야."

"철도국 간부요? 평양―신의주행 열차는 어느 철도국 소속이에요?"

"평양―신의주행 열차를 어떻게 해보려고?"

"그런 거 아니에요!"

지쳐버린 동찬은 자기도 모르게 짜증을 내버렸다.

"기관차 견인기 임대하려면 평양 철도국에 가야 할까요?"

하지만 제대로 된 정보를 조금 더 정확히 알아야 했다.

"뭘 임대한다고? 평의선은 대부분 평남이나 평북에 있으니까 개천 철도국이 운영하거든. 개천 철도국에 가야 되지. 근데 견인기를 임대해 뭐 하려고? 철도국 간부 소개해줄까?"

"됐어요."

다시 안 볼 사람처럼 동찬은 돌아섰다.

저녁이 되면서 찬바람이 불었다. 바람을 거스르며 동찬은 다시 오토바이를 타고 달렸다. 바람도 세찼지만 도로가 온통 빙판이어서 온몸에 힘을 주고 운전해야 했다. 오토바이 속도가 점점 느려졌다.

밤 열 시가 넘어서야 동찬은 순천에 도착했다. 체신소 아파트 주변에 들어선 그는 곧바로 봄순의 집으로 들어갔다. 새로 크게 지은 단층주택이었다. 동찬의 얼굴은 동상이 온 것처럼 푸르딩딩했고, 머리에는 백발노인처럼 눈이 수북이 쌓여 있었다.

"동찬아, 어디까지 갔었길래 이렇게……."

그의 모습에 봄순은 몸이 굳었다.

"누이, 별로 뾰족한 방법은 찾아내지 못했어요. 평의선 철도가 개천 철도국 산하라는 것 밖에요……. 그래도 개천 철도국 간부만 연결되면 방법이 나올 것 같아요."

봄순은 두 손으로 동찬의 얼굴을 감싸주었다. 따뜻한 봄순의 손길에 동찬의 표정이 굳었다. 처음이었다. 그녀의 온기를 피부로 직접 느끼는 것은. 하루 종일 찬바람을 맞으며 눈길을 달려도 떨지 않았던 그의 몸이 떨리기 시작했다.

"밥은 먹고 다녔니?"

봄순은 동찬의 손을 끌고 방으로 들어갔다. 따뜻한 아랫목에 그가 앉자마자 잠들었던 남순이 부스스 일어났다.

다음 날, 봄순은 이모네 집에 찾아갔다. 순천 철도국에서 이십 년간 일해 온 이모부라면 개천 철도국 간부와 인맥이 있을 것 같았다. 봄순은 거두절미하고 이모부에게 단도직입적으로 말했다.

"개천 철도국 간부를 좀 소개해줘요. 부탁이에요."

간절한 봄순의 부탁에 봄순의 이모부는 놀랐다. 그리고 견인기를 임대해 기차를 운영하려 한다는 조카의 말을 듣자 좀 전보다 더 놀랐다.

"네가 기차를 운영하겠다고?"

"제가 언제 한번 되지도 않을 일에 손을 댄 적 있나요. 기관차를 임대해 기차를 운영하는 것도 타당성이 있어요. 디젤유로 기차를 정시로 운행한다면 이모부는 그 기차를 이용하지 않겠나요? 가격이 비싸도 시간이 곧 돈이라고 생각하는 사람이라면 누구라도 그 기차를 타겠다고 할 거예요."

듣고 보니 무리수는 아니었다.

"아예 승산이 없는 거 같지는 않다만…… 간부들이 선뜻 기차를 임대하겠다고 할지는 잘 모르겠구나."

"그래서 이모부를 찾아온 거잖아요. 일단 만나서 제 의견을 전달이라도 할 수 있게 누구라도 좀 소개해줘요."

봄순의 이모부는 큰 간부는 아니지만 원산경제대학 졸업생이어서 행정 간부들과 학연이 있었다. 봄순에게서 눈길을 떼지 않던 그가 결심한 듯 말했다.

"이런 일은 개천 철도국 국장을 만나야 하는데……. 그런데 그 국장은 최고인민회의 대의원이어서 시장과 연계된 일에는 몸을 사릴 거야. 차라리 행정 부국장을 찾아가야 해."

"행정 부국장이요?"

"개천 철도국에 철도 운영 지도국이 있어. 지도국에 부국장이 세 명이거든. 후방 부국장, 기술 부국장, 행정 부국장 이렇게 말이야. 기술 부국장이 기관차 견인기를 다루지만 행정 부국장이 똑똑하니 실세인 행정 부국장을 만나야 해. 원산경제대학 졸업생이거든. 그게 중요한 건 아닌데, 이런 사업은 실세와 토의해야 해. 전화로 연결해놓을 테니 만나봐."

봄순은 벌떡 일어났다. 밥을 먹고 가라는 이모부의 말에도 잠깐 고개 돌려 인사할 뿐이었다.

언제나 그랬듯이 봄순은 목표가 보이면 주저하지 않았다. 그녀는 손전화로 콜택시를 불렀다. 이내 택시가 그녀 앞에 도착했다. 차 유리창을 반쯤 내리고 운전대를 잡고 있던 택시기사가 물었다.

"어디로 갈까요?"

"개천이요."

그녀가 택시에 오르며 다시 말했다.

"개천 철도국 청사 앞에서 내려주세요."

택시기사가 스마트폰 앱에서 내비게이션을 터치하더니 개천 철도국 청사를 검색했다. 사십 킬로미터 남짓한 교통상황이 내비게이션에 파란 줄로 나타났다. 택시가 시속 백 킬로미터로 달리기 시작했다. 한 시간 정도 달리자 개천 철도국 청사가 보였다. 봄순은 택시기사에게 십 달러를 내고 택시에서 내렸다.

청사 접수과에서 용무를 물었다. 행정 부국장과 면담이 있다는 봄순의 말에 접수과 직원이 전화기를 들었다. 아마 확인하려는 듯했다.

"올라가세요."

전화기를 놓으며 접수과 직원이 말했다.

봄순은 곧바로 4층으로 올라갔다. 그리고 뜸 들이지 않고 자기가 찾아온 이유를 간단히 말했다.

"디젤유로 열차를 운영하면 어떨지 합니다."

"동무가 기차를 운영하겠다고?"

부국장의 목소리가 쌀쌀맞았다. 봄순은 차분한 목소리로 억양을 낮췄다.

"네. 디젤유 기관차 견인기만 해결되면 제가 연료를 대고 기차를 운영할 생각이에요. 기차표 가격은 달러로 정하고요. 기차를 이용할 사람들은 많거든요."

말도 안 된다고 생각했는지, 가능성이 없다고 생각했는지 부국장의 표정이 심드렁했다. 물끄러미 그녀를 바라보던 시선도 책상 아래로 무심하게 내렸다. 기차를 개인이 운영한 사례는 없었다.

"실수익금의 삼십 퍼센트를 철도국에 바치겠습니다. 달러로요."

"견인기와 기차를 임대해주면 달러로 수익금을 바치겠다는 말이에요?"

"네, 그렇습니다. 기차표 가격을 달러로 정하고, 매달 기차를 운행하며 벌어들인 수익금의 삼십 퍼센트를 개천 철도국에 달러로 바치겠다는 말입니다."

"기차표 가격은요?"

"오십 달러입니다."

"누가 오십 달러나 되는 기차표를 사겠나. 간부 월급의 백 배가 넘는 가격이란 말일세."

나이 많은 부국장이 성급한 어조로 말소리를 높였다. 봄순은 침착하게, 그러나 어조는 다소 높게, 그럼에도 부국장이 이해할 수 있도록 천천히 설명을 했다.

"제가 이미 시장 조사를 해 봤습니다. 오십 달러로 기차를 정시로 운행하면 어떤가 말입니다. 환영하는 사람들이 생각보다 많거든요. 다른 열차라면 몰라도 평의선 기차는 무역회사 간부들이나 돈주들이 고객입니다. 지금 국제열차도 정전으로 연착되는 판이잖아요. 디젤유 기관차로 선코를 떼서 평양─신의주행 기차를 운행하면 그 기차를 이용할 손님들이 떼로 옵니다. 왜냐면요, 국경이나 평양으로 오가는 고객들에게 오십 달러는 껌값이거든요. 그들에게 중요한 건 시간입니다. 오십 달러짜리 기차를 이용해 시간을 얻으면 사업에서 큰 이윤을 얻으니까요. 정시로 운행하는 급행열차야말로 그들의 갈증을 채울 수 있는 오아시스예요."

진지하게 말하는 그녀의 이마에 땀방울이 맺혔다. 난방이 들어오지 않아 사무실이 추운데도 봄순의 몸은 달아올랐다. 부국장의 얼굴에도 혈기가 돌았다. 손등으로 턱을 괸 그의 두 눈이 봄순을 직시했다. 이제야 그녀의 제의를 신중히 듣는 것이었다.

뜬금없는 소리는 아닌 것 같았다. 행정에 밝은 그의 머릿속에는 전광판 광고처럼 저절로 들어오는 수익금이 어른거렸다. 대충 계산해도 대박이었다.

'여객열차를 보면 한 량에 130석이니까 한 좌석마다 오십 달러를 받는다면…… 100석이면 오천, 거기에 30석을 더하면 천오백 달러…… 막 잡아도 육천 달러? 그렇다면, 가만있어 보자…….'

그는 태연한 척하면서도 계산을 하느라 눈을 거의 깜박이지 않고 있었다.

'일곱 대나 여덟 대 여객차량으로 운행한다 해도 최소 오만 달러가 넘지 않는가. 그 수익의 삼십 퍼센트를 철도국에 바친다면 만 달러는 넘는다. 만 달러면…….'

용수철이 튕겨 나오듯 부국장이 갑자기 의자에서 일어났다. 최소 만 달러가 철도국에 매달 들어온다면 이것은 결코 무시할 수 없는 자금이었다. 그 돈이면 철도운영자금으로도, 철도국 비축자금으로도 횡재가 아닌가.

"견인기를 해결해주면 매달 실제로 수익금을 달러로 바칠 수 있단 말이지요?"

"네. 믿어보십시오."

중앙에서는 철도국 회의 때마다 자력갱생하라며 간부들을 조진다. 하지만 철도국이 가진 건 낡은 철도와 열차뿐이다. 전기 공급도 하루에 몇 시간 정도이니 여객열차든 화물열차든 거의 시체나 다를 바 없었다. 그런데도 정부는 산에서 맨손으로 연길폭탄을 만들어 일제와 싸웠던 항일투사들의 정신을 따라 배워 내부원천을 동원하라고 요구했다. 자금이 없다고 한마디 했다가는 뒷감당이 되지 않았다.

언젠가 부국장은 "개천 철도국은 2경제 산하 군수공업도시인 자강도와 인접해 내부원천 동원에 한계가 있습니다"라고 했다가 패배주의자로 몰린 적이 있었다. 그 후로 그는 '당이 결심하면 우리는 한다'는 당의 구호를 속으로 비웃기만 했었다. 그런데 개인 돈주를 끌어들여 투자를 유치하는 것이 바로 중앙정부가 바라는 자력갱생이라면, 그것이 사회주의 방식이든 자본주의 방식이든 열차를 움직이기만 하면 당의 충신으로 평가받을 것이었다.

"그렇지, 그래야 당에 바치는 충성자금도 나오고 내 주머니도 채우고…… 직책도 유지하고. 이건 대박이야."

부국장은 조선화를 뜯어보듯 봄순의 눈빛을 응시했다. 남자도 엄두 못 낼 야심찬 계획을 이 여자가 세우다니.

봄순은 그의 눈에서 불꽃을 보았다. 긍정적인 반응이었다.

"철도국 사업으로 토론해봅시다."

무게감이 있는 대답이었다.

다음 날, 부국장은 철도국장을 찾아갔다. 부국장의 제의에 국장은 잠시 의구심을 드러냈다.

"시작도 하지 않고 어떻게 알겠습니까?"

부국장은 적극 권유했다. 마침내 반신반의하면서도 국장이 관심을 드러냈다.

"먼저 연합당 조직에 보고하고 토의해봅시다."

철도사령체계는 전시체계이므로 당 책임비서의 승인을 받아야 했다. 즉시 철도국 참모 회의가 진행되었다. 열 명이 참석한 가운데 여섯 명이 동의하며 이 사업을 국가 철도국 사업으로 상부에 제의하기로 결론이 났다.

"좋습니다. 사업 계획서를 만들어 평양 철도국에 보고하는 것으로 하겠습니다."

개천 철도국 국장과 행정 부국장, 연합당 책임비서 일행은 평양 철도국으로 올라갔다. 디젤유로 운행되는 기관차 견인기를 움직이려면 최종적으로 평양 철도국의 승인을 받아야 했다. 디젤유 기관차는 유사시, 혹은 1호 행사에만 운행하도록 되어 있기 때문이었다.

평의선 열차를 전기가 아니라 디젤유 기관차로 운행해보겠다는 제안은 상부 기관을 충격에 휩싸이게 만들었다. 찬성보다 반대가 훨씬 많았다. 평양 철도국 국장을 비롯한 행정국, 참모부 간부들은 긍정적으로 검토하자는 의견이었다. 반면 당 간부들은 사회주의 체제를 진심으로 걱정하며 우려했다. 그 우려는 마침내 반대 의사를 강력히 표명하는 데 일조했다.

"개인에게 열차를 운영하도록 허용하는 것은 국영철도가 사유화되는 것입니다. 그러면 자본주의 황색 바람이 전국으로 뻗어 있는 철도를 따라 순식간에 전파될 것인데, 사람들이 뭐라고 하겠습니까? 버스나 택시는 이미 개인이 장악해 국도가 시장화가 된 지 오래되었는데, 철도마저 개인에게 넘겨 운영하도록 방관한다고요? 파장이 생각하는 것 그 이상일 겁니다. 사회주의는 허울만 남았다고 별의별 말을 다 할 거란 말입니다."

평양 철도국 당 책임비서가 열을 올렸다. 마주 앉아 있던 행정국장의 눈초리에 경계심이 일음과 동시에 수심이 가득 찼다. 하지만 그는 행정일꾼답게 인내심을 가지고 설득력 있게 반론했다.

"국가철도를 개인에게 넘긴다는 말이 아닙니다. 국가철도가 정상화되도록 여객열차를 임대해주고 열차를 운영하는 수익금의 일부를 세금으로 국가 철도국에서 징수하는 겁니다. 그 수익금이 달러인 것이고요. 그러면 그 달러로 국영철도를 보수하고 새로운 기관차도 수입할 수 있지 않겠습니까? 마비된 철도를 살리겠다는 말인데, 왜 이 문제를 색안경을 끼고 보려고 하시는지 모르겠습니다."

국장은 해외 유학파였다. 뛰어난 행정실무 능력을 인정받아 사령에서 철도국 국장으로 승급한 인물이기도 했다. 설사실무 능력이 뛰어나다 해도 당권이 행정을 지배하던 시절 같으면 당 책임비서에게 행정 간부는 찍소리도 못했을 것이다. 기업운영체계가 당적 지도를 받아야 한다는 대안의 사업체계가 법적 효율 이상으로 위력이 있었기 때문이다. 하지만 우리식 경제관리방법이 발표되며 상황은 달라졌다. 행정일꾼인 기업지배인의 권한이 기업소법으로 채택되면서 철도국장의 자율성도 높아졌던 것이다.

"이 사업은 철도를 혁신하는 사업으로 추진해야 합니다."

평양 철도국 국장이 밀어붙였다. 테이블을 사이에 두고 그와 대각선 방향에 앉아 있던 개천 철도국 당 책임비서는 아무 말이 없었다. 그는 책임이 두려웠다. 변화하는 시대에 빠르게 적응하는 진보적 성향의 간부들이 숙청된 사례가 환영으로 떠오른 것이었다. 그러자 개천 철도국 국장이 보수적 성향의 의견을 반박하는 데 힘을 더했다.

"물론 국가철도에 개인이 들어오는 것은 처음 있는 일이어서 충격적이고 쉽게 납득이 가지 않을 수 있습니다. 그렇다면 자금을 투자해 기차를 운영할 개인을 철도국 간부로 임명하면, 국영철도 사유화를 원천적으로 막을 수 있다고 봅니다. 마비된 국가철도를 살리느냐 죽이느냐에 토의의 초점을 맞춰야 하지 않겠습니까?"

그의 발언에 중립적 입장으로 침묵을 지키던 참모 간부들이 호응하는 분위기가 되었다.

"맞습니다. 지금 화물 수송도 막혀 있고, 여객열차 운행도 마비되어 있어 철도 운영 예산이 막혀 있습니다. 전기가 없기 때문입니다. 국가전력난은 언제 해소될지 모릅니다. 발전소가 돌아가려면 설비도 설비지만 탄광이 정상 운영되어야 화력발전소에 석탄이 공급될 게 아닙니까. 수력발전 터빈도 이제는 수명이 다 되어 비가 와도 전기 생산성이 떨어지는데…… 시범적으로 평의선 여객열차를 디젤유로 운영해보고, 그것이 발전적이라면 화물열차도 디젤유로 운영하도록 고민해야 합니다. 돈주들에게 기회를 제공해야 한다는 말입니다. 수익금 삼십 퍼센트가 국가 철도국에 납부됩니다. 이것이 중앙정부에서 바라는 자력갱생이고 우리식 경제관리방법이 아니겠습니까."

보수적인 당 기관 간부들은 물러서지 않았다. 감히 당 간부 앞에서 정책을 운운해? 여기서 물러서면 자신들의 직책과 기득권을 쉽게 빼앗길 수도 있겠다는 표정이었다. 권력의 분단은 생각보다 심각했다.

보수파들이 갑자기 책임론으로 반격했다.

"만약 이 일이 수뇌부에 보고되면, 책임지시겠습니까?"

순간 긴장감이 흘렀다. 벽시계 초침 돌아가는 소리가 분위기를 압박했다. 수뇌부에 이 사실을 보고하겠다는 평양 철도국 당 책임비서의 말에 누구도 입을 열지 못했다. 이 일이 혹시라도 보수층의 논리로 위장되어 보고되면 진보층은 전부 출당 철직은 물론, 반당반혁명분자로 처형될 수도 있다. 분위기는 마치 시한폭탄이 터지기 직전 같았다. 자신의 권력을 체제의 안전과 계급 노선으로 포장하는 보수층 세력과 성분이니 계급 노선이니 하는 것들과 경제를 분리해야 한다는 진보층의 갈등은 실용적인 사업인 기차 운영을 둘러싸고 심각한 대립 구도를 만들어냈다. 결국 계파적 갈등 때문에 이 사업은 책상머리에서 무산되었다.

빈손으로 개천으로 내려온 국장과 부국장은 며칠을 고민했다. 이념 갈등으로 포기할 사업이 아니었다. 전망이 있었으며 중앙정부 정책에도 어긋나지 않았다. 눈앞의 노다지를 어째서 기득권의 밥그릇 싸움으로 재단하는 것인가.

비공식 회의가 열렸다. 딱히 이렇다 할 묘수는 없었다. 평양 철도국의 승인이 없이는 디젤유 기관차 견인기를 받을 수 없었으므로 최종 결론은 신중해야 했다.

"이 사업을 수뇌부에 직접 제의서로 올립시다."

개천 철도국의 사업 제안서를 수뇌부가 자리한 당 중앙청사에 직접 올리자는 것이었다. 수뇌부로 올라가는 제의서는 전부 중앙당 조직부를 거쳐 면밀히, 엄격히 검토된 이후 위로 전달되었다. 어떤 결론이 나올지, 숨 막히는 시간이 흘렀다.

한 달 후, 당 중앙위원회의 이름으로 개천 철도국에 공문이 내려왔다. 지역에 숨겨진 자금을 찾아내어 디젤유 기관차를 자체 운영함으로써 국가철도를 살려내겠다는 제의는 나라의 경제난을 타파하려는 당 정책을 관철했을 때 선구적이고 창의적인 사업이며, 자력갱생의 본보기로 적극 추진하라는 것이 공문의 핵심 내용이었다.

봄이 다가오는 2월의 어느 날, 봄순의 손전화가 울렸다. 봄순은 황급히 손전화를 들었다. 개천 철도국 국장이었다.

"안녕하십니까, 이봄순입니다."

침착하려 했으나 그녀의 목소리는 흥분되어 있었다. 마음이 급급해진 봄순은 혹시라도 말을 흘려들을까 걱정되어 손전화를 힘껏 귀에 붙여댔다.

"이봄순 동무, 다음 주 월요일 아침, 철도국 청사 회의실에 나오세요."

"네…… 네…… 다음 주 월요일 말입니까?"

그녀가 손전화로 들려오는 말을 반복해 확인했다.

"다음 주 월요일 오전입니다."

"알겠습니다."

짧은 전화였다. 무슨 의미일까. 촛불 밑에서 바늘에 실을 꿸 때보다도 열 배 이상으로, 봄순은 혼신을 다해 집중했다.

'사업이 성사된 것일까, 아니면 부결된 것일까. 그것도 아니면 왜…… 다시 토의하려고 하는 것일까?'

한순간 머리에 별의별 생각이 필름처럼 지나갔다. 스스로를 진정시키려고 봄순은 벌써 열 번째 마당 주변을 오가고 있었다.

영광의 순간이 다가오고 있음을 봄순은 미처 상상할 수 없었다. 그녀의 사업은 국가 철도국과 사회주의 제도에 자본주의 경제를 어떻게 이식할지에 대한 실증 모델이 될 국가프로젝트였다. 그것도 수뇌부가 관심을 갖는 프로젝트. 이 사업이 성공한다면 중앙정부는 이를 특색있는 사회주의 경제 모델로 확장할 것이었다.

마침내 봄순은 인생 전환기를 맞이하게 되었다. 국가 철도국 간부로 임명된 것이다. 정치적 의미가 큰 사업이어서 봄순의 성분도 핵심계층으로 상승했다. 권력과 성분, 자본의 원천이 한 손에 들어왔다.

"당 중앙의 배려로 이봄순 동무는 개천 철도국 외화벌이 회사 사장으로 임명되었습니다. 앞으로 회사를 잘 운영해 당과 수뇌부의 신임에 보답하기 바랍니다."

당 책임비서가 임명장을 수여했다. 내각 철도성 직인이 찍힌 임명장이었다. 박수 소리가 회의장을 울렸다.

봄순은 처음으로 기뻐 울었다. 고진감래라고 했던가. 가시

밭길 속에서 인생을 내건 도전에 성공한 것이다.

선전대 처녀들이 꽃목걸이를 봄순의 목에 걸어주고 꽃다발을 안겨준 후 축하의 노래를 불러주었다. 돌아가신 어머니, 깜짝 놀랄 소식에 누구보다 기뻐하며 눈물을 훔치실 아버지, 언니 때문에 고생만 한 동생의 얼굴이 떠올랐다.

그날 저녁, 봄순은 동찬을 찾아갔다. 생화 꽃다발이 그녀의 손에 들려 있었다. 기적의 봄을 알리는 꽃향기 속에서 그녀는 동찬을 뜨겁게 안았다. 그리고 둘은 마침내 사랑이 담긴 키스를 했다.

새로운 사업은 봄순으로써도 초행길이었기에 쉽지 않았다. 연료 원천지도 확보해야 했고, 믿음직한 인력도 채용해야 했다. 봄순은 사람을 뽑을 때 성분이요 가정 토대요 하는 잡다한 것을 모조리 배제했다. 오직 능력 중심으로 채용한다는 기준을 내세웠다. 특히 당원은 아예 제외했다. 회사에 당원을 채용하면 회사 운영에 차질을 빚게 되어 있기 때문이었다.

그녀는 회사 부사장으로 동찬을 채용하고 인력 선발을 맡도록 했다. 동찬은 가장 먼저 홍보를 담당할 직원을 구했다. 홍보 담당 직원의 역할은 예약과 기차가 연착되면 열차표를 전액 환불하는 것 등이었다. 여객전무와 화물지도원으로는 철도국 직원을 고용했다. 여객열차 물정은 일반인보다 그들이 잘 알 것이었다.

봄순이 철도국 사장으로 임명됐다는 소문은 빠르게 퍼졌다. 그녀의 집에도, 그녀가 가는 길에도 자기를 채용해달라는 사람들이 줄을 지었다. 외화벌이 회사에 채용되면 국영공장 노동자 월급의 백 배를 받을 수 있으니 그럴 만했다.

산에 산마다 진달래가 피어나는 4월 초, 봄순의 기차가 신의주역사로 들어왔다. 사람들이 신기하다는 듯 기차를 쳐다보았다.

"달러 기차네요."

검정색 긴 치마에 분홍색 코트를 입은 중년 여자가 기차에 오르며 말했다.

"1호 열차죠. 인민을 위한 특별열차예요!"

넉살 좋은 남자가 뒤따라 오르며 맞장구쳤다.

"최대 급행 기차입니다. 기차는 정시로 운행합니다. 기차는 정시로 운행합니다. 곧 출발하겠습니다."

사령실 확성기에서 출발을 알리는 방송이 연이어 울렸다.

그때, 첫 번째 기차 출입구에서 실랑이가 벌어졌다.

"여기가 상급차란 말이야."

누군가 막무가내로 기차에 오르려고 떼를 쓰고 있었다.

"손님, 이 기차는 등급이 없습니다. 기차에 오르는 모든 손님이 최상의 고객입니다. 대신 차비를 내셔야 기차에 타실 수 있습니다."

"뭐, 차비? 달러? 내가 누군 줄 알어? 1급 기업소 당 책임비서란 말이야."

"당 비서 동지, 이 기차는 국영 기차가 아닙니다."

당돌한 열차원이 공손한 태도로, 하지만 목소리에 힘을 주고 그에게 설명했다.

봄순은 걸음을 멈췄다. 그의 뒷모습이 낯이 익었다. 힐을 신은 그녀가 박력 있게 걸어 그에게로 다가갔다.

"손님, 여기서 이러시면 안 됩니다."

"손님?"

그가 고개를 돌렸다.

"너? ……너, 맞지?"

"……."

승재의 눈동자가 황소의 눈보다 더 커졌다. 그윽한 눈빛이 아니었다면, 엷게 웃고 있는 그녀의 얼굴에 보조개가 없었더라면, 샤넬 핸드백을 손목에 걸고 세련된 옷차림을 하고 있는 봄순을 알아보지 못했을 것이리라. 과연 이 여자가 이십 년 전 일밖에 모르던 그 여자가 맞단 말인가. 초췌하게 떡이나 팔던 그녀가? 남편에게 뒤통수를 맞고 감옥까지 갔던 교화출소자가?

승재는 어젯밤 신의주에 도착했다. 장모의 부고를 듣고서였다. 그런데 갑자기 공장 신소부에서 전화가 왔다. 당 비서를 신소하는 무기명 편지가 들어왔다고 했다. 한 달 전에도 신소 편지가 들어왔었다. 그때는 도 신소부장이 그 신소 편지를 깔아뭉갰다. 그런데 이번에는 중앙에 바로 그 편지가 올라갔다. 그래서 오늘 당장 중앙에서 신소 내용을 요해하러 기업소에 내려온다는 것이었다.

그는 급했다. 중앙에서 사람들이 도착하기 전, 중앙당 신소과에서 만날 수 있는 사람들을 미리 만나 일 처리를 해야 했다. 차를 대기하라고 운전사를 불렀으나 그의 차는 없었다. 장례 기간 동안 운전사에게 볼일을 보라고 시간을 준 것이 겨우 생각났다.

승재는 다급히 손전화를 들었다. 하지만 곧 미끄러지듯 그의 손에서 손전화가 떨어졌다. 중앙당까지 신소가 올라갔으면 이미 그의 손전화는 감청되고 있을 것이었다.

"역에 나가봐요. 지금 평양으로 가는 기차가 들어왔다고 해요. 택시보다 기차를 타는 게 빠를 거예요."

새파랗게 질린 승재의 아내가 말했다. 승재는 급하게 역으로 나왔다. 기차를 타면 상급 예비좌석이 있을 것이었다. 그가 지금 상급차칸에 오르겠다고 고집을 쓰는 이유였다. 그런데 이 기차가 국영 기차가 아니라고? 그렇다면 이 기차를 막아선 봄순은 누구란 말인가.

"네가 감히?"

"사장 동지이십니다. 지나친 말씀은 삼가해주십시오."

열차원이 봄순에게 인사하며 말했다. 승재의 얼굴이 수치심으로 일그러졌다. 그가 한발 물러섰다. 그 옆으로 바나나며 사과며 당과류가 실려 있는 매대 차가 줄지어 지나가더니 기차에 올랐다. 손님들에게 서비스로 줄 간식이었다.

봄순이 기차에 오르자 철도 사령이 푸른색 깃발을 양손에 높이 들고 좌우로 흔들었다. 출발신호였다. 기적을 울리며 기차가 출발했다. 분노와 절망으로 털썩 주저앉은 당 비서의 모습이 점점 작아져 사라져버렸다. 기차 차창 너머로 봄기운이 완연한 초록빛 나무들이 스쳐 지나갔다.

지난 삶에서 2015년에 봄순은 죽었다. 그러니 올해는 두 번째 2015년이었다. 이제부터는 미래에 대한 어떤 지식도 없이 살아내야 했다. 하지만 봄순은 이것만은 알았다.

겨울은 다시 오겠지만, 봄도 그러할 것이다.

  고향을 떠난 지 10년이 넘었다. 젊은 시절 활보하던 평남 순천은 얼마나 변했을까. 그날의 친구들은 지금 무엇을 하며 살고 있을까. 언제쯤 고향 땅을 밟아볼 수 있을까. 자다가도 문득 꿈에서 보이는 고향의 뜰과 낯익은 얼굴들은 남한에 정착하며 울어야 했던, 그리고 웃을 수 있었던 시절들과 함께 그리움과 향수를 가져온다. 가슴에 묻어두었던 소중한 추억들을 펜에 담아 애정으로 소설을 써내려갔다.

  1960년대 중국에서 공부하고 북한으로 이주하신 나의 아버지는 당시 북한에서 드물었던 지성인이었지만, 인생의 풍파로 눈도 못 감으신 채 돌아가셨다. 아버지는 소설의 주인공 봄순의 아버지 영민의 모태이기도 하다. 양잿물을 마시고 식도 수술을 받아야 했지만 결국 하얀 눈 위에서 숨진 봄순의 딸 미애의 이야기는 친조카의 실화를 옮긴 것이다.

소설에 나오는 개인 주유소와 항생제 제조 등 다양하게 펼쳐지는 사업들은 내가 직접 북한에서 살면서 몸으로 부딪쳤던, 살아 있는 경험을 바탕으로 탄생한 것이다. 사회주의 사회에서 자본주의 시장이 태동해 발전하던 과도기는 가족의 생계를 책임져야 했던 여성들에게 아픔을 가져다주기도 했지만, 신분 상승의 기회를 가져다주기도 했다. 그 속에서 사랑을 하고 이별도 했다. 장마당 지각생이 되지 않겠다며 치열하게 토닥거리다가도 모든 사람이 한 잔의 술로 화끈하게 껴안던 그 시절은 내 삶의 전부였다.

시장 경쟁의 파도 속에서 오뚝이처럼 쓰러지지 않는 봄순은 국가가 생산한 여성성에서 벗어나 스스로 자신의 성을 찾아가고 있는 북한 여성들의 강인한 모습을 그대로 담아낸 인물이다. 여성들이 경제 주체로 성장하면서 북한의 성분 제도에 대응하거나 반대로 국가의 '성(城)'을 훔치는 과정은 기존의 도덕성을 파괴하는 현상을 야기한다. 이것은 때로는 정부의 타깃이, 때로는 남편의 타깃이 되어 아픔과 이별을 감수해야 하지만, 그것을 넘어서는 여성들의 저력으로 북한 사회는 변화하고 있다.

그래서 북한 여성을 대표하는 주인공의 이름을 '봄순'으로 정했다. 촌티 나는 이름으로 느껴질 수도 있다. 하지만 봄순은 북한에서 2000년부터 발달하고 있는 장마당 시대상을 함축하고 있는, 지금 유행하는 이름 중 하나다. 겨울이 지나면 봄이 오듯이 폐쇄된 북한에도 열린 세상이 오리라는 소망과 장마당 시대에 태어난 자식만큼은 봄날의 새순처럼 새로운 세상에서 살기를 바라는 부모의 마음이 이름에 투사된 것이다. 북한의 MZ세대를 상징하는 이름이라고도 할 수 있겠다. 2020년대, 한류가 퍼지고 있는 북한 사회에서 유행하는 이름이 한국에서는 촌티 나는 이름으로 인식된다는 사실도 흥미로웠다.

　나는 북한의 변화가 다양한 형태로 기록되어야 한다고 생각했다. 그것이 이름이든, 삶이든. 그래서 처음으로 부모의 인생을 기록 차원에서 소설로 쓰기 시작한 것이 2004년이었다. 사사여행으로 일 년간 중국에 체류하며 썼던 미완성 소설 원고를 캐리어 가방에 넣고 회령 세관으로 귀국했을 때, 소설 내용에 관심을 보였던 검사가 떠오른다. 북한 주민이 중국에서 북한으로 귀국하면 세관에서 세 단계의 검사를 받는다. 해외 체류 기간 동안 남한 사람과 교회 접촉 등을 했는지 조사하는 정치 검사, 이색적인 물품을 선별하고 물품 초과량에 벌금을 물리는 세관 검사, 성병 등을 검사하는 위생 검사가 그

것이다.

그날, 내가 중국에서 갖고 나온 물품 상자들을 검사하던 세관 검사가 『안나 카레리나』 『레 미제라블』 등 세계 명작들과 서적, 소설 원고지가 들어 있는 캐리어 가방을 발견하곤 곧바로 나를 정치 검사에게 넘겼다. 그런데 「비극의 이면」이라는 제목의 소설을 읽어 보던 정치 검사가 내게 어느 대학을 졸업했냐고 물어보곤 아무 말도 하지 않았다. 소설 내용에 공감하는 표정이 역력했다. 소설이 완성되면 꼭 보내달라는 말을 한 그는 세계 명작들과 다른 서적들을 한 권도 회수하지 않고 조사를 마무리했다. 그때야 나는 북한에도 의식이 깨어 있는, 순수문학을 갈망하는 간부들이 있다는 사실을 깨달았다.

그 후 소설 쓰기에 손을 대지 못하고 있다가 2011년 남한에 입국하여 정착하던 중, 2015년 자유통일문화연대 도명학 대표님에게 소설 쓰기를 배웠다. 대표님이 서울대학교 한국어문학연구소 방민호 교수님이 주관하는 남북한 작가 공동 소설집 『국경을 넘는 그림자』에 소설을 내보라고 하셔서, 첫 단편소설 「진옥이」를 발표했다. 이후 「진옥이」 후속편으로 단편소설을 몇 개 쓰다가 2022년 통일부 남북통합문화 창작 지원 공모에 당선되어 지금까지 써 왔던 북한 여성의 삶을 보다 깊이 시기별로 분석하여 장편소설로 완성한 것이 바로 이 책이다.

가장 먼저 윤여경 작가님께 감사를 드린다. 윤 작가님의 지도로 소설의 구성이 살아날 수 있었다. 훌륭한 작가를 연결해준 통일부 남북통합문화센터와 남북하나재단에도 인사를 드린다.

북한 경제 시장화의 역사적 함의를 깨달을 수 있도록 학문적 깊이를 주신 북한대학원대학교 양문수 교수님께도 머리 숙여 감사를 드린다. 북한 사회를 시장경제 기반으로 다시 배울 수 있어서 이 소설의 뼈대를 세울 수 있었다.

첫 장편소설이 출간되도록 노고를 기울여주신 도서출판 자음과모음 정은영 대표님, 북한 사투리와 언어가 생소해 교정에 어려움이 많음에도 마지막까지 세심하게 마음을 써주신 전유진 편집자님이 마음에 남는다. 책의 모든 부분에 일일이 사랑을 부어준 자음과모음 출판사 분들에게 남북이 통일되면 내 고향 순천에서 대동강 어죽을 대접하겠다는 약속을 드리겠다. 또 회사 업무가 바쁜 가운데에도 나의 소설 초고를 시간 내어 읽어주고 소감을 말해준 모던밸류(주) 이해림 실장에게 고맙다는 인사를 드린다.

마지막으로 중앙대학교에서 바이오메디컬공학을 전공하며 미래학자로서의 도약을 준비하고 있는 나의 아들 차세종, 남한에서 성실하게 정착하고 있는 착한 내 동생 최설미, 조카 김무성에게 응원을 보낸다. 그리고 눈이 오나 비가 오나 내

삶의 버팀목이 되어주는 최영동에게 이 지면을 빌어 사랑한 다고 마음을 전하고 싶다.

그리고 오늘도 북한 시장에서 억척같이 살아가는 고향 친구들에게, 19년 전 소설이 완성되면 보내달라던 회령 세관의 정치 검사에게 이 소설책을 보내주고 싶다. 이 소설은 기록된 역사 그 자체이니까.

2023년 꽃피는 봄날,
설송아

태양을 훔친 여자

© 설송아, 2023

초판 1쇄 인쇄일 2023년 5월 22일
초판 1쇄 발행일 2023년 5월 31일

지은이   설송아
펴낸이   정은영
편집   전유진 최찬미 이태은
디자인   이선희
마케팅   이언영 한정우 전강산 최문실 윤선애
제작   홍동근

펴낸곳   (주)자음과모음
출판등록 2001년 11월 28일 제2001-000259호
주소   10881 경기도 파주시 회동길 325-20
전화   편집부 02) 324-2347 경영지원부 02) 325-6047
팩스   편집부 02) 324-2348 경영지원부 02) 2648-1311
이메일   munhak@jamobook.com

ISBN 978-89-544-4897-0 (03810)

이 책은 2022년 통일부 남북통합문화콘텐츠 창작지원 공모에 선정되어 발간하였습니다.